受け継がれる思い
裏読み百人一首

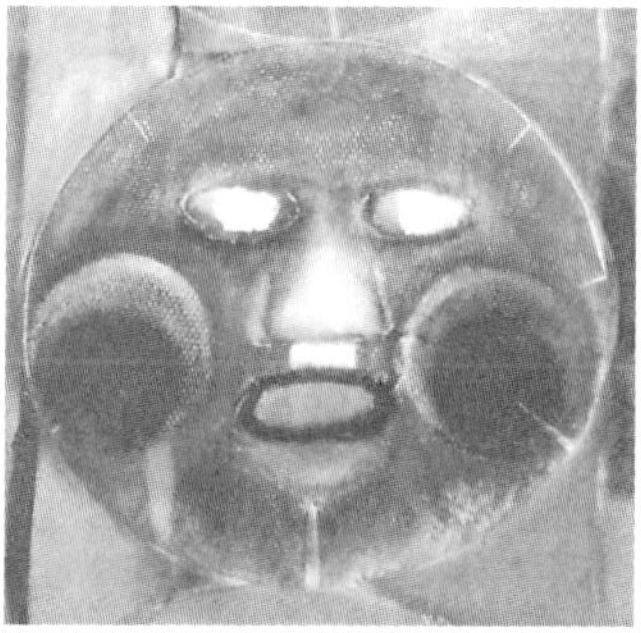

合六廣子 著

「歴史スペクトル　百人一首を読み解く」改訂版

鉱脈社

はじめに

平成二十三年（二〇一一）三月十一日金曜日。

日本列島を襲った東日本大震災。

一時期、これを称するにあたって、「未曾有の国難」「想定外」という言葉がよく使われていた。

「未曾有」とは漢文読みするなら、「未だ曾て有らず」。

「未曾有の国難」とは、「私達が経験したことが未だ曾て無い、国の災難・苦難」という意味になる。

「想定外」という言葉は、「私達の想像の枠外」という意味になるだろうか。

ところで、果たしてそう言えたのか。

平安時代前期の貞観十一年（八六九）、東北地方の東方海底を震源とした巨大地震（少なくともマグニチュード8・3以上）によって、仙台平野は今回と同規模の大津波に襲われたという。そのことを記録した古文書等も残っていたらしい。

千百年以上も前のことだから、古い記録なぞ、言い伝えなぞ、信じるに足りないと関係者は考えたのだろうか。

その昔、貞観の地震を記録した人は、どういう思いで筆を運んだか。書き付けたものを後世の人々が参考にしてくれればと願っていたにちがいない。

私達は、地方の「伝承」とか「伝説」とかいうものを、ついつい、いい加減に、おざなりにしてしまう。信憑性（しんぴょうせい）に欠けると思うのだ。その反面、中央の有名な書物に載っていたり、画像になったりしていると、その内容が立派なもの・真実のものに思えて、ついつい、信じてしまうところがある。

歴史をひもとけば、そこに確かに生きていた人々の息づかいを聞くことができる。

私達は、過去に生きた人々の思いや言葉に素直に耳を傾け、謙虚に向かわなければならない。

それが、現代に生きる私達の責任であり、義務であると考える。

ここに記した内容は、荒唐無稽の誤った歴史解釈かもしれない。

しかし、この仮説を踏まえて、さらなる新たな説が出るなら、筆者の無鉄砲な所業も無駄でなかったと言えるだろう。

目次

受け継がれる思い　裏読み百人一首

受け継がれる思い　裏読み百人一首

第一章　頼　朝

1　義経討伐の理由

八百数十年前、わが国の人口は一千万人にも満たなかったらしい。そして、一部の貴族が、この国を支配していた。彼らが頂点におし戴いていたのが天皇である。

その頃、平家一族が、その特権階級を脅かす勢いにあった。が、まだまだ、日本は神の国であった。

ここに、東国で新政権を樹立しようとしていた男がいた。平家のかつてのライバル、源氏の棟梁として台頭してきた源頼朝である。彼は、宿敵平家を滅ぼし、貴族を抑え、皇室をも采配し、武家が支配する体制に、つまり、この国を貴族社会から武家社会へと一人転換させた。

歴史の大きな節目を表すテープを切った大立役者の頼朝。

そんな彼が、なぜ血を分けた弟を殺さなければならなかったのか。

弟といっても腹違い、一緒に育った訳でもないし、という声が聞こえてきそうである。だが、特権階級では一夫多妻は当たり前という時代である。腹違いの兄弟は多く、ましてや、名門、一族意識が強かった時代。討伐せずとも、他にやり方があったのではないか。

この疑問に対する反論は多数出て来るであろう。
①時代が違うじゃないか。当時の武士達は、己やわが子孫の地位・権力保全のためには身内だって容赦しない。特に源氏はそれまでもそうだったではないか。義経が優秀だったから、奥州の藤原氏、京の朝廷も彼に付いているし、自らの足下をすくわれるのではと邪推して殺したのだ。（保身のため）
②それに、何と言っても腹違い。また、当時は身分制社会。義経の母は頼朝の母とは格が違う。ずいぶんと身分も低い。頼朝の母は、正妻で、熱田大宮司藤原季範の娘。義経の母は、父義朝の側室の一人に過ぎず、もとは九条院（近衛天皇の中宮呈子）の雑仕女（お手伝いさん）である。しかも、頼朝にとっては、自分の母を苦しめた女性でもあった。頼朝は、義経や他の兄弟達に、自分の息のかかった家臣級の娘を配偶者として世話した。頼朝は我こそが源氏の嫡流と弟達を一段低く見なしていたのではないか。当時は、母の身分による兄弟格差があったようだ。それを幼少時より、まわりから刷り込まれていたのかもしれない。（不認知のため）
③頼朝には自分達トップに逆らう者は身内だってなんだって容赦しないという厳しいところを家臣団に示し、強固な組織作りをする必要があった。彼は、それまで一介の流人であり、とりたてて家臣もいなかった。家臣達の心を自分にひきつけるためには手柄に応じての恩賞と、身内と家臣団を差別しない公平性を示す必要があったのではないか。（政治的理由）
――などなど。

自らの掲げる政治ビジョンに反する言動が多く、しかも人気のある弟。ジェラシー・恐れ、はたまた、憎しみ・怒り・見せしめなどから彼は弟を討伐したと通常、言われている。

果たして、理由は、ただそれだけであろうか。

一方、義経は源氏のために命がけで戦い、平家を滅亡させた大きな功績があるにもかかわらず、兄に一言も褒められることなく、評価されることなく、利用されるだけされた。そのあげく、疎まれて殺された。気の毒な我らがヒーローとして歴史の中に存在している。

兄のイメージは傲慢で合理的で冷徹非情。弟のイメージは純粋で優しく淋しげで庶民的。テレビの俳優たちの演技の影響もあるかもしれないが、彼らもそれらの歴史的イメージを容認した上で演じているのであろう。

繰り返すが、歴史上で義経は全くの誤解、無実の罪で兄に殺された悲劇のヒーローということに概ね結論づけられている。このことから、わが国に新しい言葉が生まれたくらいである。「判官贔屓（ほうがんびいき）」（「はんがん」とも）という言葉だ。義経は朝廷から判官職をいただいていたので、こう呼ばれた。

昔の日本人は、弱い者、負けた者に同情を惜しまず、かわいそうな人を無条件に贔屓したのである。

果たして本当に義経はそうだったのだろうか。

いや、最初に弓を引こうとしたのは義経の方だった。

義経は、実は兄頼朝を裏切ろうとしていた。

いや、実際、早くから裏切っていたのではないか。源平最後の戦いとなった壇ノ浦合戦よりも、もっと以前から兄の行く手を妨げようとしていた。

それは、弟として親身になってくれない兄への反発・恨み（北条氏への反発・恨み）、あるいは、兄に取って代わろうとする野心だったのか。いや、それより何より、つまる所、義経は尊王派だったのではないだろうか。

彼には実父の記憶が無い。二歳の時、父義朝は平治の乱に敗れ、逃亡中に家臣の裏切りにより落命している。幼い頃は帝のおわす都に住んだ。母の再婚相手、継父の一条（藤原）長成のもとで貴族の子弟として育った。そして十一歳の頃（七歳説もある）、洛北の地にある鞍馬寺の稚児となり、十六歳頃には寺を出て、その後は、奥州の藤原秀衡（ひでひら）の許に行っている。

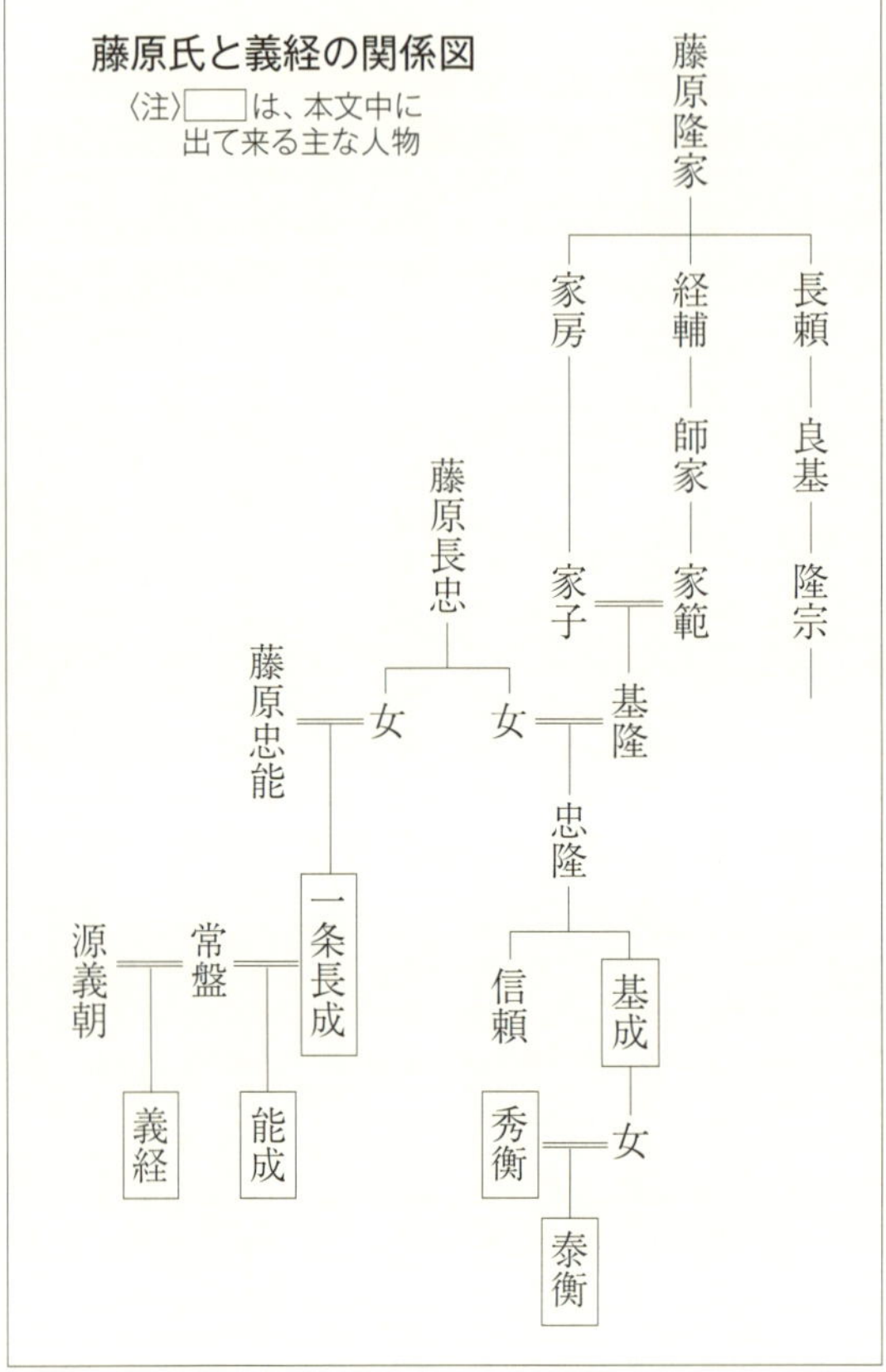

秀衡の岳父は、藤原基成である。彼は、義経の継父一条長成とは遠縁（長成の母方の従兄弟の子）になる。この関係で義経の奥州行きがなったのではないかという説もある。

一条長成の父忠能は、白河院・鳥羽院の近臣であった。義経は継父を通して、都の朝廷や貴族、奥州藤原氏とつながっていたと思われる。藤原氏と義経の関係を上に示してみる。

このような生い立ち、環境から推測してみるに、長じて彼が尊王派になっていたとしても納得がいくではないか。

勿論、兄頼朝も本質は尊王派であったと思われる。父方の先祖は清和天皇、母方は、貴族の代表格である藤原氏である。また、彼は十四歳の時、伊豆に配流されるが、それまでは都で育ったという。

しかし、頼朝は、東国で関東武者に囲まれ、彼等を統率すべき立場、東国政権を確立すべき立場にあった。反面、義経は、あくまでも、この国は天皇中心であって、その補佐役としての源氏や平家も入れた国づくりを考えていたのかもしれない。

ひとかどの人物が大事を為そうと決断し、命をかける時、彼の心を強く動かすものは、個人的な憎しみでも我欲でもない。それは、思想（イデオロギー）・価値観・信念ではないかと、筆者には思われてならない。


元暦二年（一一八五）三月、源氏が壇ノ浦で平家を滅亡させた。

その三か月後、頼朝は義経に与えていた平家没官領（もっかんりょう）（もとは平家所有の領地）を、全て没収している。そして、文治元年（一一八五）十月には義経に刺客を派遣した（注・元暦二年〈一一八五〉は八月十四日に文治元年となった）。

十一月、義経は奈良県吉野山の深雪を凌（しの）いで、密かに多武峰寺（とうのみね）（現談山神社）に向かったという。

そこは、藤原氏の祖、大織冠鎌足と中大兄皇子（後の天智天皇）が新国家樹立（大化改新）の前に、朝廷の権力を奪おうとする蘇我氏滅亡を相談したという伝説のある地である。

その寺は鎌足を祀っていた。彼の御影（肖像画）に祈請するために、義経は立ち寄ったと言われる（「吾妻鏡」）。義経は自身を鎌足の立場に置き換えていたのでは、と推測するのは無理があるだろうか。

通常、義経は平家を滅ぼした大功を認めない兄に対して叛旗を翻したといわれる。が、彼はもっと早い段階で兄を裏切っていたのではないだろうか。

頼朝が壇ノ浦合戦後、義経に与した（仲間に加わった）者として挙げている者達の名が「吾妻鏡」に載せられている。いきなりの叛旗にこうも多くの同調者はいないのではないかとも思われる。

「吾妻鏡」は鎌倉幕府の公式日誌で、北条方に立っていると言われるので差し引いて考えなければならない。が、こういう内容は信じてもよいのではないか。

繰り返すが、「吾妻鏡」文治元年十二月六日の項には、義経に協力した者達の名前が挙がっている。

本文中の「吾妻鏡」は、五味文彦氏・本郷和人氏編の現代語訳を引用することにする。

> 処罰が行われるように、（頼朝は）処罰の対象者の名簿を折紙に記して、帥中納言（藤原経房）に遣わされた。その上、特に謀反を企んだ八人の身柄を申し請けるよう、北条殿（時政）に仰せを触れられた。その八人というのは、侍従（藤原）良成、伊予守（源義経）の右筆である少内記（中原）信康、右馬権頭（平）業忠、兵庫頭（藤原）章綱、大夫判官（平）知康、（藤原）信盛、左衛門尉（藤原）信実、（藤原）時成らである。

侍従（藤原）良成とは義経の父親違いの弟、一条能成である（一四頁参照）。また、時間を少しもどして、十一月二十六日の項には、行家（頼朝・義経らの叔父）・義経の謀反に同意した理由で後白河法皇の側近である大蔵卿（高階）泰経朝臣の籠居が記されている。義経は東国政権に対する、頼朝に対する謀反人なり。

壇ノ浦合戦後に、義経の裏切りを頼朝は確信した。確信せざるをえなかった。そして、その時、彼は弟義経の排除を決意した。

弟の兄に対する裏切り行為。そう考えると、頼朝も少し気の毒になってくるから不思議だ。

壇ノ浦合戦直後の元暦二年（一一八五）三月二十八日付けの「玉葉」（公家九条兼実の日記）には次のように出ている。

「平氏伐たれ了る由、この間風聞す。これ佐々木三郎と申す武士の説と云々。然れども義経未だ飛脚を進らせず、不審尚残ると云々。」（高橋貞一氏『訓読玉葉』）

七日後の四月四日、義経は京都の後白河法皇に「傷死生虜之交名」（負傷者や戦死者・生け捕りになった者の名簿）を送っている。頼朝の所に報告書が届いたのはこれより遅れること七日後であった。

四月十一日、甲子。未の刻に、南御堂の立柱の儀式が行われた。〈中略〉西海からの飛脚が参り、平氏を討ち滅したことを申し上げた。〈中略〉藤判官代（邦通）が御前にひざまずいてこの記録を読み申し、

〈中略〉頼朝はそのまま記録を手に取り、手ずから巻き戻してお持ちになると、鶴岡の方に向って座られた。（感無量で）お言葉を発することができなかった。立柱・上棟の儀式が終わって、〈中略〉お戻りになってから使者を召して、合戦のことを詳しく尋ねられたという（「吾妻鑑」）。

平家追討の報に触れ、しばし無言の頼朝。宿願だった平家追討がかない、感無量だったとも考えることが出来る。それとも、この時、義経の裏切りを確信したのだろうか。さて、この時の彼の胸の内はどうだったのだろうか。

弟を殺さざるをえなかった頼朝。弟に裏切られた兄貴。

ライバルの平家を打ち破り、いよいよ源氏の天下だと思っていた矢先の出来事である。

「なんと、義経よ、お前もか。」

頼朝は飼い犬に手を噛まれたような心境ではなかったか。姻戚北条氏・妻政子・並み居る家臣団に対して彼は面目丸つぶれであっただろう。

もともと、伊豆のとらわれの身の上で、個人的な家臣もいなかった頼朝。北条氏の婿養子のような肩身の狭い頼朝であった。彼は妻政子に頭が上がらなかった。それは、愛妾亀の前への政子の残酷な仕打ち（住んでいる家の焼き討ち）に対して、彼女の命令に従った家臣を罰するだけで頼朝は何も出来なかったこと一つからでもわかる。

彼が義経の謀反を確信したのは、いつ頃からだったか。

それまでも心をかすめる鬱々とした不信感は存在した。が、やはり、壇ノ浦合戦の後の、部下からの様々な報告と、義経の戦後処理にあっただろう。安徳天皇の入水と神器の紛失は想定外のことであった。それが義経の裏切りを教えなかったか。

頼朝が、直接、自分の目で義経の裏切りを確認できたのは、今や囚人となった平家の総大将・平宗盛と対面した時であった。

いや、宗盛と対面した時というより、正確に言えば、とらわれの身となった宗盛と称する男を、簾中（れんちゅう）から見た時である。「吾妻鏡」元暦二年（一一八五）六月七日の項から一部引用してみる。

（頼朝は）簾中から宗盛の姿を御覧になった。〈中略〉能員が宗盛の前に蹲居（そんきょ）してお言葉の詳細を述べたところ、宗盛は座を動いて（敬意を表し）、しきりにへつらう様子であった。（能員に）話した内容もはっきりしなかった。「ただ命を助けていただけさえすれば、出家して仏道に専心したい。」と言っていた。この宗盛は四代の将軍の子孫として武勇の家に生まれ、相国（しょうこく）（平清盛）の次男として官位も報酬も心のままであった。だから、武威を恐れ憚（はばか）ることはないし、官位を恐れることもない。どうして能員に対して礼を尽くすことがあろうか。いくら礼を尽くしたからとて死罪を許されるものでもない。この様子を見た者は（宗盛を）非難したという。

平宗盛は、「平家物語」の中でも臆病で往生際の悪い武将として描写されている。が、この時の男が替え玉だったとすれば、全て、つじつまが合って来るのであるが、どうだろうか（以下、本文の「平家物語」は、冨倉徳次郎氏の『平家物語全注釈』による）。

「平家物語」巻第十一

「人人はか様にし給へども、大臣殿親子はさもし給はず、舷に立ち出でて四方見廻らしておはしけるを、平家の侍ども余りの心憂さに、そばをつと走り通る様にて、大臣殿を海へがつぱとつき入れ奉る。是をみて、右衛門督軈て続いて飛び入り給ひぬ。〈中略〉右衛門督は父の沈み給はば我も沈まん、助かり給はば共に助からんと思ひ、互に目を見かはして慭に水練の上手にておはしければ、あなたこなたへ泳ぎありき給ひけるを、伊勢三郎義盛、小船をつと漕ぎよせて、先づ右衛門督を熊手にかけて引き上げ奉る。是をみて大臣殿いとど沈みもやり給はざりけるを、一所に取り奉てけり。」

〈訳〉人々はこうしていさぎよく最後を遂げられたが、宗盛公父子はそうもなさらず、舷に出ておろおろ四方を見廻しておられるので、平家の侍たちはあまりの情けなさに傍をすっと走り通るふりをして、宗盛公を海へがばっと突き落とした。これを見て、御子の右衛門督清宗卿もすぐ続いて海に飛び込まれた。〈中略〉右衛門督は父が沈めば自分も沈もう、お助かりになれば一緒に助かろうと思って、互いに目と目を見かわし、しかもなまじ水練の達人であられたので、あちらこちら泳ぎ廻っておられたが、伊勢三郎義盛が小舟をすっと漕ぎ寄せて、まず右衛門督を熊手に引っかけてお引きあげ申しあげた。宗盛公はいよいよ沈む気にもなれずにおられたのを、これも一緒にお捕え申しあげた。

頼朝は、宗盛を見る前年の元暦元年（一一八四）三月二十八日、一の谷の戦いの折、生け捕りになった平重衡に面会している。

「吾妻鏡」

羽林（重衡）が答えて申した。「源平両氏は天下を警護してきたが、このところは当家が独り朝廷をお守りしており、昇進を許された者は八十余人となった。思えば、その繁栄は二十余年に及んだ。だが、今、運命が縮まったことによって、囚人としてここに参ったのであるから、あれこれ言うこともない。弓馬に携わる者が、敵のために捕虜となることは、決して恥ではない。早く斬罪に処するように。」重衡は少しの憚りもなく問答した。これを聞いた者で感動しない者はいなかった。その後、（頼朝は）重衡を狩野介（宗茂）に召し預けられたという。

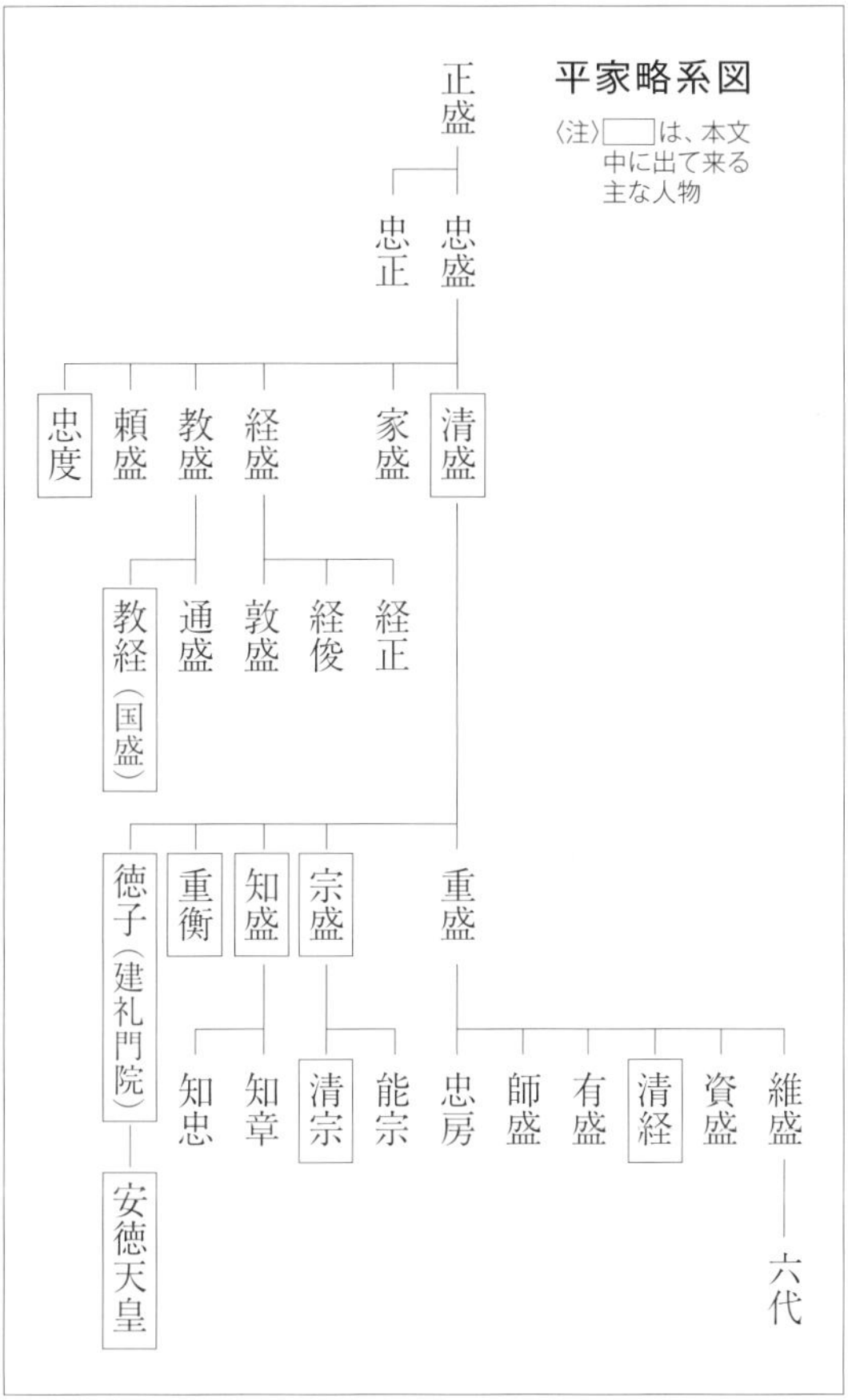

平重衡は、壇ノ浦で捕えられた宗盛の弟。父は平清盛、母は平時子で、宗盛とは同腹の兄弟となる。世間には似ても似つかぬ兄弟も

多い。個人差はあるだろうが、いくら平家が貴族かぶれしていたとしても、宗盛・重衡ともに同じ武門に育った身である。

敵に捕まり、絶体絶命の時にはその人物の出自や育った環境、まわりの者と共有した価値観などが自ずと現れるのではなかろうか。

頼朝は、義経の謀反を疑っていたが、心のどこかにまちがいであってほしいという気持ち、半信半疑の思いもあったかもしれない。が、以前、立派な物腰の重衡に会っていた彼には、義経が壇ノ浦合戦後、捕縛したと言って連れてきた宗盛が本物でないことぐらい一目でわかったのではないか。

頼朝は、宗盛を見た二日後、義経に、そのまま宗盛父子を伴って帰洛するよう命じている。

この時、平家討伐に大功のあった義経は、凱旋の将であるにもかかわらず、鎌倉に入ることができず、腰越(こしごえ)の地(鎌倉の入り口にある)に足止めさせられていた。

また、前年から狩野介(宗茂)に身柄を預け、千手前(せんじゅまえ)と呼ばれる女性までそばに置かせて優遇していた平重衡を南都(奈良)へ送った。東大寺の衆徒達の以前からの申請通り、彼等の手に渡したのだ。

それは重衡の死を意味していた。(注・重衡は南都焼討ちの際、総大将であった。)

2　義経と範頼

建久三年(一一九二)、頼朝は晴れて、征夷大将軍となった。この年が鎌倉幕府の始まりと筆者は昔、学校で習ったものだ。

その翌年の建久四年（一一九三）五月、駿河国（現静岡県）富士野で、ある事件が起こった。曽我十郎祐成・曽我五郎時致兄弟が頼朝主催の巻狩り中の宿所に忍び込み、実父の仇である工藤祐経を殺し、本懐を遂げた。兄の十郎祐成は、その直後に殺された。有名な曽我兄弟仇討ち事件である。しかし、この仇討ち事件は、ここで終わらなかったのである。この後、弟の曽我五郎時致は、頼朝の寝所に突進し、そして、捕えられ、その後、処刑される。

曽我兄弟の父河津三郎は、安元二年（一一七六）十月、工藤祐経の家来に殺された。祐経の所領を河津三郎の父親（曽我兄弟の祖父）が奪ったのが原因とされる。河津三郎の父は、伊東祐親である。

当時は、苗字を容易に変えることが出来た。また、母が再婚するなどで、祖父・父・子と苗字がバラバラになって解りにくい。祖父は伊東（『曽我物語』では「伊藤」）で、父は河津、子は曽我である。

曽我兄弟略系図

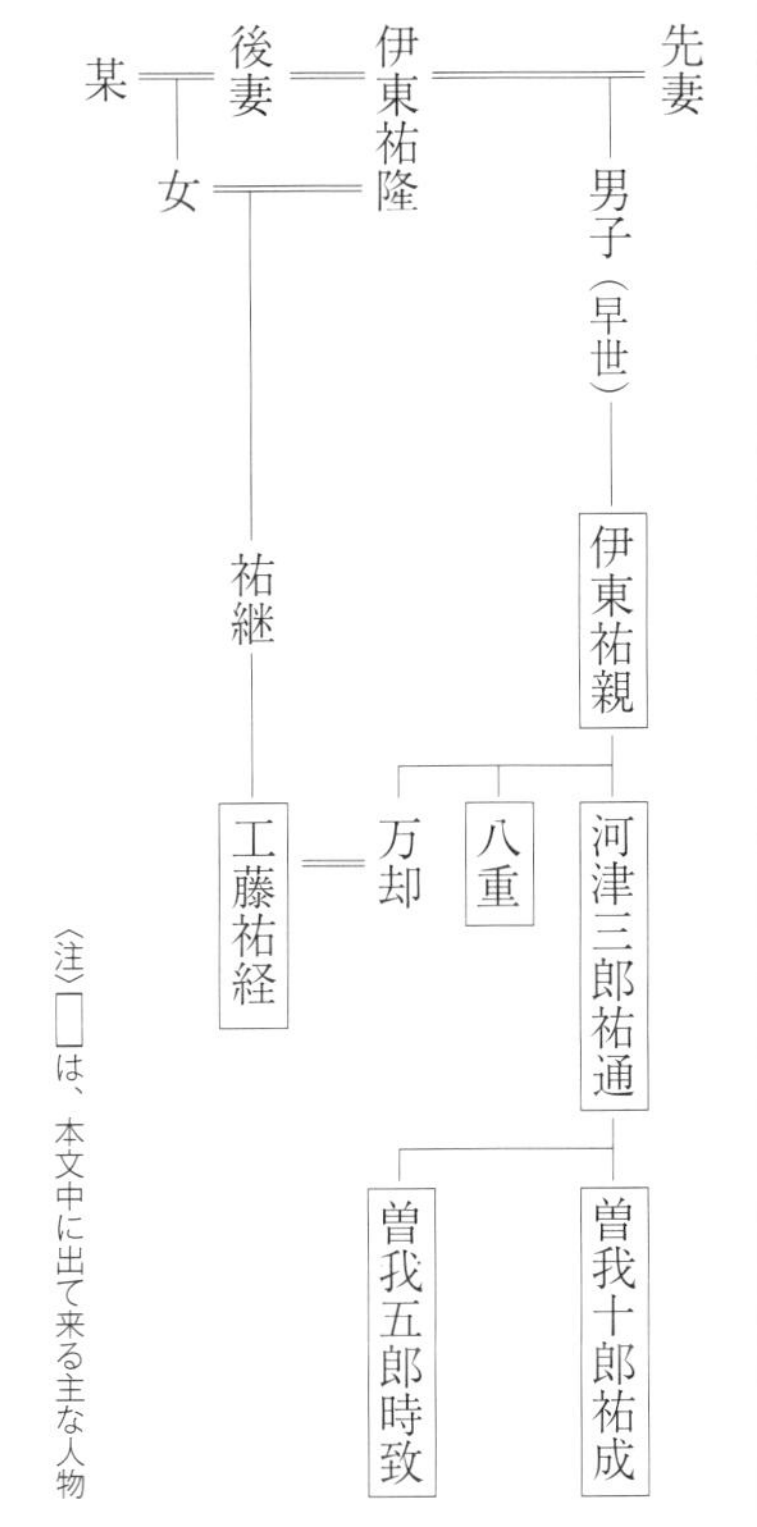

この事件は、もう一つの仇討事件を内包していなかったか。

曽我兄弟の祖父の伊東祐親は、伊豆の豪族であった。以前、平家の家人として流人頼朝の監視役をしていたことがある。その時、祐親の娘八重が頼朝とひそかに情を通じて儲けた子を安元元年（一一七五）、祐親は溺死させている。

子の名前は千鶴御前。三歳の男の子であったという。可愛いさかりであっただろう。頼朝にとっては初めての子である。

さて、曽我兄弟の父河津三郎を殺した工藤祐経は、頼朝の寵臣であった。

頼朝が、我が子を殺された意趣返しに、寵臣の祐経に祐親親子殺しを内々に命令していたのではないか。祐経自身も、かつて祐親に所領を奪われた恨みもあったわけである。

また、頼朝の舅北条時政は、石橋山の戦いで、嫡男の宗時を失っている。宗時は、祐親の軍と戦い、討死をしたという（「吾妻鏡」）。時政にとっても、祐親は息子の仇であった。

暗殺には失敗したが、我が子を殺されて嘆く祐親に、さぞかし、頼朝や時政は溜飲が下がったであろう。こう見ると、わざと本人は殺さず、その嫡男のみを殺させたとも考えられる。

そして、その十数年後、成長した祐親の孫達（曽我兄弟）が親の仇を討たんと登場したのである。

つまり、親の仇討ち事件以前に、もう一つの息子の仇討ち事件が内包されていたのである。

とすれば、曽我兄弟仇討ち事件の主眼は、やはり、頼朝であったということになる。彼等は、本当の仇を知っていたのだ。

「人を呪わば穴二つ」（穴は墓穴のことで、呪った相手と呪った自分の二つの墓穴を掘ることになる、ということ）と言う。しかし、現実は、仇討ちの主眼の頼朝は生き残った。そして、親の仇討ちをした兄弟という美談のみが後世に残ってしまった。

曽我兄弟は、気の毒にも仇討ちを完全に果たした訳ではなかったのではないか。

事件の黒幕・協力者は北条時政で、実は真のねらいは頼朝の暗殺にあったという説がある。また、そうではなく、御家人同士の争いであり、一方の極に北条時政、一方の極に大庭・岡崎がいた。彼等と頼朝・範頼（のりより）の対立が微妙に結びついていた。兄弟は、時政の命をもねらったという説もある（永井路子氏『つわものの賦』）。

他に、頼朝と時政がグルで、仇討ちに乗じて常陸の武士団の追い落としをはかった。これに頼朝の弟・源範頼を擁立しようとする動きも加わるという説もある（坂井孝一氏『曽我物語の史実と虚構』）。

筆者は、最後の説に賛同したい。むしろ、範頼が中心となって起こしたクーデターではなかったか。頼朝と時政は連携していた。しかし、初めから誰かと争う意図は無かった。というより、争う対象が不明で、曽我兄弟の背後にうごめく連中を知るために、仇討ちの前半部分を黙認したとは考えられないか。

つまり、寵臣祐経を見殺しにしてまで、背後に潜む者を彼等は知りたかったのではないか。時政に兄弟が接近していったのは、仇討ちのための情報収集であり、また一方、時政は時政で、彼等を警戒していて、泳がせて様子を探っていたのではないか。実の所、彼等の計画も知っていて、頼朝と黒幕をさぐっていたのかもしれない。

兄弟の継父曽我太郎祐信は、一の谷の合戦（一一八四年）で範頼旗下の一人として戦っているという（坂井孝一氏『曽我物語の史実と虚構』）。坂井氏も言うように、継父の関与は無かったのだろうか。

範頼が謀反の罪で伊豆に配流されたのは、この事件の二か月余り後の八月十七日のことだった。その後、誅殺されたらしい（範頼生存説もある）。理由は、仇討ち事件があった時、情報が錯綜する中、頼朝の身を案じる政子に「頼朝に万一のことがあっても私がいるから」と言ったからとか、頼朝の部屋の床下に範頼の家臣がひそんでいたからとか言われている。

範頼が伊豆に流された三日後の二十日、「故曽我十郎祐成の同腹の兄弟である原小次郎が処刑された。参州（源範頼）の縁坐という。」と吾妻鏡に出ている。

義経と範頼は平家討伐の総大将として頼朝の代わりを務め、大きな功績があった。が、二人とも結果的には兄頼朝の反逆者として追討されてしまった。

「敵の友は敵、敵の敵は友」という。義経と範頼、もしかすると、二人はもともと与していたのかもしれない。

前にあるのは、強大な兄の権力。その後ろには姻戚の北条氏が立ちふさがっている。血族としての親しみを示してくれない。甘えを許してくれない。母の身分が低い異母兄弟同士（範頼の実母は池田宿の遊女であったらしい）が手を結んでいたと考えても不思議はない。

義経が元暦二年（一一八五）二月、屋島の合戦に臨んだのは、前年九月から平家追討の命を受け、山陽道をのろのろと進軍していた範頼が、船や兵糧不足を兄頼朝に訴えて、ようやく九州に渡った頃である。それを受けたかのように、義経は動いている。勿論、範頼の動きは頼朝の指示を受けたものであろうが、時期の調整等は互いに出来たのではないか。

もう一つ、壇ノ浦合戦後、頼朝から義経を討てと命令された範頼であったが、それに難色を示したという。

ところで、範頼の育ての親は、陸奥守・鎮守府将軍でもあった藤原範季（のりすえ）である。

範季は平清盛の弟教盛（のりもり）の娘を妻とし、嫡男の妻に平知盛（とももり）の娘を迎えている。また、後鳥羽院の後見人でもあり、姪の高倉範子は後鳥羽院の乳母だった。彼女の夫は、平時忠・時子（平清盛の妻）の異父同母の弟である。範季は、後に娘重子を後鳥羽院に入内させ、順徳院の外祖父となった。

彼は、平家とも皇室とも源氏ともつながっていた。彼の経歴を考える時、奥州藤原氏とも関係があったのではという説もある。

そして、逃亡中の義経を支援したと言われている。

範季と範頼。範季と義経。範頼と義経は、つながっていたのか。

しかし、この考えは、あくまでも推測の域を出ない。

兄頼朝にとっては、裏切り者の弟範頼と義経。

日本史の教科書に出てこない、このようなとんでもない空想（妄想？）が筆者の胸の内を占め始めたのは、ある地方の郷土史の一ページを目にした時からである。

第二章　義　経

1　残されたもの

筆者の母の父方は、徳島県美馬郡貞光町（現つるぎ町）太田の出である。

地図を開いて見る。祖父の故郷を流れる貞光川に沿って南に南に遡ると、そこに安徳天皇の剣を祀ったから命名されたと伝わる剣山（つるぎさん）がある。標高一九五五メートル。四国で二番目に高い山である。

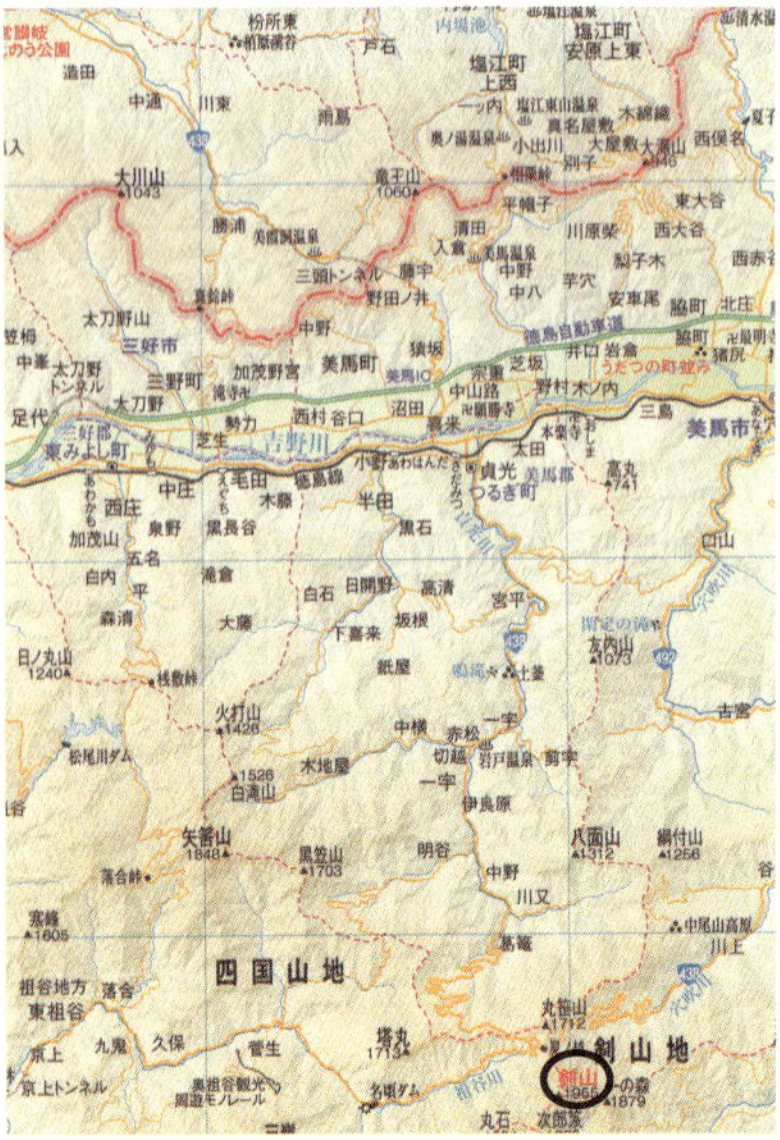

剣　山

祖父には親同士が決めた許嫁（フィアンセ）がいたが、祖母との恋愛を選び、家を出たそうだ。母は、二十代前半で九州に来た。筆者は、母の父方について、あまり、くわしく知らされなかった。

亡き叔父から曾祖父の事が郷土史に出ていると、ずいぶん昔、ふとした折に聞いたことがあった。

近年、そのことを思い出したので調べてみた。

太田村の旧家矢野家について書かれた古文書「文化十三子年（一八一六）太田村就棟付御改付指出御譜代家来連書帳」を所蔵しているとして、祖父の実家の名が出ていた。それで、町史のあるページに目が留まった。

その後のページには矢野家の先祖の略系図も紹介されていた。それによると、同家の先祖は平国盛（平教経（のりつね））で、国盛から六代目の弟にあたる人は、太田庄に住み、同地に葬られたらしい。

国盛の名の下には次のように記されていた。

「従四位越後守讃岐八島合戦以来阿波祖谷阿佐庄ニ引籠承元二年卯月十日崩レ死ス」。

承元二年とは、一二〇八年である。

それを見た時、この地域一帯に広がる平家伝説が改めて思い起こされた。筆者にとっても、それは非常に身近なものとして感じられたのである。

ところで、つるぎ町西山に熊野神社がある。創立不詳であるが、鎌倉時代、熊野信仰隆盛の頃に祀られたものだろうと言われている。

ここには、天長年間（八二四～八三三年）の棟札（むなふだ）があり、「若女一王子」と書かれている。

棟札とは何か。辞書の意味は次のようである。「棟上げや再建・修理の時、工事の由緒、建築の年月、建築者または工匠の名などを記して棟木に打ち付ける札」。「若女一王子」とは、「若一王子」「若宮王子」と同じもので紀伊熊野本宮十二所中の一摂社の名であるという。

町史は「この棟札は、あまりに古いものである」とし、「王子祠が盛に熊野参詣道に建立されたのは平安朝末から鎌倉時代であるから、それより遙か以前の天長年代にこの辺境にまでこの信仰が伝わり祠社が建立されたとは思われない。」としている。

そして、この棟札について、二人の説をあげている。一人は、「後世のものであろう」とし、もう一人は「故ありて他社の物を当社に保存する物ならん」としている。筆者は後者の説に賛同したい。その昔、つるぎ町の熊野神社にこの棟札を持ってきた人がいたのだ。

ところで、ここで「平家物語」の壇ノ浦合戦の場面を一部引用してみたい。

熊野別当湛増は、平家重恩の身なりしが、忽ちに心変りして平家へや参るべき、源氏へや参るべきと思ひけるが、田辺の今熊野に七日参籠申し、御神楽を奏し、権現へ祈誓を致す。但し白旗に付けと御託宣ありしかども、猶疑をなしまゐらせて、赤き鶏七つ白い鶏七つ、是をもつて権現の御前にて勝負をせさせけるに、赤き鳥一つも勝たず、皆負けてぞ逃げにける。さてこそ源氏へまゐらんとは思ひ定めけれ。一門の者共相催し、都合其の勢二千余人、二百余艘の兵船に乗りつれて、若王子の御正躰を舟に乗せ奉り、旗のよこがみには、金剛童子を書き奉て壇浦へ寄するを見て、源氏も平氏も共に拝し奉る。されども源氏に付きければ、平家興醒めてぞ思はれける。

〈訳〉熊野別当湛増は、平家に深い恩恵を受けた身であったが、突然心替わりして、平家につくべきか、源氏につくべきかと迷って、田辺の今熊野神社に七日参籠して、お神楽を奏し、権現へ祈誓をした。もっとも、白旗につけとの御託宣は（早く）あったのだけれども、なお疑い申しあげて、赤い鶏を七羽、白い鶏を七羽、この両者をもって権現の御前で勝負をさせたところが、赤い鶏は一羽も勝たず、みんな負けて逃げてしまった。さてこそ、源氏につこうと心を決めたのであった。一門の者たちを狩り集め、都合その勢二千余人が二百余艘の兵船に乗り込み、船列を作り、若王子の御神体を船にお乗せし、旗の上の横木には金剛童子をお書き申しあげ、壇浦へ進んで行ったが、それを見て、源氏も平氏もともに、これを伏し拝んだ。しかしこの一隊は源氏方に味方したので、平家は、落胆してしまった。

義経の忠臣と言われる武蔵坊弁慶の父は、熊野水軍のリーダーであった熊野別当湛増という伝承がある。他に、湛増の弟湛真が弁慶の父という説もある（中瀬喜陽氏『弁慶伝説』）。湛増は、紀伊国西牟婁郡田辺（現和歌山県田辺市）に住み、田辺別当と称された。田辺は彼の統率する熊野水軍の根拠地だったという。

湛増が舟に乗せ奉ったという「若王子の御正躰」などの中に、つるぎ町の熊野神社にあるという九世紀の棟札も混ざっていたのではなかったか。「若王子」とは、前述した熊野十二所権現の一つ、「若一王子」や「若宮王子」「若女一王子」と同じものである。

しかし、この考えは、あまりに短絡的で無鉄砲なこじつけであるかもしれない。何の根拠も無いわけである。

ところで、つるぎ町には、もう一つ同じ名前の熊野神社がある。

太田にある熊野神社には、県文化財にもなっている鉄製六角形釣燈籠（つりとうろう）がある。『徳島県史』より次に引用する。

「はめ板はすべて亡失し、現存しているのは火口の扉だけである。高さ四五・五センチメートル、傘は正確な六角形ではないが、直径の最大値は三九センチメートル、その先端部のカーブは鎌倉様の

釣燈籠（「徳島県史」より）

温雅な趣を伝えている。扉は薄い鉄板で、上半に菱形の窓をあけ、下半に五行計三十八字の銘文を陰刻している。銘文によれば永徳二年（一三八二）の金属工芸品である。」

この灯篭の扉には、次のような銘があるそうだ。

「阿州太田権現燈籠　大檀那　沙弥義浄　源信嗣　大願主
金剛仏子弁海　永徳二年壬戌六月廿四日」

永徳二年は、室町時代半ばである。「永徳」の年号は、北朝方で使われていて、南朝弘和二年にあたる。

この神社のすぐそばに萬福寺という古刹がある。真言宗御室派に属している。

阿波国神社帳・美馬郡太田村棟附帳によると、萬福寺は、太田の熊野神社の別当であったという。

また、同じつるぎ町内に、最明寺（真言宗大覚寺派）という古刹がある。このお寺について『徳島県の歴史散歩』には次のように記されている。

「寺伝によると行基の開創で、初め西光寺と号したが、最明寺入道（鎌倉幕府五代執権北条時頼）が訪れたのを機に最明寺と改めたとする。寺宝の木造毘沙門天立像（国重文）は、ヒノキの一木造で平安時代後期の作とされる。また、寄木造の木造阿弥陀如来坐像（県文化）は平安時代末期頃の作とされる。絹本著色地蔵来迎図（県文化、徳島県立博物館寄託）は、鎌倉時代の作風をよく示す。」

このお寺の存在を知った時、いくつかの疑問点が生じた。一つは、どうしてこんな田舎（失礼！）の寺に時の大将軍がやってきたのかという点である。寺領を渡すためだと言われてはいるが。筆者の脳裏には、寺宝の木造毘沙門天立像と義経がその昔信仰していたという鞍馬寺の毘沙門天立像がダブった。

最明寺の案内板には、「造営は明らかでないが、平安朝・藤原時代から鎌倉時代にかけてと考えられる。毘沙門天は、戦勝祈願のために祀られる事が多く、これを守護神とした地域の武士階級の存在を感じさせる。全体様相は日本全国でみられるものに準じているが最明寺のものは腰をひねっているところが特徴といえる。」などと書かれている。

義経が頼朝に追われていた時、愛妾の静御前は、吉野山の金峰山寺の蔵王堂前で不覚にも、あるいは故意だったのか捕えられる。以前、義経と静御前は、金峰山寺の塔頭のひとつである吉水院にかくまわれていた。その時、蔵王堂の金剛蔵王権現像を見る機会はなかっただろうか。そのインパクトのあるイメージは、二人の心に焼き付いていたであろう。

金峰山寺 蔵王堂 金剛蔵王権現像（「週刊現代」より）

最明寺 木造毘沙門天立像（「脇町史」より）

最明寺のものが何か影響を受けたということは考えられないか。

この寺は京都鞍馬寺と同じ真言宗大覚寺派である。元の寺名の西光寺は再興寺と意味をかけていたとは考えられないか。

これらは、あくまでも思いこみの激しい筆者の妄想、我田引水、思い過ごしに過ぎないのか。

ところで、筆者の思い過ごしだと、

この寺の寺紋は語っていた。寺の紋は「三ツ鱗（うろこ）」であり、この紋は北条氏が専用した紋である。しかし、北条氏が訪れた際に、寺の名前と同様、改められたか、あるいは、領主となった北条氏の関係であるかもしれない。

いずれにしても、寺の案内板に言うように鎌倉時代初期、この地域に武士の存在が感じられる。

徳島市の街を歩くとすぐに目に入ってくる眉山（びざん）。観光ガイドに必ず載っている眉山。その麓にある竹林院の境内にある十三層塔は、義経の妾静御前の供養塔とも伝えられている。基壇（きだん）の軸石の四方に密教金剛界の四仏が花文字で刻み込まれているという（『徳島県の歴史散歩』より）。

昭和四十一年発行の徳島県史第二巻によれば、その様式、手法から鎌倉時代初期のものと推定されるらしい。そして、塔身に五暦の文字を有するので文治五年（一一八九）または建久五年（一一九四）建長五年（一二五三）のいずれかであろうという。

現在の高さは総高四メートル五十五センチである。これはもと和歌山県にあったものを江戸時代に篤信者が寺に寄進したものと説明されている。もとは後庭の山の麓に建っていたという。

静御前の墓、供養塔というものは、全国各地にあるらしく、これもその一つのようだ。また、静御前の母の出身地も沢山の伝承がある。

平成二十三年十月、この供養塔を訪ねて徳島市八万町に行った。お寺の境内を探したが見当たらなかった。ずうずうしかったが、飛び込みで住職さんの家を訪ねた。

住職さんのお話によると、静御前の母磯野前司の出身地が徳島県鳴門なので、娘の供養のために作ったのではないかと町史に載っている、とのことであった。

また、境内にあった供養塔は、平成十六年の台風の際、強風にあおられて落石して壊れた状態のままで現在は見学できないということだった。供養塔が見られず、残念な思いのまま帰途についた。

ところで、壇ノ浦で入水した安徳天皇の生母建礼門院は、京都の寂光院で平家の菩提を弔って余生を送ったと通常言われている。が、建礼門院の墓と伝わる五輪塔が徳島県三好市三野町に、お祀りしている神社（王太子神社）が徳島県美馬郡一宇村（現つるぎ町・地元の人達は「イッチュウ」と言う）杣野にある。

以下、「一宇村史」の王太子神社の項を一部引用する。

「安徳帝の御母、建礼門院を祀るともいう。御母が安徳帝をたずねて貞光川より入り来て、東祖谷山村へ行こうとしたが、長い旅路に力尽きてとうとうこの地でご自害なし給うた。その時着ていた錦の衣を祀って、王太子神と称したという。また一説によると、平家の流れ人の家族を祀ったという伝説もある。」

この地方の方言で、「会う」ことを「おう」と言う。「おうたいし」とは、「子に会ひ（おう）たし」「太子に会ふ」という意味でつけられたのだろうか。方言でなくとも、古語の「会ふ」の発音は「オウ」である。

なにはともあれ、その昔、この山深い地に逃げてきた女人が数名いたのは確かだろう。

この地域には建礼門院にまつわる伝説がいくつか残されているようだ。杣野部落に「平井」という地名がある。この地名の起こりについては、次のような伝説が村史に紹介されていた。

「屋島の合戦に敗れた平家方は、安徳帝を奉じて祖谷に入って来た。建礼門院は御子、安徳帝の後を追って王太子（杣野）まで来られたが力尽きて自害なされた。その時の宝物が川に流れているのを、と言われている。」

この部落の人達が拾い、椿尾神社に納めた。この宝物をひらったことから、ヒライ（平井）になった

「ひらった」というのは、この地方の方言である。「ひろった」という意味である。

この椿尾神社の御神体は、鼓であるという。

他に、村史には、平清盛の妻二位尼（平時子）が、古見部落にある五所神社の所に出て来る。次にその部分を引用する。

「神社庁由緒書きによれば、阿波国祖忌部神社の末社古見崎大明神と称し、屋島合戦の時平清盛の妻二位尼、安徳天皇を奉じ落ちのびる途中、当社に参拝し、鼓を献じ五穀の神を奉祀し、古見の五社大明神に祈念したと記されている。」

2　おたずね者

義経が頼朝に追われていた時、次のような宣旨（せんじ）（天皇の文書）が出されている。

「吾妻鏡」　文治二年（一一八六）三月

十四日、壬辰（みずのえたつ）。（源）行家と（源）義経を捜し求めるようにとの宣旨が関東に到着した。それは、次のようであった。

文治二年二月三十日　　　宣旨

前備前守源行家・前伊予守源義経らは、邪悪な心が日ごとに積もり、反逆の企みが露顕して、京の外へと逐われ、山野に逃亡している。隠れ場所はおおよそ聞こえてきた。熊野・金峰山および大和・河内・伊賀・伊勢・紀伊・阿波などの国司に命じて、確かにその居場所を捜し出し、その身柄を捕えて進めるように。

蔵人頭左中弁藤原光長　奉

逃亡先として、最後に「阿波」が入っている。ということは、当時、義経が四国にいたという情報もあったのかもしれない。ということは、義経と「阿波」は全く無関係でもなかったのではないか。

筆者は、奥州で死んだ（一一八九年）とされる義経が生きていて、案外、意外な場所にいたとしたらと思った。安徳帝とともに、あるいは、その消息がわかる環境にいた。いや、奥州、あるいは近畿地方にいたのかもしれないと考えた。

源平最後の戦いと言われる壇ノ浦合戦。いや、それ以前の屋島の合戦も実は、義経のお芝居・パフォーマンスだったのではないか。

現代と異なり、ビデオカメラが入って来るわけでもなく、中継が始まるわけでもない。実況放送無しである。写真も無いし、誰と見分けることも難しかったのではないか。

そして、逆に今と違い、出立や武具に名前を入れるなど本人を表す小道具には事欠かなかった。当時は、戦う前に名乗りを上げたというから、逆に身代わりは簡単にできたと思われる。

身代わりをたてて本物は逃げたのではないか。

そう考えるならこの時代の出来事の様々な疑問点が解決されていく。不自然と思われていたことが自然なことになってきたから面白い。

義経は実は朝廷・奥州藤原氏・平家と与していた。

平家に替わり朝廷を凌ぐ強権・実権をも取得しようと台頭していた兄。その兄を代表とする東国政権のために働いていたわけではない。むしろ、朝廷や奥州藤原氏らと、恐れ多くも朝廷を凌ぐほどの権力を持とうとする東国の不遜な輩（やから）を懲らしめようと画策していたのではないか。少なくとも、朝廷の外戚である平家を西海に沈めて滅亡させる気まではなかったに違いない。それは、朝廷からも頼まれていただろう。

彼にとって日本国の支配者はやはり天皇であり、めざす国家の有りようは天皇を中心としたものだった。よく考えてみると、頼朝と異なり、義経の場合は平家や公家に対する思いも複雑だっただろう。

平清盛は実父を殺した憎っくき仇である。しかし、一方では、祖母や母、兄達や自分の命を助けてくれた恩人でもあった。平家には、清盛と母との間に生まれた父親違いの妹もいた。彼女は平家一門の都落ちの舟に乗っていたのである。

また、人格者であったと言われる継父は、公家であった。義経には、この継父を実の父親と思い過ごした幸せな幼少期もあったのではないだろうか。

継父一条長成の父は白河院・鳥羽院の近臣の参議藤原忠能であり、母の姉妹は鳥羽院近臣の藤原基隆に嫁いでいる。

継父と母の間には弟の一条能成（良成）も生まれていた。母常盤御前は前述したように、九条院の雑仕女であった。母もまた、かつて一時期、公家の世界の中で生きていたし、再婚相手も公家であった。推測の域を出ないが、義経が鞍馬寺を出て、奥州に行ったのも、そこを出て頼朝のもとに行ったのも、ひとえに源氏再興や父の無念を晴らすためだけではなかったのかもしれない。

と、このように筆者の妄想は広がったのだ。

義経が生きていて、国内にいたとしたら……。

筆者は頭の中に浮かんでくるさまざまの妄想をまとめるために八百数十年前に遡ってみる気になった。歴史の専門家でもなく、日本史に関して全く浅学非才の身である。筆者の述べることは荒唐無稽・支離滅裂・奇想天外のものとして歴史家の先生方に一笑に付される類のものかもしれない。それも覚悟で、恥を承知で独断と偏見に満ちた、この時代における歴史推理をさらに進めて行きたい。

3　屋島先行

元暦二年（一一八五）二月、義経は、平家討伐のために摂津国（現大阪府）渡辺の港から讃岐国（現香川県）屋島へ向けて出航しようとしていた。幕府の記録書「吾妻鏡」には次のように出ている。

元暦二年二月

二十一日、乙亥（きのとい）。平家は讃岐国の志度（しど）道場に引き籠もった。廷尉（ていい）（源義経）は八十騎の兵を率いて、追ってそこに至った。平氏の家人（けにん）の田内左衛門尉（粟田教能）は義経に帰順した。また河野四郎通信は、三十艘の兵船を整えて加わった。義経主(ぬし)はすでに阿波国に渡り、熊野別当湛増も源氏に味方するために同じく渡海するとの噂が、今日、京まで届いたという。

二十二日、丙子(ひのえね)。梶原平三景時をはじめとする東国の武士たちは、百四十余艘の船で屋島の磯に到着したという。

元暦二年三月
八日辛卯(かのとう)。源廷尉(義経)の飛脚が西国から到着し、申して言った。「去る十七日にわずかに百五十騎を率いて、暴風の中、渡辺より船出し、翌日の卯(う)の刻には阿波国に到着して、そこで合戦を遂げました。平家に従う兵はあるいは誅(ちゅう)せられ、あるいは逃亡しました。そこで十九日に、義経は屋島に向かわれました。」この使いは合戦の結果を待たずに(鎌倉に)馳せ参ろうとして、播磨国において後ろを振り返って見たところ、屋島の方で黒煙が天に聳(そび)えており、合戦はすでに終わり、内裏などの建物が焼けたことは疑いがないと思ったという。

屋島の戦いの際、暴風を凌いで義経は僅か百五十騎(二百騎ともいう)で先行した。所謂、先陣争いのためだったのだろうか。

いや、そうではなかった。義経が平家サイドの人々を逃がすために急いだのだ。

出発日の前日である元暦二年(一一八五)二月十六日、後白河法皇の側近である高階(たかしなの)泰経が義経の出航を思いとどまらせようとしたと言われている。

この高階泰経の行動について、九条兼実は「玉葉」の中で次のように言っている。

「伝へ聞く、大蔵卿泰経御使となり渡辺に向ふ。これ義経の発向を制止せんためと云々。これ京中武士無きに依り御用心のためなりと云々。然れども敢へて承引せずと云々。泰経已に公卿たり。かくの如き小事に依り輙く義経の許に向ふ、太だ見苦しと云々。」

（高橋貞一氏『訓読玉葉』）

朝廷方は義経に何を言いに渡辺まで来たのだろうか。目的は何だったのか。言われているように都の治安維持にあたる武力がなくなるのを恐れて、出航を思いとどまらせるためなのか。そういうことなら兼実の言うように「はなはだ見苦し」ということになるだろう。

いや、それは義経への「確認」あるいは「打ち合わせ」ではなかったか。確認・打ち合わせとは？

この時点で、朝廷方の一番の関心事は何になるのか。わざわざ、朝廷方の大物高階泰経がやってきた意味とは？

それは安徳天皇と「三種の神器」を鎌倉方に渡さないようにとの、無事、朝廷に戻すようにとの再度の依頼ではなかったか。

「三種の神器」とは、皇位の象徴として歴代天皇が継承してきた三つの宝で「八咫(やた)の鏡(かがみ)」「草薙(くさなぎ)の剣(つるぎ)（天叢雲剣(あめのむらくものつるぎ)とも）」「八坂瓊(やさかに)の勾玉(まがたま)」の総称である。

この三つの神器がないと正当の天皇と見なされないはずであった。天皇家にとっては、先祖代々のお宝、この世に二つとないお宝である。こう言ったら何だが、帝の代わりはいても神器の代替品は無いはずだった。

このお宝は今、西海上の安徳天皇のもとにある。天皇家の執着はここに極まったはずである。

鎌倉方がこのお宝を手に入れたら、どうなるか。どれ程の力を持って相対して来るか。

ややもすれば、東国に朝廷を立てるやもしれぬと都の朝廷方は危惧していたにちがいない。

「三種の神器」の一つ「草薙の剣」については、壇ノ浦の合戦の際、安徳天皇とともに山口県下関市壇ノ浦の海中に沈んだと言われている。「平家物語」には、次のように語られる。

「平家物語」巻第十一　剣

吾が朝には神代よりつたはれる霊剣三つあり。〈中略〉草なぎの剣は内裏（だいり）にあり。今の宝剣是なり。〈中略〉「たとひ二位殿、腰にさして海に沈み給ふとも、たやすう失（う）すべからず」とて、すぐれたる海人（あまうど）共を召してかづきもとめられけるうへ、霊仏霊社にたつとき僧をこめ、種種の神宝をささげて、祈り申されけれども、つひにうせにけり。

〈訳〉わが朝には神代から伝わって来た霊剣が三つある。〈中略〉草薙の剣は内裏にある。今の宝剣がそれである。〈中略〉「たとい、二位殿が腰にさして海に沈まれたとしても、そうやすやすなくなるはずはない」と言って、すぐれた海女を呼んで、潜水をさせて行方をおさがさせになり、一方では、霊仏霊社に貴い僧を籠らせ、いろいろの神宝を捧げて祈られたけれども、ついに行方はわからず、なくなってしまったのであった。

高階泰経は後白河法皇の名代として安徳天皇の保護と神器を東国政権にくれぐれも渡さぬように、朝廷に返すようにと、義経に重ねて頼んだのでは無かったか。朝廷方が一番恐れ、気がかりだったのは、このことではなかったかと思われる。

だからこそ、屋島の戦いの際、義経は味方の目を欺くため、何が何でも暴風の中を命がけで先行した。安徳天皇と神器を無事にお守りする手続きをとる必要があったのである。先回りして、義経は平家との間に何らかの約束事をしなければならなかった。

そういうわけで、屋島で、平家も本格的に戦う姿勢を取らなかったのである。彼らにとって「義経は敵」ではなかったのではないか。

嵐の中を不眠不休、命がけで馳せ参じ疲れ切っていた義経らを襲撃できるチャンスが平家にはあったのに、屋島で時間的余裕はあったのにと「平家物語」にも次のように出ている。

「平家物語」巻第十一　弓流

一日戦ひ暮らし、夜に入りければ、平家の船は沖に浮かぶ。源氏は牟礼(むれ)・高松の中なる野山に陣をぞ取つたりける。源氏の兵共此の三日が間は臥さざりけり。一昨日渡辺・福嶋を出でて、大波に蕩(ゆ)られまどろまず。昨日阿波国勝浦に着いて軍(いくさ)して、終夜(よもすがら)中山越え、今日又一日戦ひ暮らしたりければ、皆疲れはてて、或は甲(かぶと)を枕にし、或は鎧の袖箙(えびら)などを枕にて、前後も知らずぞ臥したりける。されども其の中に、判官と伊勢三郎は寝ざりけり。判官は高き所にのぼりあがり、敵やよすると遠(とほ)みして居給へば、伊勢三郎はくぼき所に隠れ居て、敵寄せば先づ馬のふと腹射んとて、待ちかけたり。其の夜平家の方には、能登殿を大将軍にて、源氏を夜討にせんと、支度せられたりしかども、越中次郎兵衛、海老次郎と先陣をあらそふ程に、其の夜も空しく明けにけり。寄せたりせば、源氏なにかあらまし。よせざりけるこそせめての運の極めなれ。

〈訳〉こうして一日じゅう戦い暮らし、夜になったので平家の船は沖に浮かび、源氏は牟礼・高松の間の野山に陣をとった。源氏の兵たちは、この三日の間というもの、全く寝ていなかったのである。一昨日摂津の渡辺・福島を出てから大波に揺られて一睡もせず、昨日は阿波国勝浦に着いて戦をして、そのまま徹夜で中山を越え、今日また終日戦い続けたので、みな疲れはてて、ある者は兜を枕にし、ある者は鎧の袖や箙などを枕として、前後不覚で寝込んでしまった。けれどもその中で、判官と伊勢三郎は寝なかった。判官は高いところに上り、敵が夜討をかけはしないかと遠見をし、伊勢三郎は窪みにかくれて、敵が寄せて来たらまず馬の太腹を射ようとて待ちかけていた。その夜平家のほうでは、能登殿を大将軍として、源氏を夜討にしようと用意をしたけれども、越中次郎兵衛と、海老次郎とが先陣を争っているうちに、その夜もむなしく明けてしまったのである。もしこの時、攻め寄せていたとしたら、源氏は壊滅していたであろう。押し寄せなかったのは、よくよくの平家の運のつきである。

勿論、「平家物語」はあくまで物語（フィクション）であって事実はどこまでなのかわからない。が、この時代も戦いの際は従軍記者のような者がいたという。そのような人から伝えられた話も「平家物語」の中に入っていると考えられる。

この段が事実に近いものであるなら、この時、伝えられているように屋島で安徳天皇以下一行は逃亡したのだろう。敵味方とも合意の上で逃がしたのではないか。

「平家物語」の有名な場面である那須の与一が扇の的を射る段などもやはり、実際の出来事ではないだろうか。そして、この扇の的を射る場面など時間かせぎに思われて仕方がない。何の時間稼ぎかと言われるなら、くどいようだが、天皇一行を逃がすためである。兵士達の眼を別の所に引きつけるためのカモフラージュでなかったか。

4　落人達

全国各地に残る平家落人伝説。「伝説」とは一体何だろう。広辞苑には次のように出ていた。

「うわさ。風説。」

我が国のことわざに「火の無い所に煙は立たぬ」がある。全く何も無いところに伝説が生まれる筈はないだろう。何百年の間には、脚色・風化もあっただろう。しかし、どんなに年月を経ても、わずかの痕跡は残っていると思える。

当時の武将に替え玉・影武者は当たり前だったのではないだろうか。それでは落ち延びた方が替え玉・影武者であろうか。やはり、その解釈には無理がある。なぜなら、要人を名乗れば、それだけ命の危険性が高くなるからだ。

ただし、本物を逃がそうとし、敵の目を欺くために、偽者が別の場所で、その名を語るということなどはあったかもしれない。だから、同一人物が同一時期にいろいろな場所に出没しているということになるのだろう。

安徳天皇も壇ノ浦で入水せず落ち延びたと思われる。安徳帝遷幸地は、九州四国地方を中心に全国十数箇所に及ぶという。場所移動もあっただろうし、追っ手を撹乱させるということもあったが故に多いのではないか。

九州筑後地方に残る伝説は、熊本の五箇庄へ逃げる道中の出来事のようだ。平家関係者の名として、平知盛・二位尼・按察使局（あぜちのつぼね）・平宗盛などがあげられている。

なんと、なんと、壇ノ浦の合戦場面における平家の主要人物勢揃いである。彼等は、西海で亡くなったり、捕われたりしていたはずだ。そして、彼らにさらに加わるのが安徳天皇。

安徳天皇については、宮内省指定の「安徳帝御陵参考地」が各地にあることからもわかるように、この筑後地方の場合もカモフラージュではないかと思われる。他の地の本物の安徳天皇をお守り申しあげたのではないだろうか。また、天皇を連れていたら、里の者も自分達を邪険には扱わないだろうという計算もあったのではないかと思われる。

なぜなら、天皇はいち早く能登殿（平国盛）らと四国の屋島で逃げたと考える方が最も妥当であると思われるからだ。

そういうわけで、義経は平家を滅亡させ勝利したというより、予定通り壇ノ浦を戦い、平家の要人のほとんどを予定通り逃がしたことに勝利したと言える。

義経が気にしたのは敵方というより味方の源氏方の目では無かったか。

徳島県にある剣山は、『徳島県の歴史散歩』によると安徳天皇の遺勅によって剣を納め、剣山大権現を勧請したのが、その名の由来とされている。

四国の地図を開いて見ると不思議なことに気づかされる。香川県の屋島と徳島県の貞光川（剣山系の丸笹山を源とする）と剣山を結ぶ。すると、線は地図上でちょうど南北を走る線とほぼ重なる。

それはやはり、逃亡しやすいルートでは無かったか。逃亡者は、南へ南へと逃げて、最終的に貞光川に沿って上れば良かった。行く手には身を隠すのに適した秘境の地が待っていた。

筆者ははじめそう考えた。しかし、いろいろ調べ出すと、ルートは別のものであったのかもしれないということになった。郷土資料等には、別の経路が語られている。

なにしろ、当時の交通路もよくわからないらしい。また、道なき道を逃亡者達はたどったかもしれない。ただ、地図上で屋島と貞光川と剣山がほぼ南北一直線上に結ばれるのも不思議な気がする。

屋島の戦いの際、義経が通ったと言われる逆ルートで大山（阿讃山脈）を越えてやって来たのだろうか。険しい山道を逃亡するのは、さぞかし大変だっただろう。地図も磁石もスマートフォンもアイフォンも無い時代。人目を避けながら女子供を連れて逃げるのである。もっとも案内人はいただろう。

香川県屋島と徳島県貞光川、剣山

平家の要人が逃亡してきて住んだとされる地は全国各地にあるが、そこに定住していたかどうかは解らないとされる。しかし、徳島県の祖谷地方は、日本三大秘境の一つとされている。やはり、落人が潜伏するに相応しい地だと思われるし、今も住んだ跡が残されている。

「平家物語」の壇ノ浦の合戦には、不思議な場面が出てくる。

「平家物語」巻第十一先帝身投

主上今年は八歳にぞならせましましける。御年の程より遙かに年預(ねび)させ給ひて、御姿厳(いつく)しうあたりもてり耀(かかや)くばかりなり。御髪黒うゆらゆらとして、御背過(おんせなかす)ぎさせ給へり。〈中略〉山鳩色(やまばといろ)の御衣(ぎょい)に、びんづら結(ゆ)はせ給ひて、御涙におぼれ、小さう美しき御手を合はせ、先づ東(ひんがし)に向かはせ給ひて、〈中略〉悲しきかな、無常の春の風忽ちに花の御姿を散らし、情無きかな、分段(ぶんだん)の荒き浪、玉躰(ぎょくたい)を沈め奉(たてまつ)る。

〈訳〉安徳天皇は今年八歳にましまます。御歳のほどよりは、はるかに大人び給うて、端麗なそのお姿は、あたりも照り輝くばかりである。御髪(みぐし)も黒く、ゆらゆらとしてお背中の下まで垂れておられた。〈中略〉山鳩色の御衣を召し、びんずらをお結いになり、お顔じゅう、涙でいっぱいの天皇は、小さい美しい御手を合わせ、まず東にお向かいになって、〈中略〉悲しいかな、無常の春の風は、たちまちに花のようなお姿を散らし、痛ましいかな、宿業の荒き浪は天皇の御からだを沈め奉ったのである。

天皇の御ぐしが御背中を過ぎているというのが気になる所である。当時の貴族は、男女とも成人する迄「振り分け髪」と言って前髪を額の真ん中から分けて肩あたりで切り揃えていたと言われる。そして、個人差はあるが、女子の場合は八歳頃から髪をのばし始めたという。

壇ノ浦周辺の漁民によって天皇の御骸は漁網によって引き上げられた。天皇は女性だったという漁民の噂が当時あったとも筆者は何かで読んだ記憶がある。天皇の身代わりが女性だったことも充分考えられるのではないか。

また、この描写の数行後に「びんづら結はせ給ひて（びんづらをお結いになり）」という描写が出て来る。「びんづら」とは、「髪を中央から左右に分け、両耳のあたりで束ねた形で、高貴の少年の結髪」という。前述の「御髪黒うゆらゆらとして、御背過ぎさせ給へり」の部分と矛盾する。この件に関して、「びんづら云々」の箇所は後に語り加えたものと考えられている（冨倉徳次郎氏「平家物語全注釈」）。

安徳天皇を擁して逃げた中心人物は、伝えられているように、平国盛（平教経）、平清盛の甥である能登殿だろう（二二頁系図参照）。彼は、「平家物語」の中にも平家一の強者として登場する。

「平家物語」巻第十一屋島

能登殿〈中略〉王城一のつよ弓精兵にておはしければ、

〈訳〉能登殿〈中略〉京都一の強弓であられたので、

「平家物語」巻第十一能登殿最後

凡そ能登守教経の矢さきにまはる者こそなかりけれ。今日を最後とや思はれけん、

〈訳〉およそ能登守教経の射られた矢に立ち向かえる者はいなかった。今日を最後と思われたのであろう、

この後の場面で能登殿は多くの敵を討つが、平知盛に途中で制止される。そして、その後、敵方の大将の義経にも出会うが、途中で追うのをやめて入水する。「義経八艘飛び」という話が生まれた場面であるが、それにしても、なぜ、能登殿は義経をねばり強く追わなかったのか。

前にも言ったように、やはり、義経は敵でなかったからである。また、この時の平知盛も本当に本人だったのか疑問の残る所である。

そして、一人目立っているこの人物も国盛（教経）ではなかったのである。

仮に、国盛（教経）が逃げていたとして、京都一の強者が一人早々と逃げる筈はない。王城一の兵士だからこそ、彼は重大な使命を帯びていたのだ。それは神器を携えた天皇を死守して安全な場所までお連れ申し上げることであった。だから、彼は屋島で逃げた。

ところで、国盛は屋島で味方の退軍に取り残され、仕方無く祖谷の地へ来たが、天皇は供奉していなかったというのが真実ではないかという説（喜田貞吉氏　明治三十年発表）もある。

元暦二年（一一八五）二月十七日、義経は平家を討伐するために摂津の国渡辺の港を出たのではない。天皇と神器を東国政権に渡さぬよう、無事にお守りして逃がすために、命がけで暴風の中、海を越えたのであった。

今まで述べて来たように、義経は少なくとも、この時、既に兄の頼朝に対して大きな裏切り行為をしていたのである。

5　名将義経

坂田健一氏著『筑後史伝秘話』の中に佐賀県鳥栖市の旧家の古文書「立石家据置記」が出ているので一部引用してみたい。

時は寿永四年春の夜丑の時過ぎに、人の呼ぶ声きこえたれば打驚き何者ならんと、一刀を手にして表口を見てみれば、女子に大男五人なれば悪しき者にあらずと、此処に御立ち寄り下されと云ふ声と共に内に御入りになりました。其時の御言に我々は平氏一族なり、汝を男と見る故何一つかくさず御話申す。我等平氏此の度の敗戦に涙と血とある名将義経の為め身替を立て、流れ流れて小倉に行き足を留る処一も之無く、あなたこなたを通り太宰府に来り〈中略〉此処まで来りし者なり。〈中略〉何時源氏来りしとも〈中略〉御心配なく御安心遊ばされる様と申しかば、御一同大いに悦び〈中略〉間者共は不思議に思ひ帰る心之無之を見て、女房芳江此河向ひに何か建物らしき物音あり、之ぞ何んの音ならんと申しければ、間者は大いに悦び河を越え見れば表面の行在所あるを見て直ちに此の由を本陣に報告なしたと見へ、後五日目の朝火の手上りました。此時平知盛殿は我水天宮なりと乗物にて八代に流れ給ひ。此時義経の家来の一人平氏一族を落した事を兄大将に話したとの事。其れ故兄大将大いに立腹なし此の上は義経は日本国に置くべきにあらず。一時も早く攻めほろぼせと命ぜしかば、一同におし合せたれば一方は上手一方下手之二つに分したれば知盛様は漸く八代、五箇荘迄落させ給ふ。

前頁の文書の中に、落ちて（逃げて）きた平家が敵の義経を褒める場面があることに先ず驚く。「涙と血とある名将義経の為め身替を立て」のくだりだ。

此処にはっきりと表現されているのではないだろうか。義経は平家を一網打尽にする気はなかったのである。この古文書にあるように彼らを逃がしたのだ。

冒頭の「寿永四年」とは、一一八五年であり、元暦二年である。安徳天皇が退位しないまま後鳥羽天皇が即位して「元暦」と改元されたが、安徳天皇・平家側は、その元号には従わなかったと聞く。

鳥栖市には、八代に落ちたのは平宗盛となっている文書（「橋本荘左衛門旧記」）もある。これによると、宗盛は、壇ノ浦の戦いの前年、安徳天皇を奉じて逃げて来て八代にしばらく居た後、長崎県対馬に落ちのびたということになっている。

時期は合わないが、平宗盛と平知盛どちらも、この地域に逃げてきたことになる。

「立石家据置記」にも、安徳天皇が出てくるが、この少年も替え玉ではないかと筆者には思われる。なぜなら、追っ手が来たら、安徳天皇と紹介した少年を連れて逃げることをせずに、自分だけが安徳天皇を装って玉輦（れん）に乗って平知盛（あるいは宗盛）は逃げているからである。

義経は兄頼朝を裏切った。あろうことか、戦場で味方の兵を欺いて敵の平家を逃がしたのだ。

「故兄大将大いに立腹なし此の上は義経は日本国に置くべきにあらず。一時も早く攻めほろぼせと命ぜしかば、」（前述）とあるように、この時、頼朝は弟義経の背信行為を確信し、不届きな弟に怒髪天を衝いたであろう。

この文書の中に「義経の家来」が出てくる。この家来はどこにいたのだろうか。落人とともにいたのだろうか。もしそうだとしたら、義経が落ちのびる平家に護衛として家臣をつけさせたとも考えられる。高知県の一地域に伝わる話に、追ってきた源氏が歳月の経過とともに平家の落人部落にともに住み着いて仲良く暮らしたというのもあるが、そういうことなら、この話も納得出来る。

平家を見つけたのなら、追っ手の源氏はすぐに戦い、時間はそれ程かけなくとも逃亡してきた平家を捕らえることはできたのではないか。それなのに、やたら、その地に留まって何年も時間が経過したということ自体、どうも解せないからだ。

似た話をもう二つ紹介する。

筆者は宮崎県北部にある日向市で子供の頃を過ごした。その時分、県西部を南北に延びる九州山地中にある椎葉（しいば）村は、平家落人の里だと聞かされた。

源平の戦いに負けて壇ノ浦から逃げた人達。平家の幹部は皆、西海に沈んだり、捕らえられたりしたのだから、逃げた下っ端をどうして、そこまで源氏は追いかけたのか。また、どうして平家の人達もそんな人里離れた地に逃げ込んだのだろうか。彼らは平家の末端の人達だろうのに。

こんな宮崎の田舎まで源氏が追いかけてきて、しかも長い時間をかけて、どういうこと。鶴富（つるとみ）姫って誰？　何で（どうして）、姫と？　当時小学生の筆者は一人素朴な疑問を抱いたのを覚えている。

『宮崎県の歴史散歩』は、この伝説を次のように語っている。

「壇ノ浦合戦（一一八五年）後、生き残った平家の残党が、豊後（現大分県）玖珠（くす）の山から阿蘇を経てこの地に迷いきて、ひそかに住み着くようになった。そのことが鎌倉幕府にわかり、屋島の合戦の扇の的のくだりで有名な那須与一宗高の弟、那須大八郎宗久が討伐に派遣された。ところが平家の残党はすでに再挙の気持ちもなく、貧しい生活をしており、大八郎は討伐をやめ、この地に三年間滞在した。鶴富という平家の娘が彼の寵をうけ、大八郎が帰国するときに妊娠していたので、大八郎は『もし男子が生まれたら私の本国下野国（しもつけ）（現栃木県）につれてこい。女子ならばこれにおよばぬ』と証拠の太刀と系図をあたえて去った。やがて鶴富は女子を出産し、成人した娘に養子を迎えて那須姓を名乗らせた。」

しかし、要人が逃げていたとしたら、鎌倉幕府による熾烈な残党狩りも充分納得できる。しかも、主要メンバーがほとんど逃げているなら、なおさらである。

一方、肥後国（現熊本県）五箇庄（ごかのしょう）（現五家荘）には、平清盛の孫清経（二一頁参照）が壇ノ浦合戦に敗れ、豊後国を経た後、姓を緒方と改め、住み着いたと伝わる。また、屋島の戦いの際、扇の的を差し出した女官玉虫（たまむし）御前もこの地に逃れたという。その時、扇の的を射落とした那須与一の嫡男那須小太郎宗治が追討に訪れ、そのうち玉虫御前との間に愛が芽生え結ばれて当地で幸せに暮らしたという。

「平家物語」に那須与一、宮崎県の椎葉村に与一の弟、ここ五箇庄には与一の息子と、偶然だろうか。那須家総動員である。

椎葉村は宮崎県。五箇庄は熊本県。九州の屋根を形成すると言われる高い連山（九州山地）を県境にして両者は隣接している。（次頁参照）

前述したように、平知盛一行も筑後を経て五箇庄に逃げたと言われている。ところが、五箇庄の平家伝説の中に知盛の名が出てこない。あるいは、その後、別の地（対馬？）に逃げたのだろうか。

四国の祖谷にある平国盛一族のお墓は、ただ大きな石を載せたのみで墓標がないという。要人ほど、慎重に身を隠していたということだろうか。

ところで、福岡県久留米市に安徳天皇や建礼門院・二位尼をお祀りした水天宮（全国総本宮）がある。建礼門院に仕えていた官女、按察使局伊勢が創建したものである。「水天宮神徳記」では、安徳天皇は二十八歳で崩御されたことになっているという（坂田健一氏『筑後史伝秘話』）。伊勢は、元暦二年（一一八五）三月二十四日づけの「吾妻鏡」にも登場する。

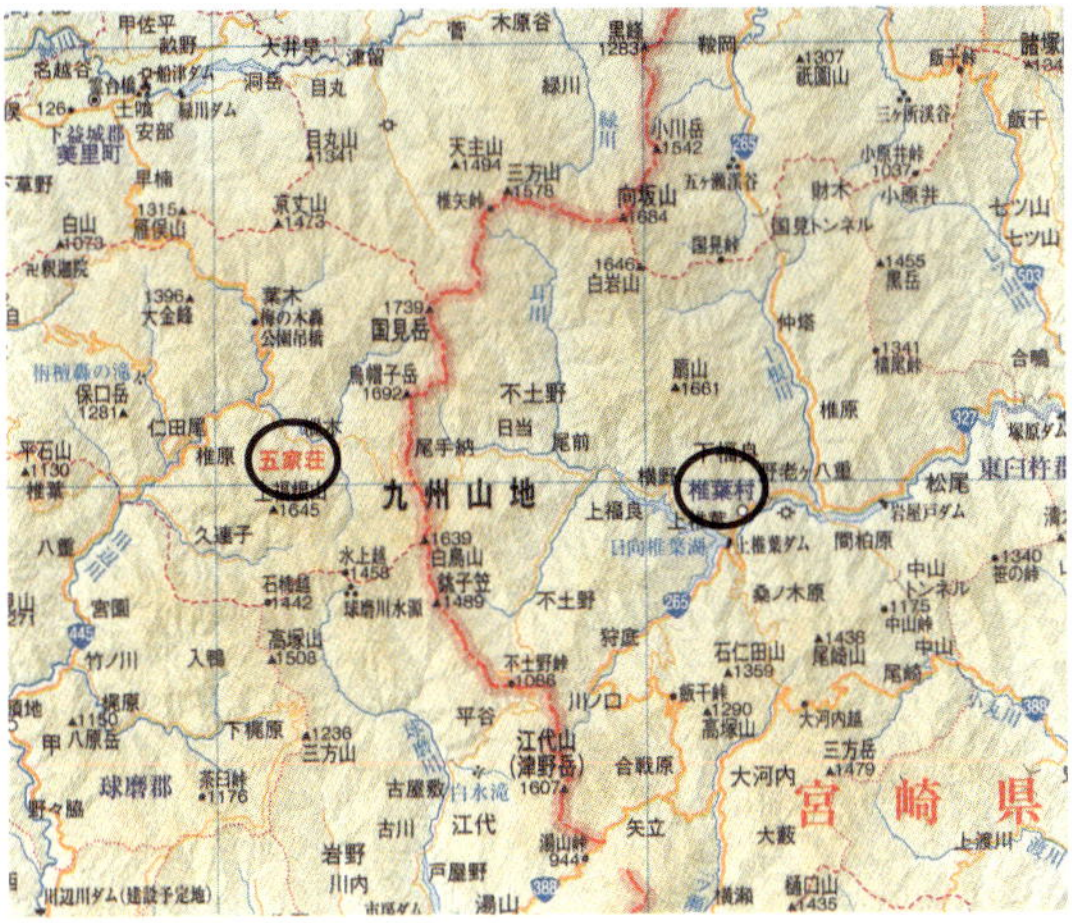

五箇庄（五家荘）と椎葉村

按察局は八歳の先帝（安徳）を抱き奉り、ともに海底に没した。藤の重の御衣を着た建礼門院（平徳子）は、入水されたところを、渡部党の源五馬充が熊手で引き上げ奉った。按察局も同じく生き残った。ただし、先帝はついに浮かび上がられなかった。

彼女は、大和国（現奈良県）石上布留神社（現石上神宮）の神官の娘である。中納言平知盛卿の孫（従四位少将平知時の四男右忠）が肥後国から彼女を訪ねて来たのでこれを養い、その後嗣としたと伝えられる。

この話の中に「平知盛」「肥後国」と出て来る。逃げる際は、通常、家族単位で逃げないだろうか。やはり、知盛は肥後国へ逃げていたのだろうか。

6　生きていた義経

義経は奥州で妻子とともに自害したとされている。このことは、歴史上の大きな疑問点として今まで多くの研究者や作家に指摘されている。筆者も今一つ納得がいかない一人である。

> 「吾妻鏡」文治五年（一一八九）閏四月三十日、己未。今日、陸奥国で（藤原）泰衡が源予州（義経）を襲撃した。これは一つには勅定に従い、一つには二品（源頼朝）の仰せにしたがったものである。義経は民部少輔（藤原）基成朝臣の衣河館におり、泰衡の従兵数百騎がその館に攻め寄せて合戦した。義経の家人らは防戦したが、すべて敗れた。義経は（衣河館の）持仏堂に入り、まず二十二歳の妻と四歳の娘を殺し、次いで自殺したという。

「二十二歳の妻と四歳の娘を殺し」――どうしてこんな酷いことが涙と血とある義経にできたのか。子どもは女の子。道連れにする必要などない。

当時、婦女子は戦いの際、敵に捕縛されても殺されることはなかったようだ。「平家物語」にも二位の尼（平清盛の妻）の建礼門院への言葉の中に次のように出てくる。

男の生き残らん事は、千万が一もありがたし。〈中略〉昔より女は殺さぬ習なれば、いかにもしてながらへて、主上の後世（ごせ）をも弔ひ参らせ、我等が後生（ごしやう）をも助け給へ

〈訳〉（今度の戦で）男が命が助かって生き残ることは、千万分の一もありません。〈中略〉（しかし）昔から（戦では）女は殺さないのが常なのですから、あなたはどうかして生き長らえて、陛下の後世をお弔い申しあげ、私の後世をもお助け下さい。

しかし、「義経替え玉説」が生きるなら、偽者は妻子を殺す必要があったかもしれない。替え玉だったら、残された妻子が秘密を保てず、いつか、どこかで漏れるやもしれぬ。また、妻が夫とともに死ぬ事を望んだなら、それならいっそ……となるであろう。替え玉だったから妻子を殺したのである。

時期も頼朝が亡母供養で動けない、首が腐って見分けがつかない夏の盛りの好機を狙っている。また、藤原氏の義経襲撃の仕方も、わずかな人数を多勢で襲うなど不自然きわまりない。

やはり、義経は死んでいないとするのが自然である。

義経の名前は自害したとされる一一八九年四月の後も、幕府の公式日誌の「吾妻鏡」にまるで生きているかのように出てくる。文治五年（一一八九）十二月・文治六年（一一九〇）正月、このように出てくる。

文治五年（一一八九）十二月

二十三日、戊申（つちのえさる）。奥州からの飛脚が昨晩（鎌倉に）参上して申した。「予州（源義経）ならびに木曾左（さ）

典廐（源義仲）の子息、および（藤原）秀衡入道の息子などという者がおり、それぞれ心を一つに協力し鎌倉に向けて出陣しようとしているとの噂がさかんにされています。」そこで軍勢を北陸道に分けて派遣することについて、今日その審議があった。深雪の時期ではあるが、みな用意をせよと、御書を小諸太郎光兼・佐々木三郎盛綱をはじめとする越後・信濃などの国の御家人に遣わされたという。（藤原）俊兼がこのことを奉行した。

文治六年（一一九〇）正月

六日、辛酉。奥州の故（藤原）泰衡の郎従であった大河次郎兼任以下が、去年の十二月より叛逆を企て、あるいは伊予守（源）義経と称して出羽国海辺庄に現れ、あるいは左馬頭（源）義仲の嫡男朝日冠者（志水義高）と称して同国山北郡で挙兵した。それぞれに反逆の一味を結成し、ついに兼任は……。

「吾妻鏡」では、大河兼任が、偽名を名乗り、兵を集め、士気を上げたということになっている。しかし、当時は名前というものを現代以上に大事にしたと考えられる。公明正大に戦いに討って出る時、自分の名誉を何よりも大事にした武士が他人の名前を語るだろうか。事情があり、替え玉として生きるのなら別であるが。

やはり、義経は生きていたのだ。そして、殺されたはずの義仲の嫡男義高も。義経が助けていたのかもしれない。

しかし、なぜ、義経生存（?）説は巷間流布するだけで正史に浮上しなかったのであろうか。そこに鎌倉方の恣意的なものを感じるのは筆者だけだろうか。

壇ノ浦で平家を壊滅させ、その功あった義経を自害させ、奥州征伐を為し遂げ、天下無双の覇者となったとされる頼朝。彼にとって、実はまだ生きていた敵の存在を明るみに出すことは此処にいたって良い風聞とは言えなかったのではないか。得策ではなかったのだろう。

実は、平家もまだ壊滅できていない。平家の要人はほとんど逃げた。裏切り者の義経もまだ生きている。そのうえ、安徳天皇も。

それは巷間に流す情報としては、はなはだ、東国政権にとって不利と判断したのではないか。

だからこそ、実は討ち果たしていなかった敵を討伐するため、熾烈な残党狩りを開始していて、疑わしきは罰するで、容赦なかったのだろう。

「平家物語」　巻第十二　六代

北条四郎　策（はかりこと）に、「平家の子孫と云はん人尋ね出だしたらん輩（ともがら）に於ては、所望は請ふによるべし」と披露せらる。京中の者共、案内は知つたり、勧賞（けんじやう）蒙（かうぶ）らんとて、尋ね求むるぞうたてき。かかりしかばいくらも尋ね出だしたりけり。下臈（げらふ）の子なれども、色白う眉目（みめ）よきをば召し出だいて、「これはなんの中将殿の若君」、「彼の少将殿の君達（きんだち）」と申せば、父母泣き悲しめども、「あれは介錯（かいしやく）が申し候」「あれは乳母が申し候」なんどいふ間、無下（むげ）にをさなきをば水に入れ、土に埋み、少しおとなしきをば、押し殺し刺し殺す。母が悲しみ、乳母が歎きたとへん方ぞなかりける。

〈訳〉北条四郎時政は、策として、「平家の子孫と言われる人を、尋ね出した者には、望みしだいの褒美を取らせる」という触れを出した。京中の者どもが、土地の様子にくわしいし、勧賞にありつこうと、捜し廻ったのは、情けないことであった。したがって随分大ぜいが捜し出されたのであった。下臈の子でも、色白くみめよい子がいると、これを召し出して、「これは誰それの中将殿の若君」、「あれは少将殿の公達」という。父母は泣き悲しむけれども、密告者は、「あれは付添いの女房がそう申しました」「これは乳母がそう申しました」などと言いたてるために、ごく幼い者は水に投げ入れるか、土に埋めるかし、少し成人したのは押し殺したり、刺し殺したりしたのである。母の悲しみ、乳母の嘆きはたとえようもない。

壇ノ浦から二年半経過した文治三年（一一八七）九月、九州貴海島（現鹿児島県硫黄島）に義経の余党を討つために鎌倉方は兵を出している（『吾妻鏡』）。

義経が奥州で襲撃されたのは、壇ノ浦から四年後であった。

皮肉な事に、落人の存在は、国の組織固めにいっそうの拍車をかけることになり（守護・地頭の設置）、強固な幕府づくりに貢献したのである。

7　義経ジンギスカン説

義経イコール、ジンギスカン（チンギス＝ハーン）説の書物や学説は多い。

例えば、江戸時代の間宮林蔵、フィリップ＝フォン＝シーボルト、明治時代の末松謙澄（すえまつけんちょう）、大正時代の小谷部全一郎（おやべぜんいちろう）、現代では高木彬光氏などなど。

その中でも小説の形をとった高木彬光氏の「成吉思汗（ジンギスカン）の秘密」は大変説得力があった。筆者は寝食も忘れるほどに読み耽り、いたく感服した。

高木氏曰く、成吉思汗の名前は漢文読みするなら「吉成りて汗を思う（吉野山の誓成りて静を思う）」と読めるとする。「汗」は「水干」と読める。義経の愛妾、静御前と言えば、彼女は白拍子だったので、水干姿である。

また、「成吉思汗」を万葉仮名として読み下せば、「なすよしもがな」と読めないこともないとする。鶴ヶ岡八幡宮で静が披露した歌の一首が「しづやしづしづのをだまきくり返し昔を今になすよしもがな」であった。

この下りで筆者は高木氏に脱帽し、義経ジンギスカン説を確信した。

ただ、高木氏も著書の中で成吉思汗は容貌魁偉（かいい）（いかつい顔かたち）、身長巨大と言われているとし、それを唯一問題にしている。義経のほうは残っている鎧・兜から判断して五尺（約一五〇センチ）そこそこの小男だったらしい。これについて本の中では実際より背が高いように見せかけていたのではということで落ち着いたようであったが……。

考えてみると、研究者達が義経ジンギスカン説を採るのはあまりにも証拠が残っているためである。東北地方、北海道、大陸と至る所に義経一行の存在感がある。まるで、私達はここにいますと皆に知らせているみたいである。

地元にはさまざまな、義経に関する言い伝えが残っているようだ。例えば、アイヌの人々の間には義経信仰があり、ホンカンサマとして尊崇されていたという。

普通に考えて一体、逃亡している人達が、これほど沢山の痕跡を残すだろうか。しかし、わざと残したのだとするなら合点が行く。そう、義経の替え玉が義経はここに在りと姿を見せながら逃亡し、本物を別の場所に逃がそうとしていたとしたら……どうであろうか。

義経の代わりを果たし、大陸で覇者となった者、これは筆者の単なる推測の域を超えないが、この者こそ義経の忠実な家人として有名な武蔵坊弁慶ではないだろうか。

先ず、容貌魁偉、身長巨大があてはまる。また、彼は文武にすぐれていたと言われる。一の谷や屋島や壇ノ浦の合戦で、あれだけの功績を義経があげられたのも、側近の力があったからではないか。

義経が兄に鎌倉入りを許されず、兄の誤解を解くために書いたと伝わる腰越状の下書きが鎌倉の寺に残されている。この寺は万福寺といい、天平十六年（七四四）僧行基が開山した寺で、京都大覚寺派真言宗である。ここに残された腰越状の下書きは、弁慶が代筆したものとされる。代筆だけでなく、中身も彼が義経の気持ちを推して記したものかもしれない。

腰越状の中に次のくだりがある。（現代語訳「吾妻鏡」より。原文は漢文で書かれている。）


「それを賞されるべきところ、思わぬ虎口（ここう）の讒言（ざんげん）によって、計り知れない功績が無視されることとなり、」（注・「虎口の讒言」→人を危険な状態に陥れるような告げ口）

「計り知れない功績（原文では「莫太之勲功（ばくだいのくんこう）」）」という言葉は、客観的なニュアンスを持っていて、他人について賛美する時に用い、通常、自分について言う時には使わないと思うのは筆者だけだろうか。

他に、

「会稽の恥を雪ぎ」「良薬は口に苦く、忠言は耳に逆らうという先人の諺」「私の運命も極まった」

「前世の罪業の故」「亡き父の霊に蘇っていただく」「仏神の御加護」「そもそも我が国は神国」

つまり、腰越状の作者の漢籍（中国の書物）や神仏への造詣が、これらの言葉の中に読み取れるのである。

文武にすぐれていた忠義者の弁慶は主君のため、喜んで海を越えて命がけで目立つように逃避行をしたのではないか。

高木彬光氏著「成吉思汗の秘密」の中にジンギスカンの最期の言葉が次のように出ている。

「われこの大命をうけたれば、死すとも今は憾みなし。ただ、故山に帰りたし。」

「大命」とは何だったのか。

成吉思汗は武蔵坊弁慶法師であったと思われてならない。

第三章　後白河法皇

1　建礼門院との再会

文治二年（一一八六）の陰暦四月葵祭が過ぎた頃、後白河法皇（安徳天皇の祖父）は、おしのびで建礼門院（平清盛の娘・高倉天皇の皇后・安徳天皇の母）の大原の御すまいである寂光院を訪ねている。

なぜ、わざわざ、会いに行ったのか。

一般的に言うと、舅・嫁の関係ではある。が、この時、その嫁の立場で言うなら、身内一門を滅ぼし、なによりも可愛い我が子を海中に沈めた張本人が後白河法皇のはずだ。何を今更というのが本音であろうと言われている。後白河法皇は何のために彼女に会ったのか。

この時、法皇が詠んだという歌が「平家物語」中にある。それは次のような歌である。

池水に汀(みぎは)の桜散(さくらち)り敷(し)きて波の花こそ盛(さかり)なりけれ

この歌の解釈は次のようである。

「池のほとりに咲いていた桜がすっかり浪の上に散り敷いて、今は浪の上が花盛りである。」

季節は陰暦四月。葵祭が過ぎた頃。現在の五月中旬頃になる。「さくら」を遅咲きの山桜と考えられないことも無いが……。

物語中の寂光院の周りの自然描写に注目しても、この歌はそぐわないと思えるがどうだろうか。描かれた自然の一部を「平家物語」灌頂巻大原御幸から次に抜き出してみる。

庭の若草茂り合ひ、青柳糸を乱りつつ、池の浮草浪に漂ひ、錦を曝（さら）すかとあやまたる。中嶋の松にかかれる藤波の、うら紫に咲ける色、青葉交りの遅桜、初花よりも珍らしく、岸の山吹咲き乱れ、八重たつ雲の絶え間より、山郭公（やまほととぎす）の一声も、君の御幸を待ち顔なり。

〈訳〉庭の若草が茂り合い、芽ぶいた青柳の細い枝は風に乱れ、池の浮草が浪のまにまに揺れているさまは、錦を水にさらしたのかと見まごうばかりである。池の中島の松にかかっている藤の花房のうら紫に咲いている色の見事さ、青葉まじりの遅咲きの桜は、春の初めの初咲の花よりも珍しく思われ、岸べには、山吹が咲き乱れている。幾重にも重なる雲のきれめから、それと聞かれる山郭公の一声も、今日の法皇の御幸をお待ちしているかのようである。

前述の法皇の歌は「千載和歌集」に出ている。「千載和歌集」は後白河法皇の院宣により、一一八七年成立した勅撰和歌集。撰者は、藤原俊成（定家の父）。この歌集では、平家公達の歌は全て「詠み人知らず」になっている。

この歌の詞書には、「御子におはしましける時、鳥羽殿にわたらせたまへりけるころ、池上花といへる心をよませたまうける」とある。つまり、寂光院での作ではないということだ。

新日本文学大系「千載和歌集」の脚注は次のようになっている。

「詞書は、千載集撰集下命者、後白河院への配慮から創作されている。

この脚注の意味をどう解釈するべきか。詞書の内容そのものがフィクションと捉えてよいのだろうか。

「平家物語」にあるように、この歌は建礼門院との再会の折、詠まれたと考えてみる。すると、この場面にふさわしい歌には思われない。また、この時の建礼門院にとっては、「水」「散る」「なみ」など、壇ノ浦の戦いを思い出させる。彼女のトラウマに触れるものでなかったか。

さて、この歌には別の意味がこめられているのではと思われないことも無い。そう考えてみると、別の意味の歌が現れてくる。「みぎは」について、「み」を掛詞と考えてみるとよい。表の意味の「水」と裏の意味「実（血のつながった）」と考える。「ぎは」は「際」で傍の意となる。そうすると「なみ」も「波」と「汝実（なみ）」（あなたの子ども）となる。すると歌意はこうなる。

あなたの子どものそばにいて陰の役目をする人達は壇ノ浦の水の中に散って行き（池のそばの桜は散って）、あなたの子どもは今もとても元気盛んですよ（今は池にできる波のほうが花ざかりになっていますよ）。

後白河法皇は建礼門院に安徳天皇は息災だということを伝えたかったのではなかったかと思われるが、またしても、こじつけになるのだろうか。

法皇は、内々、義経に安徳天皇や平家の安全を託していた。そして、安徳天皇は亡くなっていなかったので、法皇も建礼門院に堂々と会えたのではなかったか。天皇や平家一門の消息を教えに来たのかもしれない。前年の元暦二年（一一八五）四月二十六日、法皇は、義経が壇ノ浦で生け捕った平宗盛らを見るため、お忍びで外出している。

> 今日、前内府（平宗盛）をはじめとする生け捕りの者たちが召されて都に入るというので、法皇（後白河）はその様子を御覧になるため、密かに御牛車（ぎっしゃ）を六条坊門（ろくじょうぼうもん）に出された。申（さる）の刻にそれぞれ都に入った。
> （『吾妻鑑』）

この場面は、好奇心が強かったという法皇のイメージを彷彿とさせるエピソードとして通常取り上げられる。しかし、平宗盛らが本物かどうかを確かめに出たということも考えられないか。

法皇は退位後も天皇五代三十余年にわたって院政を敷いた。その治世は、内乱とともにあったと言われる。法皇を暗主（おろかな君主）とする説は根強い。遠藤基郎氏はその著『後白河上皇』の中で建礼門院への突然の訪問等を例に挙げ、法皇を次のように分析する。

「もし、後白河が平氏と行動を共にしていたならば、平氏一門と安徳の悲劇はなかったかもしれない。建礼門院の心中を推しはかるに、わざわざ、訪れる後白河の行為は、非情なあるいは非常識な振る舞いと、周囲にはみられていた可能性は少なくない」として、「対人関係における想像力を欠いた振る舞いをする発達障害の一種アスペルガー症候群の兆候がある。」と。

興味深い説である。

2　ブレる人？　権謀術数の人？

朝廷を守るために、ある時は清盛、ある時は義仲、ある時は義経、また、ある時は頼朝と手を結ぶ。このように態度をコロコロ豹変させた後白河法皇。頼朝をして「天下の大天狗」と言わしめた。そのイメージはブレまくった人・権謀術数の人・ポリシーの無い人として、評判は非常に悪い。

果たして、そうだったのだろうか。

確かに、彼は、広い視野に立って物事を客観的に見ることができず、自分本位で、態度が一八〇度変わることが多かった。江戸時代の武士道の言う「信義の道」の丁度、真逆を行くようなお人であった。それでも、そうではないのではと後白河法皇の弁護をしてみよう。

少なくとも、ある事に関しては彼の主義、主張は一貫していたのではないかと。前述の遠藤基郎氏の説に従うなら、ある一点に関して、ある意味、病的に固執していたのかもしれない。

それは、台頭してきた武家政権を押さえ、朝廷の権威を死守するという一点に於いてである。

朝廷が、帝が、この国で一番でなければならない。いや、一番なのだ。それなのに、卑しい武士どもが一体何をしようとしているのかと彼は考えていただろう。その武士どもが侵すべからざる自分達の聖域、公家社会を脅かすようになってきたから、あわてていただろう。

「見方を変えれば、武家政権誕生の最大の功労者は、いかにも武家勢力を手玉にとったごとく見える後白河であったともいえるわけである。」と『大逆転の日本史』の中で江崎誠致氏は言っている。

ある時は、またある時はと、自分達のガードマンである武家の相棒を入れ替えたのは、彼にとっては単なる政策・手段であった。要は、雲居の世界を守るのが、神世から続く天皇家を守るのが目的であった。そのための手だてとして、はじめから「何でもあり」で良かったのである。

しもじもの言うところの節操なんて関係ないことだったに違いない。そもそも、日の本でナンバーワンの法皇に節操を誓うべき人など、この世にいる筈はなかった。一体全体、誰に節操を誓うのか。自分は「神」に等しいのだから。

そういう意味では、後白河法皇は決してブレていなかった。その証拠に彼は、頼朝の奥州藤原氏追討を決して認めようとしなかったし、頼朝の征夷大将軍認可を最期まで断固拒否した。

吾妻鏡によると、文治五年（一一八九）六月八日、後白河法皇の言が挙げられている。「義経が滅亡したからには、国中もきっと平穏を取り戻すであろう。今となっては弓矢を収めよ、と内々に（頼朝に）申せ。」

六月二十四日、七月十六日の項には、頼朝からの再三に渡る奥州征伐の勅許申請を法皇は断ったと記されている。そのため、頼朝は勅許無しで、七月十九日奥州征伐を敢行している。

また、頼朝の征夷大将軍認可を最期まで法皇は拒否したため、法皇の死によって、頼朝は征夷大将軍にやっとなれたという。

天皇親政を死守する。公家社会を守るという一点において、法皇は決してブレていなかった。たとえ、誰に何と言われようと天皇親政死守については信念の人であったと言える。

第四章　奥州藤原氏

1　奥州の地

十一世紀末から約百年間、藤原氏が支配していた奥州。

此処で言う奥州とは、現在の青森県・岩手県・秋田県・宮城県・山形県・福島県の六県にまたがっている。特産品として、良馬と黄金（当時の日本の生産量の全部）があったという。

平泉は平安京に次ぐ日本第二の大都市にまで発展していた。

政権内の機構・制度面も整い、経済・文化面も豊かで日本国内にもう一つ、独立国の奥州国があるとみなしてもよいくらいだった。

藤原氏は奥州幕府を開くという気持ちがあったのではという説もあるが、果たしてそうだろうか。

彼等は天皇家と対峙する意図はなく、奥州の地に自分達の楽土をつくれば良かったのではないか。奥州の地をもう二度と血で汚したくない、いつまでも平和な浄土の世界であってほしいと願っていたのではないだろうか。

そして、東北の地にあって、朝廷のために国をお守りしているという気持ちを持っていたのではないか。

2　父の遺言

奥州藤原氏は天皇家とかなり近くでつながっていた。

義経の継父の一条（藤原）長成と親戚になる奥州藤原氏三代目秀衡（ひでひら）の岳父藤原基成は、藤原北家道隆の流れをくむ名家の出で、その父忠隆は鳥羽院の近臣であり、弟信頼は後白河法皇の寵臣であった。奥州藤原氏は、場所は遠く隔たっていたが、だからこそ朝廷と近しい関係にあったのではないか。北からの侵入を防ぐ役目と東国武士達を監視する役目を持たされ、朝廷とは裏で強く深く結びついていたのではないだろうか。

だからこそ、度々の朝廷からの義経追討令を表面上、軽く無視することもできた。藤原氏は朝廷の命令が形式的なものであると承知していたからである。

朝廷・義経・奥州藤原氏は与していた。

文治三年（一一八七）九月二十九日づけの玉葉に「頼朝の申状の趣、秀衡院宣を重んぜず、殊に恐るる色無し」と記されている（高橋貞一氏「訓読玉葉」）が、そう考えると納得できる。

義経替え玉説（第二章）を採る筆者は、藤原氏と義経合意のもとに衣川の戦いのすべてが展開されたと考える。四代目泰衡（やすひら）は父秀衡の遺言に背かなかった。それどころか、義経を助けようとしたのである。

義経を守ろうとして殺された泰衡。歴史上、親の遺言にさからったとか、義経を裏切ったとか、非難される悪役の泰衡。

黄金に輝く平泉中尊寺の金色堂。そこは、本来は奥州藤原氏の廟堂であったという（須藤弘敏氏「金色堂建立と金棺の謎」）。

黄金の棺に納められた四体。一体は、首だけであるが、泰衡は、そこに大切に扱われて曾祖父・祖父・父と共に永遠の眠りについている。

つまり、泰衡の関係者達もよく承知していたのではないのか。

第五章　安徳天皇

1　天皇のその後

安徳天皇は、父を後白河法皇の皇太子である高倉天皇、母を平清盛の娘徳子（健礼門院）として治承二年（一一七八）に生まれ、御年三歳で第八十一代天皇に即位した。

しかしながら、元暦二年（一一八五）わずか八歳の時、壇ノ浦の戦いで源氏に敗れた平家とともに西海に入水したと言われている。あるいは生存説を承けたとしても、逃亡先で秘かに崩御したわけだから、悲劇の天皇と銘打って誰も否定しないだろう。

ところで、その悲劇の安徳天皇にその名に冠する言葉に勝るとも劣らぬ天皇がいる。

それは、安徳天皇を連れて平家が西走したので、代わりに天皇の座が巡ってきた第八十二代後鳥羽天皇である。誕生の際は、后腹でもないので誰も関心を払わなかったと言われる後鳥羽院（これから先は院と呼ぶことにする）に玉座が回ってきたことで強運の持ち主と言う人もいるが、果たしてそうだろうか。

安徳天皇とは母親違いの兄弟になる。その院に、後年ふりかかった悲劇については後に触れることにして、院は歌人としても有名で実力があった。「新古今和歌集」の編纂は自らが手がけたと言われている。（注・「新古今和歌集」は一二〇五年成立の勅撰和歌集。成立後も切り継ぎ（改訂）が行われた。撰者の一人に藤原定家がいる）

歴代天皇のように撰者まかせにせず、撰者が持ってきたのを自身で大幅に編集し直したりするなど、撰者泣かせだったという話は、つとに有名である。

さて、「新古今和歌集」巻第八「哀傷歌」の中に次のような一首が見られる（久保田淳氏『新古今和歌集全評釈』より引用）。

藤原定通身まかりて後、月明き夜、人の夢に、殿上になん侍るとて、よみ侍りける歌

七九八　故郷を別れし秋を数ふれば八年になりぬ有明の月

藤原定通（一〇九五～一一一五年）は、権中納言藤原保実の息子、母は讃岐守藤原顕綱の娘。永久三年（一一一五）八月十三日弁に任ぜられたが、同二十四日二十一歳で急逝したと言われている。

この歌は、死後八年たって、定通がある人の夢に現れて詠んだという体裁になっている。つまり、この歌は、死者の歌なのだ。歌の意味は次のようになっている。

「有明の月に、故郷である娑婆のことを思い出し、娑婆に別れた（すなわち死んだ）秋を数えると、あれからもう八年経ってしまった。」（注・「娑婆」は俗界）

この歌の作者は藤原定通とされているが、筆者には、亡くなった人が殿上にいて歌ったというより、生きている人が、この歌を詠んだのではないかと思われてならない。なぜかというと、通常、現世にい

ない人は天上にいるという発想がある。その天上の人が、この世に執着があって、地上にやってきて天上の有明の月を見て、もの思いにふけっているとは思われないからだ。

この歌のつづきは「新古今和歌集」では次のようになっている。

七九九　源為善朝臣身まかりにける又の年の秋、月を見て　能因法師

命（いのち）あればことしの秋も月は見（み）つ別（わか）れし人にあふよなきかな

〈歌意〉わたしはこうして生きているので、今年の秋も月を見ることはできた。しかし、永別した友に再び逢う世（夜）はないなあ。

八〇〇　世の中はかなく、人々多くなくなり侍りける比（ころ）、中将宣方朝臣身まかりて、十月許（ばかり）白川の家にまかりけるに、紅葉の一葉（ひとは）残れるを見て　前大納言公任

けふ来（こ）ずは見（み）でややまし山里のもみぢも人も常（つね）ならぬ世に

〈歌意〉もし今日訪れなかったら、この山里のもみじを見ずに終ってしまっただろうか。もみじもその主の人の命も無常な世の中だから。

八〇一　十月許（ばかり）に、水無瀬（みなせ）に侍りし比（ころ）、前大僧正慈円のもとへ、「濡れて時雨の」など申しつかはして、次の年の神無月に、無常の歌あまたよみてつかはし侍りける中に　太上天皇

思ひ出づる折り焚（た）く柴の夕煙（けぶり）むせぶもうれし忘れ形（がた）見に

〈歌意〉夕べ、なき愛する人のことを思い出す折、柴を折り焚きながら、その煙にむせてしまう。しかし、むせることも嬉しい。煙が愛する人の忘れ形見だと思うと。

御返し　　　　　　　　　　　　　　　　　　前大僧正慈円

八〇二　思ひ出づる折り焚く柴と聞くからにたぐひ知られぬ夕煙かな

〈歌意〉夕べになき更衣のことをお思い出しになられる折、折り焚かれる柴と伺いますにつけ、たぐいない夕煙と拝察申しあげます。

雨中無常といふことを　　　　　　　　　　　　　太上天皇

八〇三　なき人の形見の雲やしをるらむゆふべの雨に色は見えねど

〈歌意〉なき人の遺骸を茶毘に付した煙が立ち昇ってできた雲が今こうしてしぐれを降らしているのだろうか。この夕べに降る雨では、それとはっきり様子はわからないけれど……。

太上天皇とは、ここでは後鳥羽院のことである。院は、隠岐島で「新古今和歌集」を編集し直し続けて「隠岐本新古今和歌集」を残した。この歌集では、八〇〇番の歌がカットされた。七九八番の次に七九九番の能因法師の「命あればことしの秋も月は見つ別れし人にあふよなきかな」の歌が続き、その次に八〇一番の院・八〇二番の慈円の歌（贈答歌）と並ぶことになった。その結果、七九八番と七九九番の歌も贈答歌のようになった。

筆者は、院の歌近くに置いた七九八番の歌の作者は、安徳天皇ではないかと推測した。無理があるだろうか。

筆者にはこの歌の作者が、さしたる根拠もないが安徳天皇ではないかと思えてしかたがない。

寿永二年（一一八三）七月都落ちしてから八年。この歌の成立は建久二年（一一九一）になる。安徳天皇は十四歳くらいになり、元服を終えた年頃でなかったか。

朝廷側の一部の者達は、逃亡先などを関係者等に聞き、彼らに導かれなどして、安徳天皇と何らかのコンタクトは取っていたのではないだろうか。

いずれ、四国の山奥での不自由な生活を解かれ、日の目を見る時もくるだろう。その日を一日千秋の思いで天皇以下一行は人目を忍びながら待っていたのではないか。弟（院）が、この苦境を何とかしてくれるに違いないと。また、都にも彼らを何とかしなくてはと考えていた人達がいたことであろう。

今の状況（鎌倉幕府をはばかって身を潜めている状況）がいつになったら解消できるのかという催促の歌にも思えるのであるがいかがだろうか。

寿永二年（一一八三）、後鳥羽院は神器を欠いたまま四歳で即位した。その後、祖父の後白河法皇から折折、それまでのいきさつを聞かされていただろう。

安徳天皇等の救済と神器の返還。つまり、東国の源氏一派を打倒して、この国の実権を取り戻す。天皇が真に治める国にする。神のいます国にする。執拗に病的に祖父に頼まれていたのではなかったか。

後白河法皇は、自らが果たせなかった難題の解決を、相手の負担はあまり考えず、自分本位に若き院に迫っただろう。そして、仲介者の導きで、院は安徳天皇と会うこともあったかもしれない。

院は「新古今和歌集」の編纂を撰者まかせにせず、自らが手がけたと言われる。安徳天皇（兄）の歌を入集したかったのではないか。

院の「新古今和歌集」に対する思い入れが、如何に強いものであったか。それは、定家ら撰者に何度もやり直しを命じ、彼らの不興を買ったというエピソードからでも解る。

改めて、「新古今和歌集」の安徳天皇の作（?）と思われる歌から三首目に出てくる御製（ぎょせい）を見てみたい。

十月許（ばかり）に、水無瀬（みなせ）に侍りし比（ころ）、前大僧正慈円のもとへ、「濡れて時雨の」など申しつかはして、次の年の神無月に、無常の歌あまたよみてつかはし侍りける中に　太上天皇

八〇一　思ひ出づる折り焚（た）く柴の夕煙（けぶり）むせぶもうれし忘れ形見（がた）に

「新古今和歌集」の通常の解釈によると、八〇一から八〇三までは後鳥羽院の寵女尾張の死（元久元年十月死去）に関する哀傷歌として小歌群を形成しているとされている。詞書の「次の年の神無月」とは、元久二年（一二〇五）十月二十八日のことである。

「をり」に名詞「折」と動詞「折る」の意味を掛けている。また、夕けぶりは、柴を焚く煙だが、茶毘（だび）の煙を連想させるので「忘れ形見」と「忘れ難し」が掛けられているとされる。

が、この歌を「寵女尾張の死を悼んで」としなくても良いのではないかという意見もある。丸谷才一氏は、『後鳥羽院　第二版』の中で、「果して尾張の名は出すべきであったか」と言い、その理由として、「八代集口訣」に、「是誰と其の人をさすべからず。只上皇の御心ざし深き人の、慈鎮も御心しりの御方

の哀傷なるべし。其の故は誰と露顕すべき人ならば、詞書も其のよしあるべし。ただ「ぬれて時雨のなど、申しつかはして」とばかり侍れば、深く忍ばせ給ふ御方の事と聞ゆ。」と記されているからとしている。

「新古今和歌集」には、全歌出ていないが、元久二年十月の院と慈円の贈答歌は次のようであったという（久保田淳氏『新古今和歌集全評釈』より引用）。

後鳥羽院の贈歌

1 （欠脱）
2 木のはちるおく山里に住まひしてこゝろにものをおもふ比かな
3 君ならでたれにかつげのをまくらもかゝる涙のよるのおもひを
4 かたみとてしぐるゝ空をながめてもはかなの雲のあとのあはれや
5 いかにせんこそは昨日としのばれてなみだにくもる山おろしの空
6 山里にすむかひあらば人しれぬなげきをはらへみねの木枯
7 まよはれし山のをがはのうす氷いまはかきながすのりの水なみ
8 思ひいづるをりたく柴のゆふけぶりむせぶもうれしわすれがたみに
9 名はくちぬこけのしたにもうれしとやとぶらふかねのおとを聞くらん
10 （欠脱）

慈円の返歌

1 （欠脱）
2 ながむらんおなじ空より時雨れきて山里ならぬ袖もぬれける
3 （欠脱）
4 心あれやかたみよしなき雲のあとはかなき色をはらふ嵐は
5 （欠脱）
6 風もいな君が山かげしげれどももとよりなきはなげきなりけり
7 みなせ川ときながすらん法の水山のひじりのさとりなりけり
8 おもひいづる折りたく柴と聞くからにたぐひしられぬ夕煙かな
9 聞く人の心は空になりぬなりのでらのかねのおとぞかしこき
10 やすからぬ身とぞ成りぬるあひがたきのりにあふ身の山田もるころ

元久元年（一二〇四）十月二十八日とは、安徳天皇が崩御された頃にあたったのではないだろうか。そうすると、安徳天皇は、二十八歳で崩御されたことになる。この年齢は、福岡県久留米市の水天宮にお祀りされた安徳天皇崩御の年齢と重なる。

八〇一番「思ひ出づる」の歌の第二句目を江戸期の儒者・政治家である新井白石は、自叙伝的随筆の書名とした。「折りたく柴の記」である。この著作品は新井家の子孫のために書いたと序文にある。博学であったとされる新井白石。この「思ひ出づる」の歌の内容について、ある程度の認識があったのかもしれない。

八〇一番の歌の返しとして院側近の僧慈円の歌が次のように続く。

御返し　前大僧正慈円

八〇二　思ひ出づる折り焚(た)く柴と聞くからにたぐひ知られぬ夕煙(けぶり)かな

院・慈円の歌ともに「夕けぶり」が歌の中に入っている。

後年、藤原定家が院と「けぶり論争」で仲違いしたのは、この贈答歌が関係していなかったか。

定家は、承久二年（一二二〇）二月、順徳院の内裏歌会において「野外柳」という題で次のような歌を詠んだという（この時、定家は母の遠忌の為、辞退していたが、無理やり召し出されていたという）。

道のべの野原の柳したもえぬあはれ嘆きのけぶりくらべに

この歌が院の逆鱗に触れ、勅勘(ちょくかん)（勅命によって勘当されること。天皇のおとがめ）を被って、公の出座・出詠を定家は禁ぜられたという。わかりやすく言えば、自宅謹慎になった。

なぜか。

定家の詠んだ歌の何が院のお気に召さなかったのかと、後世の人々も謎に包まれた。

一説に、この歌は、菅原道真の次の二首の歌を取り合わせたものであるとされる。

道のべの朽木の柳春くればあはれ昔としのばれぞする
（「新古今和歌集」・雑上）

夕されば野にも山にも立つけぶり嘆きよりこそ燃えまさりけれ
（「大鏡」・巻二）

道真は、無実であるのに左遷され（非は時の天皇側にあった）、九州大宰府で亡くなった賢臣。定家は自分を道真に例えて、賢臣の自分が下積みであると不満を詠んだ。それに気づいた院が立腹したのだという説である。

あるいは、承久の乱（変）を前に院の心が高ぶっていたからだとする説もある。人の死を連想させる語「野邊（のべ）」「煙（けぶり）」「嘆き」等があり、戦いの前に縁起が悪いというのである。

あるいは、というより、もともと定家に対して良い感情をいだいていなかった院の思いが積もり積もって、歌というより、定家その人に対して、とも言われている。

その他、いろいろの説がある。が、実は、この歌は自分と慈円の前出の贈答歌をさしていると院は気づき、激昂したのではないのか。

兄の安徳天皇に対する思いを歌に詠んだ。それにケチをつけられたような汚されたような気持になったに違いない。

その後、あれほど買っていた定家であったが、宮中から（自分のそばから）遠ざけた。

この時、順徳院はむしろ定家に同情したし、慈円も定家を慰めたと言われている。

当の定家は一時、この理不尽さに言葉を失い、なぜ、こうまで自分が嫌われるのか疎まれるのか、訳が分からなかったに違いない。しかし、そこは定家のこと。宮中出入り禁止になって、定家は一人いろいろ考えたことだろう。

そして、翌一二二一年、承久の乱（変）が起こった。院側は幕府に大敗北した。その結果、この勅勘は、むしろ、その後の定家の人生には有利に働いていったと言われている。

一体、何があったのだろう。定家はいろいろ調べた。

そして遂に、彼は思いがけない衝撃の新事実を知った。

安徳天皇の存在。「新古今和歌集」編纂にかける異常と思えるほどの院の執心の理由。承久の乱（変）を起こした院の必死の思い、真の目的。

そして、「新古今和歌集」撰歌の頃から、気持ちがすれ違っていた院の忸怩たる思いも理解出来、さまざまな誤解が解けたのではなかったか。

しかし、今や、院は「遠つ嶋人」だった。

定家は、彼の万感の思いを天まで届けと発信した。それが、有名な「小倉百人一首」であった。また、自分の子孫のために勅勘を受けた不名誉をはらしたいという意味もそれに込めたのではないだろうか。

以上、筆者は「新古今和歌集」七九八番の歌を安徳天皇の歌とした。

ところが、現実には、この歌は一一五七年頃成立したと言われる「袋草紙（ふくろぞうし）」（藤原清輔著）に既出している。その箇所を本文から抜き出してみる。

右少弁定通、
ふるさとをわかれし秋をかぞふれば八とせになりぬ有明の月

逝去の後年序を経て、ある人の夢に、月明き夜殿上に候するなりとて詠ずる歌なり。新院の因幡内侍はかの弁の物申しける人なり。この事を聞きて、あはれがりて寝たる夢に見えける歌、おもひいでてしのぶ言の葉きくときはいとど泪のたまぞかずそふ

この歌は、命を奉りて一日にても弁官の内たらんと神明に祈請して、拝任の後即ち逝去の人なりと云々。

また、一一六五年頃成立した「続詞花和歌集」巻第九哀傷の最後に、同じ歌が入っている。この和歌集の撰者も、藤原清輔である。

清輔は、父の撰んだ「詞花和歌集」に不満を持っていて、六十一歳のころ二条院の勅を仰いで「続詞花和歌集」を撰んだ。しかし、翌年天皇崩御のため、この企ては挫折した。

ということで、筆者は先ほどの論をさっそく取り下げなければならなくなる。

しかし、「袋草紙」は、補遺（補足）・注記が本文に紛れ込んで錯雑した箇所が見られるそうだ。その原因の多くは、伝本にこれといった傑出した古写本がないからであるとされる。

「袋草紙の成立とは、時間の経過の中での集積であり、清輔没後の顕昭や季経の追補まで含めて、六条藤家の立場による歌学の集成としてとらえられるべきであろう」（藤岡忠美氏）とされている。

六条藤家とは、藤原俊成・定家親子率いる御子左家のライバルであった歌道の宗家である。

我田引水を承知で言うなら、「袋草紙」の「ふるさとを……」の歌は、後づけで書き込まれたものではなかったか。

この歌が取り上げられている前後の文章をよく読んでみたい。なんだか、意味がすっきりしない感がある。もともと「ふるさとを……」の歌は無かったのに、あとで無理やり入れたのでこのようになったのでは無いだろうか。

勝手にすっきりさせてみた。次のようになる。

右少弁定通、命を奉りて一日にても弁官の内たらんと神明に祈請して、拝任の後即ち逝去の人なりと云々。新院の因幡内侍はかの弁の物申しける人なり。この事を聞きて、あはれがりて寝たる夢に見えける歌、

おもひいでてしのぶ言の葉きくときはいとど泪のたまぞかずそふ

「続詞花和歌集」でも、後に加筆されたのではないだろうか。

2　伊勢の宝

徳島県祖谷（いや）地方に次のような不思議な詩が伝わると、インターネット上に流れていた。

九里きて
九里行って

九里戻る

朝日輝き
夕日が照らす
ない椿の
根に照らす

祖谷の谷から
何が来た

恵比寿大黒
積みや降ろした
伊勢の御宝
積みや降ろした

みっつの宝は
庭にある

祖谷の谷から
御籠車が三つ降る

先なる車に
なに積んだ

恵比寿大黒
積みや降ろした
積みや降ろした

祖谷の谷から
御籠車が三つ降る

中なる車に
なに積んだ

伊勢の宝も
積みや降ろした

積みや降ろした

祖谷の谷から
御籠車が三つ降る

後なる車に
なに積んだ

諸国の宝を
積みや降ろした
積みや降ろした

三つの宝を
おし合わせ
こなたの庭へ
積みや降ろした
積みや降ろした

この詩をまた、筆者の独断と偏見・我田引水でもって、次のように解釈してみた。

長い距離をやってきて
また、長い距離を行って
またまた、長い距離を戻った
〈あるいは〉実際に歩いた距離を言っているのかもしれない。
〈あるいは〉後述するが、栗枝渡の「栗（くり）」を意味する？
花は朝日の中で輝き、夕方落ちる
〈あるいは〉朝日が輝く東の方から夕陽が照らす西の方角へ場所移動して
〈あるいは〉一日のうち朝日が東の空に輝く時から（行動を起こし）西に沈む夕日が地上のものを
　照らす時迄
ナツ椿[注1]の
〈あるいは〉花の（ついて）ない椿の
〈あるいは〉ゆるやかな傾斜地（がけ）[注2]に植わる椿の
（根元の土を掘り起こしたので）根元を夕日が照らしている
祖谷の谷から
何が来たのか

恵比寿様や大黒様の
積んだものは降ろした（か）
伊勢のお宝の
積んだものは降ろした（か）

三つのお宝は
庭にある

祖谷の谷から
御籠車が三台降りる

前の車に
何を積んだか

恵比寿様、大黒様の
積んだものは降ろした（か）
積んだものは降ろした（か）

祖谷の谷から
御籠車が三台降りる

中の車に
何を積んだか

伊勢のお宝の
積んだものも降ろした（か）
積んだものも降ろした（か）

祖谷の谷から
御籠車が三台降りる

後の車に
何を積んだか

諸国のお宝を
積んだものは降ろした（か）

積んだものは降ろした（か）

三つの宝を
押し合わせ
こちら〈あるいは〉あなたの庭へ
積んだものは降ろした（か）
積んだものは降ろした（か）

〈注1〉「ナツツバキ」→ツバキ科の落葉高木。高さ七、八メートル。シャラノキ、シャラの別名がある。直径五センチほどの花は朝咲いて夕方に落ちる一日花で、樹皮がサルスベリのようにつるつるしているのも特徴。（宮崎日日新聞より）

〈注2〉「なるい」→祖谷方言「傾斜がゆるやかな、ナルとも言う」（「ひがし祖谷の民俗」より）。詩中の「なるい」は「なるい」の「る」を省いた形とも音が転化した形とも考えられる。

ナツツバキ
（2011年6月17日 宮崎日日新聞）

この詩の中で、次のフレーズに特に注目したい。「祖谷の谷から御籠車が三つ降る」このフレーズは三箇所出てくる。「積みや降ろした」は、十箇所も出て来る。

つまり、「御籠車は祖谷の谷から降り、宝の積みは降ろした」のである。

「伊勢の宝」とは何を意味するのか。天皇家の宝、「草薙の剣（天叢雲剣とも）」を意味するのだろうか。

「草薙の剣」は天皇をお守りする神器である。この宝が移動しているということは、即ち、安徳天皇の移動を意味している。単なる御座所移動か。それとも、天皇の崩御を意味しているのか。

「根に照らす」とは、何か地中に埋めたことを言っているのか。

この詩は、天皇や本来の宝を守るためのカモフラージュかもしれない。あるいは、後世の作かもしれない。地元の人にも尋ねたが、その人達は、この詩について知らないということだった。

ところで、徳島県三好郡東祖谷山村（現三好市東祖谷）には、栗枝渡（くりしど）八幡神社がある。神社の御神体として位牌があり、ここは安徳天皇をお祀りした御陵であるという。だから、鳥居は無い。鳥居を建ててはならないとの昔からの言い伝えがあるらしい。

神社の境内には安徳天皇の御火葬場とされる場所もある。天皇は壇ノ浦合戦の翌年一一八六年に崩御されたということになっている。

この神社の祭礼の際、「練奴（ねりやっこ）」のハッピの背やダンジリやヤリ、ノボリに菊花の御紋章が使われている。それは、天皇家の紋章として知られているが、その定着は、後鳥羽院の使用に始まると聞く。

祭りの衣装は、東祖谷山村指定有形民俗文化財になっている。

昔は、十五歳くらいの人が着る緋おどしの鎧一領、他に琵琶二面（白滝・朝千鳥）が宝物として収蔵されていたが、代官に召し上げられたり、火災によって失われたりしたらしい。

この神社の名前が筆者は気になった。

郷土史料には、「寿永の乱貴人讃岐よりいたり、栗枝をふみもって渡る、よって名づけて栗枝渡」と紹介されている。「栗枝渡」は前述の詩の冒頭のフレーズと同じく「九里し渡る」と読めないか？　単なる筆者のこじつけになるだろうか。また「九里した」と読めないか？

第六章　後鳥羽院

1　院の思い

院は兄安徳天皇の不遇を何とかしなければと思い思いしていた。

その強い気持ちが承久の乱（変）につながったのではなかったか。

昔、祖父の後白河法皇に後を託された時、安徳天皇の救出、神器返還、天皇親政について、くれぐれもと頼まれていたのではないか。また、安徳天皇側の人々からも催促されていただろう。

感受性の強い院のこと。都で一見、優雅な平穏な日々を過ごしながら、心の中にそのことが常に気にかかっていたとしたら、心をかすめていたとしたら、気持ちが落ち着くこともなかっただろう。苦しかっただろう。

天（あめ）の下ナンバーワンの天皇が、この国を意のままに出来ない。実権は幕府に奪われている。幕府の顔色を窺わなければならない。それを常に再確認しなければならなかった。その悩みは深かっただろう。

院も気の毒である。言うまでもなく、もともと、院自身には何の非もなかったのである。彼が天皇になった時は、武家政権が東国にたちふさがっていた。そして、国の実権のかなりの部分を握られていた。

朝廷の代表者として、手をこまねいているわけにいかないという状況にあった。

院の歌に次のような一首がある。後に、承久の乱（変）へ向かった気持ちがうかがえる。

奥山のおどろが下を踏み分けて道ある世ぞと人におしえむ

院にしてみたら、今は正道なき世に住んでいて、自分達にふりかかっている災難は、ひとえに野蛮な武士どもの傍若無人の振る舞いから来ていて、それは度し難いものだったに相違ない。歌の中の「人」とは、武士団におさえつけられている朝廷や公家社会の人々であり、安徳天皇に関係した人々でなかったたか。

院は、この世を「道ある世」にしたいと考えた。正しい御政道を行いたいと考えた。しかし、院は「道ある世ぞと人におしえ」ることも、四国の山奥で待っている人達を助けてやることもできなかった。都から遠く離れた、当時、絶海の孤島とされた隠岐の島に流され、足かけ十九年をその地で過ごし、崩御した。その無念さを思う時、それは我々の想像を絶するものがある。

院の挙兵は前述の歌がしめすように、「道」のためであった。「道」とは「道義」であり、「正しい道」と解される。それは「神の国をつくること」であった。

すべては、結果論になる。院の挙兵の無謀さを非難する者はいても、その覇気に拍手した者が果たして、どれほどいたのか。

院自身、どのような思いで島の日々を過ごしたか。手段・方法などに悔いる点はあっても、現実打破へ向けての決断・挙行に対しての悔いはなかったのではないだろうか。

熊野参詣の回数が多かったと言われているが、情報収集や挙兵の準備などもあったと思われる。北面の武士だけでなく、西面の武士も設置して軍事力の強化を図ったのも、幕府討伐の準備であったのだろう。また、趣味や余興と称して卑しい人々とも交わったとされるが、それも情報収集のためだったのではないか。

院が鎌倉武士団に敗れたのは、朝廷方の兵士が集まらなかったからだと言われている。

なるほど、北条政子に叱咤激励され、自分達の既得権益を侵されまいと東国の武士達は必死だったに違いない。都に向かって積極的に挑んだことも功を奏したであろう。それに比し、院方の貴族や武士や寺社は「我関せず」と局外中立の態度をとったと言われる。つまり、関ヶ原の西軍のようにあてにならなかったのである。

ただ言われているように、院が率先して先頭に立って兵を出して、己の保身、朝廷の保身に汲々としなければ、事態は変化したかもしれない。しかし、それを院自身が実行しようとしても、側近の公家達が命がけで制止したのではないだろうか。

承久三年(一二二一)五月十五日、北条義時追討宣旨が発せられた。その七日後の五月二十二日早朝、北条泰時(義時の嫡男)は、わずか十八騎で鎌倉を出発し、京に向かった。そして、一か月後、京都を占領した幕府軍は、総勢約十九万人になっていたという(『吾妻鏡』)。

つまり、即時出陣して、攻めの姿勢であったのが勝因と言われる。いや、そもそも、初動における対応の差・情報戦の差であるとも言われる。関東の武者を味方に抱き込もうとした京からの使いより、幕府に急を伝える使いの方が、数時間早く鎌倉に着いた。

危機感を抱いて、必死の思いで遠方からかけつけた関東の荒くれ武者と、平和ボケした日和見の都の官僚武者との質の違いもあっただろう。

東国の武士達は勝たなければ全てを失い、勝てば得るものが保障されていた。いわば、「背水の陣」の覚悟を抱いていた。火事場の馬鹿力と言うが、人は自分の利益に汲々となる時、思いがけない力も出るだろう。守勢より攻勢。そして、数の力というが、群れをなすと、仮に個々の質が悪かったとしても、相手は心理的に萎縮するものだ。

2　二人の思い

目崎徳衛氏の「史伝　後鳥羽院」の中に、三品惟明親王（後鳥羽院の異母兄）と式子内親王（院や親王の伯母）が交わした二組の贈答歌（「新古今和歌集」）が出ている。

次に引用する（歌意は、久保田淳氏「新古今和歌集全評釈」より）。


家の八重桜を折らせて、惟明親王のもとに遣はしける　　式子内親王

八重にほふ軒ばの桜移ろひぬ風より先にとふ人もがな

〈歌意〉八重に色美しく咲いていたわたしの家の軒端の桜も色うつろってしまいました。風が吹き散らす前にどなたか訪れてくださったらなあと思います。

返し　　　　　　　　　　　　　　　　　　　　　　　　　　惟明親王

つらきかな移ろふまでに八重桜とへともいはで過ぐる心は

〈歌意〉恨めしいですねえ、お庭の八重桜が色うつろうまで、それを見に尋ねていらっしゃいともおっしゃらずにすごしてこられたあなたの薄情なお心は。（春下）

長月の有明のころ、山里より式子内親王に送れりける　　　　惟明親王

思ひやれ何をしのぶとなけれども都おぼゆる有明の月

〈歌意〉そちらから山里にいるわたしのことをお察しください。取り立てて何をなつかしく偲ぶというわけではありませんが、この有明の月をながめていますと、都のことが思い出されてなりません。

返し　　　　　　　　　　　　　　　　　　　　　　　　　　式子内親王

有明の同じながめは君もとへ都の外も秋の山里

〈歌意〉有明の月を見て物思いに沈んでいるのは、わたしとても同じことです。「思いやれ」とおっしゃるあなたも、わたしのことを見舞ってくださいな。この洛外もあなたのいらっしゃる場所同様、いわば秋の山里なのです。（雑上）

これらの贈答歌について、竹西寛子氏の「ほのかな恋歌にも紛う響き」があるという見解を引用して

目崎徳衛氏はさすがだと、それを激賞している。

お二人の御高説に対して、筆者ごときが異論を唱えるのは大変おこがましいことだ。が、筆者には、どうしても後半の一組が次のように解釈されるのである。

長月の有明のころ、山里から式子内親王に送った歌

思ひやれ何をしのぶとなけれども都おぼゆる有明の月　　惟明親王

〈歌意〉思いやって下さい。これと言ってなつかしむことは具体的には無いけれど、都が思われ有明の月を見て物思いにふける（安徳天皇の）心を。

返し

有明の同じながめは君もとへ都の外も秋の山里　　式子内親王

〈歌意〉有明の月を見て物思いにふける気持ちは、あなたも同じでしょう。（あなたの住んでいる）都の外も、秋の山里でありますから。（私はそこに住んでいるあなたのことも思いやっていますよ）

つまり、二者の間にもう一人奥深い山里に隠れ住んでいる安徳天皇がいた。彼を話題にして、彼を思って、両者の歌は詠まれているのではないか。

彼らも安徳天皇の生存を知らされていて、気にかけていたのではないのか。

安徳天皇と惟明親王は、母親違いの兄弟になる。生涯、独身だった内親王にとっては、安徳天皇と

惟明親王は、どちらも可愛い甥であっただろう。式子内親王は建仁元年（一二〇一）五十三歳で薨じたが、その時、惟明親王はまだ二十三歳であったという。

式子内親王は、十一歳の頃から賀茂斎院を十年間務めた。その後は、高倉三条第・法住寺殿（萱御所）・八条院・白河押小路殿・大炊御門殿などに居住した。事件に二度も巻き込まれ、洛外追放の処分を検討されたこともあったと言われる。が、実際の処分は行われなかったと聞く。

つまり、内親王が斎院を辞して以降、洛外の山里に住んだ事実はどこにもないのである。

安徳天皇が詠んだと思われる歌は前述した。次の歌である。

ふるさとを別れし秋を数ふれば八年になりぬ有明の月

この歌を踏まえての二人の贈答歌でなかったかと思うが、いかがなものであろうか。

3 「かごめかごめ」

かごめ
かごめ
かごのなかのとりは

いついつでやる
よあけのばんに
つるとかめがすべった
うしろのしょうめんだあれ

子どもの頃に慣れ親しんだ歌である。歌いながら遊んでいる時、子供心にも、なにかしら不思議な響きをこの歌に感じた。もっとも、この歌に限らず、わらべ歌の多くに、それはあると思われるが。先ず、子どもながらの素朴な疑問。「かごのなかのとりがでてもいいの?」それから、「よあけのばんって?」「うしろのしょうめんって?」全く反対の意味の言葉が組み合わされて一つの言葉になっているからだ。

この歌を次のように解釈してみた。

籠目と「六芒星」

かごめかごめ ↓「屈め」は「屈む」の命令形。「屈む」は「屈む」（おじぎをする・礼をする）の方言として新潟県、広島県、山口県などに流布している（小学館『日本国語大辞典』）。「かごめ」は「かがめ　かがめ」ということになり、ここでは、江戸時代の大名行列の際の「頭が高い」とおなじような意味と思われる。

また、「香（よいにおい）といっしょに」という意味を掛けているか。王朝貴族は、男女を問わず香（薫き物）を部屋にくゆらしたり、衣服にたきしめたりしたという。ごめ（籠め）は、接尾語で名詞に付いて……といっしょに、……ごと、……もろともの意を表す。

また、次に続く「かご」を引き出す序詞的な役目、語呂合わせ的な役目をもつ。

また、「かごめ」は、「籠目」↓竹籠の編み目。その形は「六芒星」。皇室の御先祖が祀られている伊勢神宮の内宮参道に並ぶ石灯籠には、この「六芒星」が刻まれている。

「囲む」は古く「かごむ」とも言った。「かごめ」は「囲む」の命令形として子ども達の遊びになっていったのではないか。

かごのなかのとりは ↓「籠」と「とり」は縁語である。伊勢神宮の境内には、にわとりがいる。「とり」は神の使いとされたそうである。後鳥羽院の名前の中にも「鳥」がいる。

「かご」を漢字でかく。竹で作られた籠の中にある文字は龍。「とり」のように飛ぶ龍はエンペラーつまり天皇・上皇を示す。つまり、「かごのなかのとり」は後鳥羽院を指す。

いつつでやる → 一体いつお出になる（討幕なさる）のか？〈「やる」は尊敬の意を表す助動詞である〉「とり」に敬語を使っている。やはり、「とり」は高貴な方？

よあけのばんに → 夜明け（来るべき新しい時代の幕開）の前の夜（暗い世）に。

つるとかめがすべった → つる（鶴ヶ岡八幡宮に参る源氏）が世の中を統（す）べった（国を統治した）。そして、滑って（失敗して）絶えた。

「かめ」は、後鳥羽院の寵姫白拍子亀菊の荘園問題を指しているのかもしれない。なんと、北条義時は院宣を三度まで拒んだのである。つまり、亀菊の件も幕府の態度が大きくてうまく行かなかった。あるいは、四国の剣山の頂上にあるという鶴岩と亀岩（世の中が変わる時、すべって落ちると伝わる）のことか。

世の中が変わる、今がその時。

うしろのしょうめんだあれ → 後ろにいる黒幕の中心人物は誰でしょう。あるいは、（今や）後鳥羽院様（うしろ）の正面にいる敵は誰でしょう。

「後鳥羽院様、早く挙兵を。政権を取り戻して新しい時代を開いて下さい。頼朝の息子達も死んで源氏は絶えてしまい、鎌倉はゴタゴタしています。今が好機です。源氏の家来どもは、あの北条義時どもは、神を恐れぬふとどき者。あの東蝦夷（あずまえびす）（関東の荒々しい武者）どもの首を早く討ち取って下さい。」

純真な子供達の歌は実は院に「早く早く鎌倉幕府を滅亡に追い込んで」と決起を促す歌だったと思うのは筆者だけだろうか。

第七章　定家と「小倉百人一首」

1　そのメッセージ性

明治三十二年（一八九九）七月、正岡子規は、次のような文章を書いている。

「最普通（もっとも）なる『小倉百人一首』は悪歌の巣窟（そうくつ）なり。その中にて初（はじめ）の七、八首はおしならして可なれど、それより後の方は尽（ことごと）く取るに足らず、これが定家の撰なりや否やは知らず。いづれにしても悪集は悪集なり。」

かつて筆者は、高校で国語を教えていたので、「小倉百人一首」（以下、「小倉」は省略する）を生徒達に紹介する機会も多かった。そして、筆者もまた、正岡子規同様、「百人一首」に魅力を感じなかった一人である。

一方で、生徒達に覚えるように言いながら、もう一方では心の中で「くだらない」と思っていた。その後ろめたさを一掃してくれたのが、林直道氏の「百人一首」に関する著書であった。

この本を読んでまさしく目からうろこで、合点がいった。

定家が「百人一首」に何らかのメッセージを込めたとすれば、全て納得がいくのである。

メッセージのための選歌であるなら凡庸（ぼんよう）な歌もあるだろう。似たような歌も当然あるはずだ。道理で「百人一首」に魅力を感じなかったわけだ。

定家は「百人一首」にどのようなメッセージを込めたのか。林直道氏は、その著書『百人一首の秘密　驚異の歌織物』（一九八一年）、『百人一首の世界』（一九八六年）の中で次のように語る。

「百人一首」は、歌や歌人の選び方が変だ。歌の名人の定家が選んだ歌としては首をかしげたくなるような平凡な歌が多いと昔から言われて来た。この答えは定家の「用捨は心にあり」の言葉にある。昭和二十六年（一九五一）に発見された「百人秀歌」（「百人一首」とほぼ同じ）に、つけられた「奥書（おくがき）」に『名誉の人、秀逸の詠、皆これを漏らす。自他の傍難あるべからざるか。』と言って、ある別の意図で編集したものである。

「百人一首」は百首の歌をタテ10首×ヨコ10首に並べると歌織物になってある美しい風景が浮かび上がる。それは後鳥羽上皇の愛した水無瀬離宮のあった水無瀬であり、院の祟りを免れるための唯一の手段として、院を賛美し、院の生霊を慰める内容を盛りこんだ。

要するに「百人一首」とは、後鳥羽院らへの哀惜の情という形を通じて、武家政権に対する嫌忌の念をこめつつ、亡びゆく王朝社会への挽歌をうたい上げたものということができるであろう。

卓見である。

林直道氏の著書を拝見すると、その緻密な謎解きに、生来アバウトな筆者はついていけず、途中、読み取りに苦労した。

隣あわせの歌の言葉と重なる言葉を上下左右組み合わせていって、その結果、作りだされた一幅の歌織物を前にした時は、唯ただ、感服するのみであった。

林氏の著書の中に紹介されていた織田正吉氏の著書『絢爛たる暗号　百人一首の謎をとく』『謎の歌集／百人一首――その構造と成立』も読みたいと思った。しかし、それらの書物は、なかなか手に入らず、図書館で探してもらって、ようやく手にすることができた。

「百人一首」を言葉遊びと最初に提唱したのは、織田氏であると言う。氏は「百人一首」を一首毎の歌意ではなく、全体を大づかみにしてこそ定家のメッセージと捉えた。

「百人一首」は、後鳥羽院と式子内親王をおもう心を秘めるために選歌したものであると言う。縦18首×横18首にして、つなぎ言葉を使ってパズルのように組み合わせた。

「百人一首」に関する織田氏の説は、まさしく画期的な、偉大な発見であったと思う。不勉強の筆者は、最近になるまで、これらの説の存在さえ知らなかった。

織田氏の説を受けて、林氏は、縦10首×横10首を考案し、絵として、風景として歌を捉えた。そこに織り成された風景、それを林氏は次のように述べていた。


織物の上部と右側に「山」が連なり、下段には左右に浜辺がひろがり、中央やや上方に「滝」が懸り、滝をとりまくまわりの山々には「桜」の花と「紅葉」と「菊」が妍を競い、奥山には「鹿」が鳴き、滝の左手を「川」がうねって流れ下り、下段の水辺には「芦」がしげり、「舟」人漕ぎゆく姿も見える、――といったもので、まこと山紫水明、日本人好みの桃源郷とよぶにふさわしい景色であった。

そして、この風景は後鳥羽院の離宮があった水無瀬の地を表すと結論づけている。

緻密な調査、研究の末だから、きっとそうなのだろうと思った。

しかし、この歌織物を見続けているうちに、ある別の風景を筆者はイメージしてしまった。この歌織物は、壇ノ浦で入水したはずの安徳天皇の人目を避けた御座所へ至るルート（香川県屋島から徳島県の祖谷地方へ至る中間点）を示唆していると、その時は思った。

地図を見ると驚くが、屋島と剣山の位置は、ほぼ南北に走る直線上にある（四七頁参照）。

剣山地と貞光川流域

徳島県の北部を横切るように東に向かって流れている吉野川。日本三大暴れ川の一つとして、千葉県の坂東太郎利根川、福岡県の筑紫次郎筑後川とともに四国三郎という別称を持っている。その吉野川に合流する貞光川は、剣山系の丸笹山に水源を持つ。中流域には、滝川があり、すぐそばに滝がある。

林直道氏の発見した歌織物の中に川がうねって流れ、その中に岩の滝川がある。この川は貞光川で、滝川は県指定天然記念物でもある「土釜（どがま）」ではないのか。三段の滝（落差約七メートル）になっていて釜の形をした滝壺である。そして、「土釜」のすぐそば西側（約一キロメートル下流の左岸）に滝がある。「鳴滝」という。三段からなる、落差約八五メートル（県内一）の滝である。

また、林氏の歌織物の中に「染め」があるが、近くの吉野川流域では、藍染めが盛んである。

また、「かづら」（名にしおはば逢坂山のさねかづら人に知られでくるよしもがな）は、「はし」（かささぎの渡せる橋におく霜の白きを見れば夜ぞふけにける）と合わせて「葛橋」を意味しないだろうか。

近くの祖谷地方には、平家伝説がある。落人達は、シラクチカズラで作った橋を谷にかけ、敵が攻めてきたら、刀で橋を切って落とそうと見張りを立てていたと聞いたことがある。そう思って見ると、関所や衛士が数箇所に配置されている。（注・「衛士」は令制で諸国から選ばれ、毎年交代制で宮中の警備に当たった兵士）

四首の歌の中にある「わが庵」「かりほの庵」「芦のまろ屋」「芦のかりね」に安徳天皇の御座所が暗示されているのではと考えた。

また、「まつ」という語が入っている歌が四首、「山」「峰」「そま（杣）」は二十四首もある。「月」「海」に関連した歌は各十二首ある。

「そこは、（都から）海を渡った、藻塩を焼いたり、布を染めたり、岩に落ちる滝川や滝も近くにある山紫水明の地である。私は周辺を紅軍の兵（平家の兵）に守られて、近くには葛橋などもあり、かりほの庵に住み、月を眺めながら、ふるさとに帰れる日を待っている」という風景が浮かんできた。

しかし、このイメージは、地域を勝手に決めつけた上での全くの我田引水・こじつけに過ぎなかったことは後日わかった。

2　作成の動機

承久の乱（変）から十年後、土御門上皇、後堀河院后藻壁門院（二十五歳）、後堀河院（二十三歳）、摂政藤原教美（二十六歳）などと、この世を去った人が多かったという。後鳥羽院崩御の後も三浦義村・北条時房（義時の弟）・北条泰時、そして、四条天皇は十二歳で事故死した。

当時の人々は、院の怨霊の存在を確信し、恐怖感を抱いた。

定家にも当時の人々と同様に「御霊信仰」があっただろう。自分自身や一族へのたたりを畏れ、後鳥羽院や順徳院の生霊を慰めようとした。「百人一首」作成の動機の一つは、織田氏や林氏等も言うようにこれだろう。

ところで、院はなぜ挙兵したのか。

「承久の乱（変）」の歴史的評価は、無謀だった、無定見だったと、院に厳しい。

帝王と呼ばれていても実権は幕府方にあり、山奥に隠れ住む兄一人すら助ける事が出来ない無力者。日の目を見せることもできない、ふがいない日の本の国ナンバーワンの帝王。

忸怩たる思いで年月を過ごし、終に、承久三年（一二二一）、決行したのではなかったか。その時点で、勝算は十分あったのだろう。

四国の山奥で不自由な生活を強いられつつも、自分を信じて待ち続けた兄。

遅かった。後鳥羽院には、悔いもあっただろう。挙兵は、追善供養の意味もあったのではないか。

定家の自選歌「来ぬ人を松帆の浦の夕凪に焼くや藻塩の身もこがれつつ」は、安徳天皇の意を汲んで、迎えを待つ一日千秋の思いを表した歌として入れたのではないだろうか。定家には他にもっと良い歌もあったような気がする。

定家は「百人一首」を通して、壇ノ浦で海の藻屑となったとされる安徳天皇が、実は四国の山中に生きていたと伝えたかった。院の挙兵を、軽率蛮行と評価する世間の人々に対し、院は兄安徳天皇等のため、天皇親政のため、長年の熟慮の末、決行したのだと訴えたかったのではないだろうか。それと同時に、自身の受けた勅勘には特別の理由があったとして、それに対する名誉回復を図り、それを子孫のために残そうとしたのではなかったか。

更に、定家はその父と似たようなことをしたのではないか。

定家の父は藤原俊成。平安末期を代表する歌人で、「幽玄」の歌風を提唱した。

寿永二年（一一八三）二月、平家一門が都落ちをする数か月前、平忠度（平清盛の末弟）は、師であった藤原俊成に自分の歌を勅撰和歌集に入れて欲しいと頼んだという。

俊成はその頼みを受け入れ、忠度が勅勘の人なので「詠み人知らず」として千載集に載せた。その御加護か、既に七十歳近かった俊成は、その後二十年余りも生きたと言われている。

定家もまた、父俊成と同様に「百人一首」の中に、公には出せない、ある人の歌を秘かに入れた。

ある人の歌とは誰の歌か。そう、それは、第五章で、筆者が新古今和歌集中で勝手に想像した安徳天皇の歌である。

「新古今和歌集」　巻第八　哀傷歌

七九八　故郷を別れし秋を数ふれば八年になりぬ有明の月

「百人一首」の中には、この歌の主な語句が入っている。「ふるさと」が二箇所、「別れ」が三箇所、「秋」が十二箇所、「なりぬ」が三箇所、「有明」が四箇所、「月」が十二箇所（うち「くもがくれにしつき」が一箇所）である。

例えば、（以下、本文中の「百人一首」は山岡萬謙氏編著『簡明小倉百人一首』から引用した。）

10　これやこの行くも帰るも別れては知るも知らぬもあふ坂の関

〈歌意〉これがまあ、（東国に）行く人も帰る人も（ここで）別れながら、知っている人も知らない人も逢うという（有名な）逢坂の関なのだなあ。

この歌については、定家ほどの人が一体どうしてこんな歌を選んだのかとよく言われている。それは、単に「別れ」のことばが有るだけで選ばれたのでなかったたか。

そして、ここまで来て、はたと気づいた。

「かぞふれば八年」の語句がないことにである。しかし、これは後に解明された。

つまり、ほんとうにただ、かぞえれば良かったのである。

3 「百人一首」のもう一つの見方

林直道氏に触発されて、「百人一首」のカルタをいろいろ並べ換えてみた。林氏の並べ方に少しだけ納得のいかない所があったからだ。

最初は縦横十枚でやってみた。つまり、林氏が「心」と「情景」に歌を分けていたのを、分けずに全部ぶっ込んでみたのである。これがやはりと言おうか、うまくいかない。

毎回、今度こそできたぞと快哉(かいさい)を叫びたくなるが、残りの一、二枚がうまく入らない。また、途中が間違っていたりするのだ。無理矢理だったらできるが、なんかおかしいと思ってしまう。

定家は隠して作ったのだから、種明かしは逆に明確なものになるはずだ。そうでないと、誰も解き明かすことができない。そうであれば何の意味もないはずである。

全てまた何もかも始めからやり直しとなり、試行錯誤が続いた。

そうこうしているうちに筆者はふと、当たり前のことに気がついた。林氏が既に研究して発表しているのだから、この上、筆者に何ができるのかということにである。そして、どこかで何かまちがっている。まちがいは、最初の並べ方にあるのではないかと思えた。

定家は障子（現代のふすま）の装飾を頼まれて、色紙に和歌を書いたとされる。

障子だし、当時の人達の身長を考えたら、せいぜい、縦は四枚か、五枚ではないか。すると、横は（百枚あるのだから）二十五枚か、二十枚になる。

このやり方は、前よりやりやすいが、どうしても最後の方がドタバタして、うまくいかない。再度、障子をイメージした。どんなに広いお座敷だとしても開け閉めは自動ではないのだし、大きさには限りがあるはずだ。そこで、四パートに分けてみようと考えた。

少ない方が並べ易い。四つのパートに分けた。すると、一パートは二十五枚。その後は、「五かける五」でやってみた。

はて、誰の歌からはじめたら良いのか。今までは林氏に倣（なら）って、最も年代が古いとされる天智天皇の歌を右肩に置いてスタートした。

しかし、今度は四パートである。四隅にこだわっていたが、もしかすると、始まりは中央かもしれないと考えた。仏教の曼陀羅図が頭の隅に浮かんでいた。

そこで、まず最初に、後鳥羽院の歌を中心に置いてみた。

人もをし人もうらめしあぢきなく世を思ふゆゑに物思ふ身は

〈歌意〉（あるときは）人がいとしく思われ（またあるときは）人が恨めしくも思われることよ。おもしろくないことだとこの世を思うものだからいろいろ物思いをしているこの身は。

この歌は承久の乱（変）の九年前、院三十三歳の時の作品である。この頃、院は既に挙兵を考えていたと言われる。

次に、院の歌に関連する歌や院の心の内や置かれた状況を表しているような歌を集めてみた。

すると、向かって院の左隣には院側近の僧慈円が入って来たではないか（一一五頁参照）。彼は、承久の乱（変）へ向かおうとしている院を「愚管抄」を通して止めようとしたと言われている。院の右隣には、朝廷寄りだったと言われる鎌倉右大臣源実朝。

院の右、右下、左下に「あま」が四箇所、右、右下に「おき」、「しま」が各二箇所浮かんでいる。

それは、院が流された隠岐国阿摩(あま)郡苅田郷（現島根県隠岐郡海士(あま)町）を示していないか。前述したが、当時、絶海の孤島と言われていた島である。

二つ目のパートの中心は順徳院。これもまあまあなんとか。一、二枚怪しいのはあったが。右肩には式子内親王が入ってくる（一三九頁参照）。

内親王は生前、順徳院を猶子(ゆうし)（養子）にしようとしていた。が、実現しないままに病で薨じたとされる。また、定家の心の恋人として彼女の名前が出たりする。その真偽や、関係がどの程度だったか、詳しくはわかっていない。

が、定家の日記「明月記」には、父俊成の弟子であった式子内親王が薨じる前に、たびたび見舞い、その前後のことが詳しく記されている。また、内親王を思って詠んだと思われる歌もある。少なくとも好意は持っていたと思われる。

好きだった女性がせめてあの世で晴れて順徳院と親子となり、楽しく過ごせてもらえたら。定家の思いが、この順徳院のパートに式子内親王の歌を入れることにしたのではないか。

三つ目のパートは定家の歌を中心に持ってきた。こうして、なんとなく順調に、歌は並んでいった。

そして、ついに、残りの一パートをどうするか、になった。

後鳥羽院・順徳院・藤原定家と来たからには、やはり、もう一人は定家と並び称されたと言われる藤原家隆ではないかと思われた。百人一首の並びも逆にすると、定家の前に家隆が来る。

頭を抱えながらも何とか、残りの札も、まあまあどうにか、うまくおさまった。筆者は疲れも忘れて内心、小躍りする思いであった。

そんな折、ふと、あることに気がついた。

まてよ。まてよ。後鳥羽院が隠岐の島。ならば、ならば、ほかの人達のいた場所は出てこないのか。その日は外出先から帰宅するや、すぐ、それを確かめた。すると、安徳天皇の気持ちを表していると思える定家歌が中心のパートの右肩に「あは」「あは」「あは」が出ていた。左斜め下にも「あは」が。

やはり、そうだった（一三五頁参照）。

上方に「あふさかのせき」が二箇所、「あふさかやま」が一箇所出て来る。

「百人一首」に出て来る「あふさかのせき」は、山城国（現京都府）と近江国（現滋賀県）の境にある関所を指している。昔は、ここを越えると東国とされたらしい。歌枕として有名な地である。

しかし、同じ地名は全国各地に見られるものだ。

当時、阿波国（現徳島県）から讃岐国（現香川県）へ行くには、大山越（大坂越え）をしたらしい。それは、「吾妻鏡」「平家物語」「阿波史」等にも出て来る。屋島の戦いの際、義経が阿波と讃岐との境にある山を一晩がかりで越えたという。その山も「あふさかやま」である。

「吾妻鏡」元暦元年（一一八五）二月一九日

ところで、廷尉（源）義経は、昨日夜通しかかって、阿波国と讃岐国との国境の中山を越えて、今日辰の刻には屋島の内裏の向かいの浦に到達し、

この中に出ている「中山」とは、阿波国板野郡板野町に属する「大坂山」の別称である。

「平家物語」巻第十一

判官、親家を召して、「是より八嶋(やしま)へは幾日路(いくかぢ)ぞ」と問ひ給へば、（中略）「さてはよい隙(ひま)ごさんなれ。敵の聞かざる先に寄せよや」とて、かけ足になりつつ、あゆませつ、馳(は)せつ、ひかへつ、阿波と讃岐の境なる大坂ごえと云ふ山を夜もすがらこそ越えられけれ。

〈訳〉判官は親家を召して、「これから屋島へは幾日の路のりか」とお問いになると、〈中略〉「さては、願ってもない機会、敵の耳に入らぬ先に攻め寄せよ」と、駆足になったり、平歩になったり、駆けたり、ひかえたりして、阿波と讃岐との境にある大坂越えという山を、一晩がかりで越えられた。

「東祖谷山村誌」にも「阿波史」が引用されている。

「平國盛兵百人計り語ひて（安徳）天皇を供奉す、（中略）阿州大山を打越え十二月晦日祖谷の谷に到り」

この中に出てくる「大山」も「大坂山」のことである。

また、源兼昌・伊勢・皇嘉門院別当・藤原敏行朝臣・定家の歌の中の「須磨」「難波潟」「難波江」「住の江」「松帆の浦」を繋ぐ。大阪湾の入り江の形になり、海を渡り、淡路島の北端に至る（一三五頁参照）。

安徳天皇は伝説の通り、阿波の国にいたのである。

それなら、順徳院のパートにも「さと」が出てくるはずだ。

すると、やはり、「みちのく」「おく」「おく」「さと」「さと」が浮かび出たのである（一三九頁参照）。

北陸道佐渡（現新潟県佐渡島）に順徳院は配流された。

四つ目の家隆を中心にしたパートは、よく見ると、一幅の絵図になっていた（一一九頁参照）。これは、前述したように、安徳天皇の御座所へのルートを示しているのではないかと当初、考えた。その場所を屋島から南に延びた線上近くにある貞光川のほとりと、筆者は思い込んでいた（一〇七頁参照）。

しかし、ここで、当初考えたように、滝を「鳴滝」、滝川を「土釜」としても、どうにも川の形が違うような気がした。また、山の配置も合わない。再度、地図をながめていると、滝があり、川の形も似ていて、高い山もある所が近隣にあった。

琵琶の滝

「やはり、そうだったのか。」改めてそう思い知った。そこは、平家の落人伝説で有名な、あの祖谷の地であった（一三〇頁参照）。
高い山が連なり、中央を川が流れている。その川は、祖谷川と言い、ほぼ直角に曲がりくねっている。絵図上で三度目に曲がる所に、滝がある。それは、夜な夜な都を偲んで平家の落人たちが琵琶を奏で慰め合ったと伝わる「琵琶の滝」である。高さ五十メートルの優美な滝であり、現在は観光名所になっている。

また、「もみぢ」「もみぢば」「からくれなゐ」が六首の歌から浮かんでくる。これは、山の秋の風景を意味するだけでなく、天皇をお守りした平家の赤旗を意味しているのではないか。

「平家物語」には逆に、赤旗を紅葉に喩える箇所がある。

「平家物語」巻第十一内侍所都入
海上は赤旗赤じるし切り捨て、かなぐり捨てたりければ、立田河の紅葉ばを嵐の吹き散らしたるが如し。汀(みぎは)によする白浪も薄紅にぞなりにける。
〈訳〉海上は、切り棄て、かなぐり捨てられた赤旗、赤じるしで、さながら立田河の紅葉ばを嵐が吹き散らしたようであった。汀に寄せる白浪も、薄紅になってしまった。

やはり、伝説通り、祖谷の地に安徳天皇がいたのだろうか。

ここで、例の歌が浮かんできた。安徳天皇の歌と筆者が考えた、新古今和歌集のあの歌である。

「故郷を別れし秋を数ふれば八年になりぬ有明の月」

この歌は、後鳥羽院の「隠岐本新古今和歌集」にもカットされずに、「詠み人知らず」で出ている。が、前述したように、この歌は保元二年（一一五七）頃成立の「袋草紙」、長寛三年（一一六五）頃成立の「続詞花和歌集」に既出している。つまり、時期がずれているので、安徳天皇（一一七八年生まれ）の歌ではないと言えるかもしれない。

しかし、しかしである。筆者はこの歌が「百人一首」の中に入っているような気がした。

主な語句で見ると、「百人一首」全体の中に「ふるさと」「別れ」「秋」「なりぬ」「有明の月」がある。しかし、「かぞふれば八年」のフレーズはなかった。しかし、これはすぐに解決された。つまり、ほんとうにかぞえれば良いのであった。

ゲームのようだった。「百人一首」全体には十二個の「秋」がある。が、定家の歌を中心にしたパートの中の「秋」だけは八箇所である。「有明」は三箇所、「月」が九箇所出てくる。「雲かくれにし月」を除けば、「月」も八箇所になる（一三五頁参照）。

見る人が見たらわかるように、歌は秘かに入っていたのである。

初め、「百人一首」は四分割したままであった。が、次に考えたのが、この四パートをどのように配置するかであった。

どのようにつなぐべきか。あれこれ動かしていると、五行（ごぎょう）説に則った配置を思いついた。古代中国には、木・火・土・金・水の五つが万物の源で、その運行によって季節・色・方角など、この世のすべての現象が生じるという哲学があった。これである。

歌の中に季節があったことと、絵にあらわした時、色が出て来ることがヒントになった。いくつか、歌を微調整すると、百首全てが容易につながった。10かける10に成功したのだ。今、「成功」と言ったが、客観的にそう言えるかどうか、自信はあまりない。

季節がはっきり分かれていないのではという課題も残る。そもそも、「百人一首」を部類別に見ると、四季のうちでは秋が半数を占め、恋が全体の約半分もあるという（小高敏郎氏『詳釈小倉百人一首』）。

五行説ではなく、位置関係かも知れない。一番良い場所（当時は、左が右より上位であった）に後鳥羽院、その右横に息子の順徳院、次に左下に家隆、その右横に定家ともってきたとも考えられる。別の並べ方があるのだろうか。無責任のようだが、間違いは、後人が訂正してくれるだろう。上方中央（向かって、やや左寄り）に式子内親王の歌が入ってくる。やはり、定家にとって、内親王は、特別の女性だったのではないか。

Ⓓ（冬）黒（北）	Ⓐ（春）青（東）
Ⓒ（秋）白（西）	Ⓑ（夏）赤（南）

100首配列図

以下、後鳥羽院・家隆・定家・順徳院を中心に置いた各パートをA・B・C・Dパートと便宜的に呼ぶ。

Aパート……後鳥羽院の歌が中心
Bパート……藤原家隆の歌が中心
Cパート……藤原定家の歌が中心
Dパート……順徳院の歌が中心

改めて、各パートをゆっくり見ていきたい。

Aパート

先ず、最初にAパート（一二四頁参照）。中心に来ている後鳥羽院の歌は、次のようである。

人もをし人もうらめしあぢきなく世を思ふ故にもの思ふ身は

向かって、院の右側には鎌倉右大臣がいる。鎌倉幕府三代将軍源実朝（源頼朝の二男）である。実朝は、王朝文化を愛好した歌人でもあった。妻も公家出身で後鳥羽院の母の姪にあたる坊門（藤原）信清の娘である。彼は、右大臣になった翌年の一二一九年、鶴岡八幡宮で甥の公暁に暗殺された。彼には、「山はさけ海はあせなむ世なりとも君に二心わがあらめやも」という、後鳥羽院に忠誠を誓う歌もある。跡継ぎのいない彼は、将来のことを考え、ますます朝廷寄りになっていた。そのため、北条氏あるいは三浦氏が黒幕にいて、殺されたのではないかとも言われている。

彼が生きていたら、その後の歴史はどうなっていただろう。歴史の節目節目に登場する重要人物たちが、もしこの時、この人が生きていたら日本はどうなっただろうと、筆者は時々考えてしまう。実朝もその一人である。

彼がもう少し、したたかで、まわりの家臣たちに負けないで生きていたとしたら、承久の乱（変）も起こらず、武家社会にもならず、日本国も随分と違っていただろうと思われる。戦国時代はなく、下剋上もなく、開国も早かったに違いない。首都は京都になっただろう。

鎌倉右大臣の右側には参議篁。彼は嵯峨上皇の勅勘にあって隠岐島へ二年ほど流された。その時、詠んだ歌が入っている。

後鳥羽院の左側には、僧慈円の歌が入って来る。前述したように、彼は「愚管抄」を著して、院の挙兵を止めようとしたという。参議篁の下の、法性寺入道前関白太政大臣は慈円の父である。ちなみに、このパートに入っている親子もう一組。右上方の和泉式部（母）と左下の小式部内侍（娘）もそうである。

慈円の上に来るのが、西行法師。俗名は、佐藤義清。藤原秀郷の血を引く武門の出で、奥州藤原氏とは遠縁になる。鳥羽院の北面の武士であった。二十三歳の時突然出家して、真言宗の僧として修業しつつ、生涯歌を詠んだとされる。

東大寺再建の勧進のため奥州に赴く途中、頼朝の力量を確かめに鎌倉に寄ったと言われている西行法師。この一事だけでも、彼を単なる一風流人では片づけられないと筆者はつい思ってしまう。

彼の出家の理由ははっきりしないと言われる。失恋説が最も強いだろうか。西行ほどの人、実は、何らかの使命を帯びたのであって、僧形は世を忍ぶ仮の姿ではなかったか。

「願はくは花の下にて春死なんそのきさらぎの望月のころ」（私が願っていることは、桜の花の下で春に死にたい、その二月の満月のころに、ということだ。）という有名な歌がある。

この歌の通り、彼は鎌倉幕府成立二年前の文治六年（一一九〇年）二月十六日（現代で言うなら三月下旬頃）、桜の時期に河内の国（現大阪府）で亡くなった。釈迦入滅の二月十五日に一日遅れただけであった。さすがだ、願いがかなってよかったと言われている。他に、次のような歌がある。

　仏には桜の花をたてまつれ我が後の世を人とぶらはば

彼が最期に見たかったもの、死んでからも見たかったものは、桜の花。それは、天皇親政の華やかな世の中を意味していなかったか。

余談はこれくらいにして、このAパートを絵に表す（一二五頁）と、右下に舟が浮かぶ海があり、青色が広がる。また、右上にも少し海と山がある。左上に月。左下には、海と山と松の木と花。

「青」色は、五行説で言うと「春」の色である。方位は「東」。守護神は「青竜（せいりゅう）」。

音は、波の音。舟を漕ぐ音。風の音。

キーワードは「おもふ」

感情を表す言葉

（ものを）おもふ	12	さびしさ	1
をし（惜し）（愛し）	4	かこつ	1
なみだ　なげく	3	わぶ	1
うらめし・うらむ	2	かなし	1
うし（憂し）	2	あぢきなし	1
こひ（恋）	2	おほけなし	1
かたし	1	かひなし	1
（けり	5	かな	4）

Aパートの絵・つなぎ言葉や感情を示す言葉などを参考にして、次にぎこちない文章をつくってみた。

「海を隔てた隠岐の海士（あま）にいて、人が恋しくつらい。

袖を波しぶき〈涙〉に濡らし、山の中で嘆きながら（迎えを）待つ。

人々は私の名声が惜しいと言った。私は、この世がつまらない、人がいとしい、うらめしいと思った。何度も思案して〈熟慮の上で〉、ついに、立った〈挙兵した〉。」

隠岐の海

「百人一首」A（□は縦か横か両方かにつながる言葉）

源重之 かせをいたみいはうつなみの おのれのみくたけてものを おもふころかな	権中納言敦忠 あひみてののちのこころに くらふれはむかしはものを おもはさりけり	待賢門院堀河 なかからむこころもしらす くろかみのみたれてけさは ものをこそおもへ	右近 わすらるるみをはおもはす ちかひてしひとのいのちの をしくもあるかな	儀同三司母 わすれしのゆくすゑまては かたけれはけふをかきりの いのちともかな
源宗于朝臣 やまさとはふゆそさひしさ まさりけるひとめもくさも かれぬとおもへは	和泉式部 あらさらむこのよのほかの おもひてにいまひとたひの あふこともかな	大中臣能宣朝臣 みかきもりゐしのたくひの よるはもえひるはきえつつ ものをこそおもへ	西行法師 なけけとてつきやはものを おもはするかこちかほなる わかなみたかな	道因法師 おもひわひさてもいのちは あるものをうきにたへぬは なみたなりけり
参議篁 わたのはらやそしまかけて こきいてぬとひとにはつけよ あまのつりふね	鎌倉右大臣 よのなかはつねにもかもな なきさこくあまのをふねの つなてかなしも	後鳥羽院 ひともをしひともうらめし あちきなくよをおもふゆゑに ものおもふみは	前大僧正慈円 おほけなくうきよのたみに おほふかなわかたつそまに すみそめのそて	壬生忠見 こひすてふわかなはまたき たちにけりひとしれすこそ おもひそめしか
法性寺入道前関白太政大臣 わたのはらこきいててみれは ひさかたのくもゐにまかふ おきつしらなみ	殷富門院大輔 みせはやなをしまのあまの そてたにもぬれにそぬれし いろはかはらす	相模 うらみわひほさぬそてたに あるものをこひにくちなむ なこそをしけれ	周防内侍 はるのよのゆめはかりなる たまくらにかひなくたたむ なこそをしけれ	前中納言匡房 たかさこのをのへのさくら さきにけりとやまのかすみ たたすもあらなむ
二条院讃岐 わかそてはしほひにみえぬ おきのいしのひとこそしらね かわくまもなし	祐子内親王家紀伊 おとにきくたかしのはまの あたなみはかけしやそての ぬれもこそすれ	清原元輔 ちきりきなかたみにそてを しほりつつすゑのまつやま なみこさしとは	中納言行平 たちわかれいなはのやまの みねにおふるまつとしきかは いまかへりこむ	小式部内侍 おほえやまいくののみちの とほけれはまたふみもみす あまのはしたて

「百人一首」Aの絵

おもふ
なみ
おもふ
おもふ
をし
おもふ
いのち
かたし
いのち
さびしさ
おもふ
やま
和泉式部
おもふ
(昼)
おもふ
(夜)
西行法師
なげく
なみだ
おもふ
うし
なみだ
おもふ
わぶ
いのち
参議篁
しま
あま
わたのはら
鎌倉右大臣
かなし
後鳥羽院
をし
うらめし
あぢきなし
おもふ
前大僧正慈円
おほけなし
うし
そま
やま
こひす
おもふ
法性寺入道前関白太政大臣
おき
わたのはら
しま
あま
うらむ
こひ
をし
かひなし
をし
夜
をのへ
やま
おき
しほひ
なみ
まつ
なみ
やま
わかれ
まつ
小式部内侍
やま
みね
やま
あま

Bパート

次のBパート（一二八頁参照）は、藤原家隆の歌が中心になっている。

風そよぐならの小川の夕暮れはみそぎぞ夏のしるしなりける

〈歌意〉風がそよそよと（音をたてて）楢の葉に吹いている奈良の小川の夕暮れは（秋のように涼しいが、）六月祓のみそぎが行われていることがまだ夏の証拠であるよ。

この歌の向かって左に入ってくるのは、崇徳院の歌。彼は鳥羽院の強要で退位させられ、保元の乱で讃岐に配流された。

家隆の下の権中納言定頼は、その左隣の大納言公任の子である。

また、家隆の右隣の大納言経信と定頼の下の源俊頼も親子になる。

パートの右下隅には、菅家の歌。菅家とは、有名な菅原道真公である。冤罪で九州太宰府に左遷され、死後学問の神様に祀られている。その上には、在原業平朝臣が入ってくる。彼は伊勢物語の主人公ではないかと想像されている。また、優秀な親王でありながら、決して天皇になれないイケメンという共通項が多いところから、光源氏のモデルの一人とも言われる。

最上段右から二番目には、天智天皇。藤原鎌足と大化の改新を断行して、律令体制の基礎を築いたが、その輝かしい業績とは裏腹に最晩年には行方不明になったとも言われている。

天智天皇の左隣には第二皇女の持統天皇。

その左には安倍仲麿。遣唐使であった彼は、船の難破等でついに日本帰国が果たせず異国の地で亡くなった。その左隣に陽成院が入る。彼は五十七代天皇であったが、在位九年で病気のため、廃位させられた。


このように、このパートには、その人生が幸せだったとは決して言えないような人達の歌が目立つ。

全体を見渡してみると天智天皇・持統天皇で「天皇」・「天皇」、安倍仲麿の「安」と「崇徳院」「謙徳公」の「徳」で「安徳天皇」となるが、偶然だろうか。


また、「在原業平朝臣」・「菅家」から、各一字を抜き出すと「平家」。「源俊頼朝臣」「貞信公」から、いくつか抜き出すなら「源頼朝公」。さらに、「権中納言定頼」の「定」・「貞信公」の「貞」→「定」と「菅家」の「家」で「定家」となる。これもまた、単なる偶然、いや、きっと、こじつけと言われるのだろうか。


Bパートを絵にしてみた(一二九頁参照)。山と川。滝。紅葉。風。庵(いほ)・まろや。

色彩的には、紅葉の赤色が目につく。

五行では、赤色は夏の季節を表す。方位は南。神は玄武(げんぶ)である。

音は鹿の鳴き声。ころもをうつ音。風の音。水の音。

キーワードは「やま」「みね」

感情を表す言葉
　おもふ・おもほゆ　4

「百人一首」B

喜撰法師
わかいほはみやこのたつみ
しかそすむよをうちやまと
ひとはいふなり

天智天皇
あきのたのかりほのいほの
とまをあらみわかころもては
つゆにぬれつつ

持統天皇
はるすきてなつきにけらし
しろたへのころもほすてふ
あまのかくやま

安倍仲麿
あまのはらふりさけみれは
かすかなるみかさのやまに
いてしつきかも

陽成院
つくはねのみねよりおつる
みなのかはこひそつもりて
ふちとなりぬる

皇太后宮大夫俊成
よのなかよみちこそなけれ
おもひいるやまのおくにも
しかそなくなる

参議雅経
みよしののやまのあきかせ
さよふけてふるさとさむく
ころもうつなり

大弐三位
ありまやまゐなのささはら
かせふけはいてそよひとを
わすれやはする

中納言兼輔
みかのはらわきてなかるる
いつみかはいつみきとてか
こひしかるらむ

春道列樹
やまかはにかせのかけたる
しからみはなかれもあへぬ
もみちなりけり

猿丸大夫
おくやまにもみちふみわけ
なくしかのこゑきくときそ
あきはかなしき

大納言経信
ゆふされはかとたのいなは
おとつれてあしのまろやに
あきかせそふく

従二位家隆
かせそよくならのをかはの
ゆふくれはみそきそなつの
しるしなりける

崇徳院
せをはやみいはにせかるる
たきかはのわれてもすゑに
あはむとそおもふ

中納言朝忠
あふことのたえてしなくは
なかなかにひとをもみをも
うらみさらまし

在原業平朝臣
ちはやふるかみよもきかす
たつたかはからくれなゐに
みつくくるとは

能因法師
あらしふくみむろのやまの
もみちははたつたのかはの
にしきなりけり

権中納言定頼
あさほらけうちのかはきり
たえたえにあらはれわたる
せせのあしろき

大納言公任
たきのおとはたえてひさしく
なりぬれとなこそなかれて
なほきこえけれ

謙徳公
あはれともいふへきひとは
おもほえてみのいたつらに
なりぬへきかな

菅家
このたひはぬさもとりあへす
たむけやまもみちのにしき
かみのまにまに

貞信公
をくらやまみねのもみちは
こころあらはいまひとたひの
みゆきまたなむ

源俊頼朝臣
うかりけるひとをはつせの
やまおろしよはけしかれとは
いのらぬものを

曾禰好忠
ゆらのとをわたるふなひと
かちをたえゆくへもしらぬ
こひのみちかな

左京大夫道雅
いまはたたおもひたえなむ
とはかりをひとつてならて
いふよしもかな

天智天皇
持統天皇
安倍仲麿
陽成院
こひ
みね
なく
こひし
やま
大納言経信
従二位家隆
崇徳院
うらむ
あは
たき
在原業平朝臣
龍神
龍
権中納言定頼
大納言公任
謙徳公
あはれ
いたづらなり
菅家
貞信公
源俊頼朝臣
うし
はげし
おもふ
こひ
神

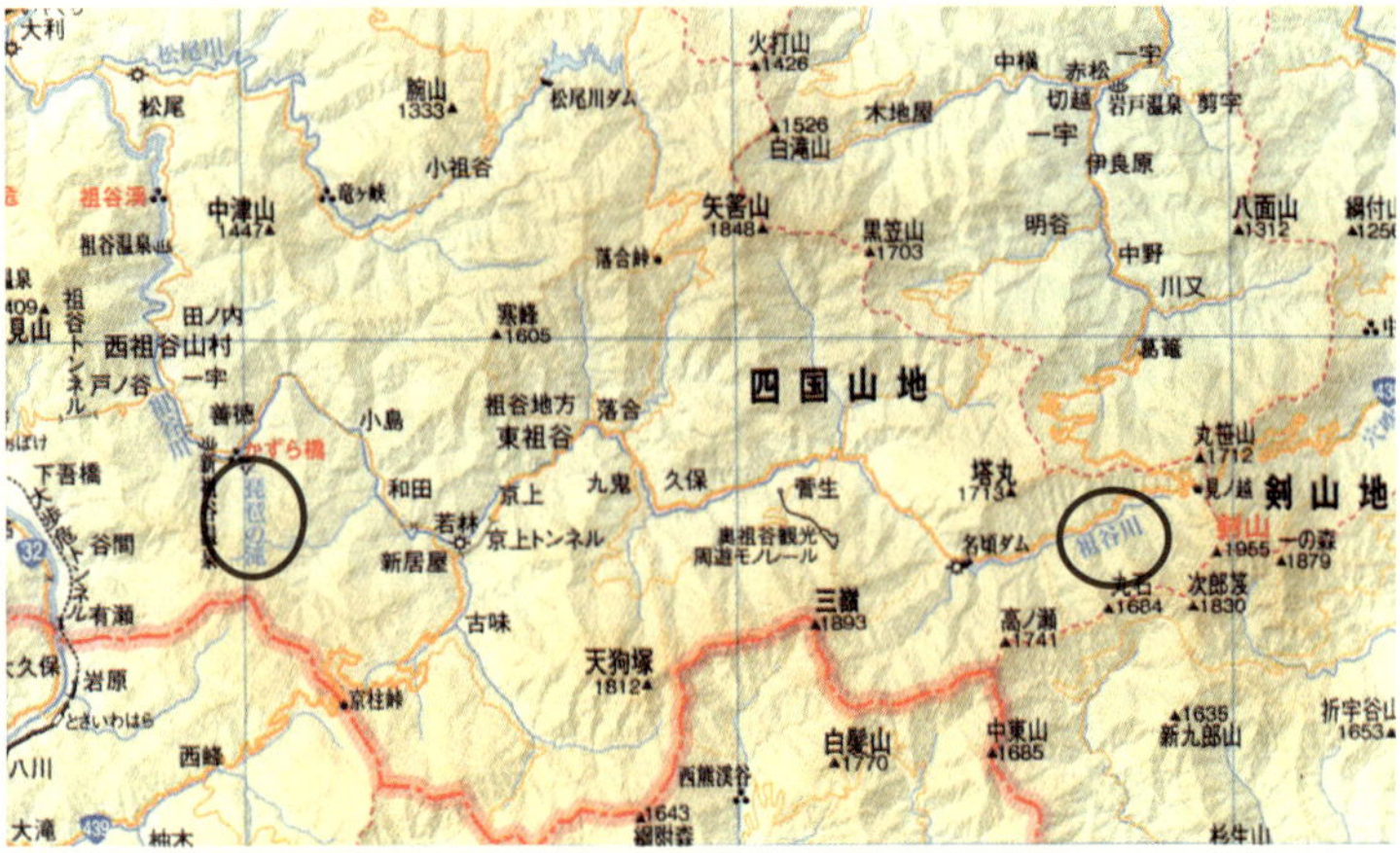

祖谷川とその周辺

こひ・こひし　3
うし（憂し）　2
なく　2
かなし　1
うらむ　1
あはれ　1
いたづらなり　1
はげし　1
いのる　1
（けり　6　かな　2）

Bパートを文章にしてみた。

「山の奥にある私の住む庵。

あたりには、神に供える（韓紅色の）紅葉も見られる〈多くの平家の面々が守ってくれている〉。

鹿の鳴き声・衣をうつ音・激しい風の音・川や滝の音は聞こえるが、人の足音は絶えてしまった〈誰も訪ねて来ない〉。

人恋しく、つらく、むなしく、うらめしく思われることだ。」

前述したように、このパートは絵図になっている。

Cパート

次はCパート（一三四頁参照）。中心に来ている定家の歌

こぬ人をまつほの浦の夕なぎに焼くやもしほの身もこがれつつ

〈歌意〉（いくら待っても）訪れてこない人を待って、あの松帆の浦の夕なぎの海辺で焼く藻塩のようにわが身は（来る日も来る日も恋い）焦がれていることよ。

この歌は、宮中の歌合(うたあわせ)で順徳院の一首と合わされたものである。通常、院の方が勝つのだが、順徳院が定家を尊敬していたので定家の歌を強いて勝ちとしたと言われる。

右上隅に廃帝となった陽成院の第一皇子元良親王の歌がある。

左上隅には、藤原道長に悩まされ、在位六年で譲位を余儀無くされた三条院の歌が来ている。

藤原道長は、天皇家の外戚として藤原氏全盛時代を築いた。

「この世をばわが世とぞ思ふ望月(もちづき)の欠けたることもなしと思へば」（この世の中を、自分のためにある世だと思うことだ。今夜の満月が欠けたところがないように、自分にも不満がまったくないことを思うと。）の歌を詠んだ人である。

左下隅に定家のいとこで俊成の養子となっていた寂蓮法師。「新古今和歌集」の撰者でもあったが、歌集成立を待たずに亡くなった。

祖谷のかずら橋

寂蓮法師の右側に文屋朝康（ふんやのあさやす）。その右にはその父康秀が入ってくる。また、康秀の右隣の僧正遍昭と左斜め上方の素性法師も親子である。僧正遍昭の上の清原深養父（きよはらのふかやぶ）は、その二段上の清少納言の曾祖父にあたる。

このパートを絵に表してみる。前述したように、右上には地名が多く、それらを結ぶと大阪湾の入り江が浮かび、淡路島が近くにある。讃岐と阿波の境にある「あふさかやま」の関もある。

また、最上段真ん中の「関」右隣に「関」その下の「関」とその左の「かつら」これは祖谷のかずら橋を意味してないか。シラクチカズラで作られた谷を渡す吊り橋（関）である。

外敵がやってきたら、カズラを切って侵入を防ごうと見張りをつけていたらしい。また、橋の渡り方で隠密者を見破ったと言う。現在は国・県指定重要有形民俗文化財になっている。

また、左中央に「死出（しで）の田長（たをさ）（死出の山を越えて来る鳥の意）」。「魂（たま）迎え鳥」の別名を持つ「ほととぎす」が入る。風と露がはかない命を感じさせ、死を暗示する。月の黄色と雲・露の白色。

五行では、「白」色は「秋」の季節を表す。方位は「西」。守護神は「白虎」。

音は、鳥の声。風・波の音。

キーワードは「つき」

感情を表す言葉

なく　2
うし（憂し）　2
こひし・こふ　2
さびし・さびしさ　2
わぶ（侘ぶ）　1
こがる（焦がる）　1
かなし　1
あはれ　1
（けり　2　かな　4）

Cパートを文章にしてみた。

「月が八重葎の繁る秋の野を照らす。
難波潟から、あふさか山の関を越えて、阿波国にやって来た。
雲が風に流れる。雲の切れ間に月が姿を現す。
今、つらくさびしく、いとしい思いで月をしみじみとながめて泣く。
訪れない人に恋い焦がれている。
（冷たい）秋風が吹いて（はかない）夜露〈命〉が消える迄。」

「百人一首」C

元良親王
わひぬれはいまはたおなし
なにはなるみをつくしても
あはむとそおもふ

源兼昌
あはちしまかよふちとりの
なくこゑにいくよねさめぬ
すまのせきもり

蟬丸
これやこのゆくもかへるも
わかれてはしるもしらぬも
あふさかのせき

壬生忠岑
ありあけのつれなくみえし
わかれよりあかつきはかり
うきものはなし

三条院
こころにもあらてうきよに
なからへはこひしかるへき
よはのつきかな

伊勢
なにはかたみしかきあしの
ふしのまもあはてこのよを
すくしてよとや

清少納言
よをこめてとりのそらねは
はかるともよにあふさかの
せきはゆるさし

三条右大臣
なにしおははあふさかやまの
さねかつらひとにしられて
くるよしもかな

素性法師
いまこむといひしはかりに
なかつきのありあけのつきを
まちいてつるかな

赤染衛門
やすらはてねなましものを
さよふけてかたふくまての
つきをみしかな

皇嘉門院別当
なにはえのあしのかりねの
ひとよゆゑみをつくしてや
こひわたるへき

藤原敏行朝臣
すみのえのきしによるなみ
よるさへやゆめのかよひち
ひとめよくらむ

権中納言定家
こぬひとをまつほのうらの
ゆふなきにやくやもしほの
みもこかれつつ

大江千里
つきみれはちちにものこそ
かなしけれわかみひとつの
あきにはあらねと

後徳大寺左大臣
ほとときすなきつるかたを
なかむれはたたありあけの
つきそのこれる

紫式部
めくりあひてみしやそれとも
わかぬまにくもかくれにし
よはのつきかな

清原深養父
なつのよはまたよひなから
あけぬるをくものいつこに
つきやとるらむ

恵慶法師
やへむくらしけれるやとの
さひしきにひとこそみえね
あきはきにけり

藤原基俊
ちきりおきしさせもかつゆを
いのちにてあはれことしの
あきもいぬめり

良暹法師
さひしさにやとをたちいてて
なかむれはいつこもおなし
あきのゆふくれ

左京大夫顕輔
あきかせにたなひくくもの
たえまよりもれいつるつきの
かけのさやけさ

僧正遍昭
あまつかせくものかよひち
ふきとちよをとめのすかた
しはしとためむ

文屋康秀
ふくからにあきのくさきの
しをるれはむへやまかせを
あらしといふらむ

文屋朝康
しらつゆにかせのふきしく
あきののはつらぬきとめぬ
たまそちりける

寂蓮法師
むらさめのつゆもまたひぬ
まきのはにきりたちのほる
あきのゆふくれ

元良親王
なには
あは
わび
おもふ
すま
あは
なく
せき
(夜)
あふさか
わかれ
せき
つれなし
うし
わかれ
(あかつき)
三条院
こひし
うし
(夜)
なにはがた
あは
あふさか
清少納言
せき
(夜)
あふさか
やま
かつら
素性法師
まつ
なにはえ
こふ
(夜)
すみのえ
(夜)
権中納言定家
まつほのうら
こがる
あき
かなし
(夜)
なく
ほととぎす
紫式部
(夜)
清原深養父
さびし
あき
藤原基俊
あき
あはれ
あき
いのち
さびしさ
あき
僧正遍昭
あき
文屋康秀
あき
文屋朝康
あき
寂蓮法師
あき

Dパート

最後のDパート（一三八頁参照）の中心に来るのは、順徳院の歌

ももしきやふるき軒ばのしのぶにもなほあまりある昔なりけり

〈歌意〉この宮中の古く荒れた軒端に生えている忍ぶ草を見るにつけても、いくら偲んでも偲びつくせない（ほど恋しい）昔の御代であることよ。

順徳院は、後鳥羽院の第三皇子。院に寵愛され十四歳で即位した。後鳥羽院以上に承久の乱（変）に積極的だったと言われる。

順徳院の左斜め上方に、中納言家持。彼は万葉集の編者と言われている。藤原種継暗殺事件に関与したとされ、死後、遺骨が隠岐へ配流された。これは、不名誉な冤罪（えんざい）とされている。

彼の右斜め上にも万葉集の代表的歌人である山部赤人。左下隅には万葉時代最大の歌人である柿本人麻呂が入る。順徳院の下に来るのは紀貫之。文学史上輝かしい業績があるが、役人としての出世には恵まれなかった人。彼の左隣にいとこの紀友則が入ってくる。

順徳院の上の入道前太政大臣（西園寺公経）は定家の妻の弟である。院近臣であったが、承久の乱（変）では、鎌倉方の姻戚として内裏に拘禁された。乱後、比類のない権勢をふるった。乱後の定家の栄進は、この義弟や主家である九条家の繁栄、また、息子為家の舅が東国の有力御家人である宇都宮蓮生であったこと等によると言われる。

右上隅に、定家の心の恋人と言われる式子内親王の歌がある。彼女の歌のまわりには、「しのぶ」「たまのを」「いのち」「をし」「おもふ」「うし」「こひし」「わがこひ」「みだる」のことばが浮かんでいる。

Dパートを絵に表してみた。「花」と「しのぶ」が目立つ。

季節は「冬」。方位は「北」。色は「黒」。守護神は「朱雀（すざく）」。音は、虫や鳥の鳴き声。

キーワードは「はな」

感情を表す言葉

しのぶ	6
おもふ・おもひ	5
こひし・こひ	3
みだる（乱る）・まどふ（惑ふ）	2
うし（憂し）	1
いたづらなり	1
のどけし	1
なく	1
あはれ	1
つれなし	1
うらめし	1
なげく	1

（けり　8　かな　3）

「百人一首」D

式子内親王
たまのをよたえなはたえね
なからへはしのふることの
よわりもそする

藤原義孝
きみかためをしからさりし
いのちさへなかくもかなと
おもひけるかな

光孝天皇
きみかためはるののにいてて
わかなつむわかころもてに
ゆきはふりつつ

山部赤人
たこのうらにうちいててみれ
はしろたへのふしのたかねに
ゆきはふりつつ

坂上是則
あさほらけありあけのつきと
みるまてによしののさとに
ふれるしらゆき

藤原清輔朝臣
なからへはまたこのころや
しのはれむうしとみしよそ
いまはこひしき

平兼盛
しのふれといろにいてにけり
わかこひはものやおもふと
ひとのとふまて

入道前太政大臣
はなさそふあらしのにはの
ゆきならてふりゆくものは
わかみなりけり

小野小町
はなのいろはうつりにけりな
いたつらにわかみよにふる
なかめせしまに

中納言家持
かささきのわたせるはしに
おくしものしろきをみれは
よそふけにける

河原左大臣
みちのくのしのふもちすり
たれゆゑにみたれそめにし
われならなくに

参議等
あさちふのをののしのはら
しのふれとあまりてなとか
ひとのこひしき

順徳院
ももしきやふるきのきはの
しのふにもなほあまりある
むかしなりけり

伊勢大輔
いにしへのならのみやこの
やへさくらけふここのへに
にほひぬるかな

凡河内躬恒
こころあてにをらはやをらむ
はつしものおきまとはせる
しらきくのはな

藤原興風
たれをかもしるひとにせむ
たかさこのまつもむかしの
ともならなくに

藤原実方朝臣
かくとたにえやはいふきの
さしもくささしもしらしな
もゆるおもひを

紀貫之
ひとはいさこころもしらす
ふるさとははなそむかしの
かににほひける

紀友則
ひさかたのひかりのとけき
はるのひにしつこころなく
はなのちるらむ

後京極摂政前太政大臣
きりきりすなくやしもよの
さむしろにころもかたしき
ひとりかもねむ

前大僧正行尊
もろともにあはれとおもへ
やまさくらはなよりほかに
しるひともなし

俊恵法師
よもすからものおもふころは
あけやらてねやのひまさへ
つれなかりけり

藤原道信朝臣
あけぬれはくるるものとは
しりなからなほうらめしき
あさほらけかな

右大将道綱母
なけきつつひとりぬるよの
あくるまはいかにひさしき
ものとかはしる

柿本人麻呂
あしひきのやまとりのをの
したりをのなかなかしよを
ひとりかもねむ

式子内親王
しのぶ
たまのを
をし
おもふ
いのち
光孝天皇
山部赤人
やま
さと
(あさぼらけ)
しのぶ
うし
こひし
しのぶ
こひ
おもふ
入道前太政大臣
いたづらなり
中納言家持
おく
(夜)
みちのく
しのぶ
みだる
しのぶ
こひし
順徳院
しのぶ
ももしき
ならのみやこ
京
ここのへ
おく
しらぎく
まどふ
まつ
おもひ
紀貫之
さと
紀友則
のどけし
なく
(夜)
あは
おもふ
やま
つれなし
おもふ
(夜)
うらめし
(あさぼらけ)
なげく
(夜)
柿本人麻呂
やま
(夜)

Dパートを文章にしてみる。

「白い花かと見まがうように、雪が舞い散る。いにしへ〈昔〉のももしき〈宮中〉の（霜の降りた）「かささきのわたせるはし」の白さが恋しくつらく偲(しの)ばれる。この身はむなしく、この世に生きながらえている。（あの楽しかった日々を思い）長い暗い夜〈世〉が恨めしく、心乱れ、嘆きながら、ひとり寝ている。」

（注・「かささきのわたせるはし」→①陰暦七月七日の七夕の夜に、牽牛星(けんぎゅうせい)と織女星(しょくじょせい)が会う時、カササギが翼を並べて天の川にかけ、織女星を渡したという想像上の橋。②（宮中を天上に見立て）宮中の殿舎の階段）

以上、それぞれのパートのキーワードをつなぐと「山の中で月を眺めながら花（都）を思ふ。」となる。

4 「百人一首」の全体配列とつなぎの言葉

Aパートから Dパートの歌を、配列図（一二〇頁）に沿って並べてみる（一四二―三頁）。次に、縦軸と横軸のつなぎの言葉を確認する（一四四―五頁）。
つなぎの言葉は、同一語・同音（語）・同（類）義語になった。「春」「夏」「秋」「冬」については、つなぎの言葉から除外した。次に、同（類）義語のいくつかを主に辞書の意味を引用して説明する。
☆1「いのち」と「たまのを」
「たまのを」〔玉の緒〕→（「玉」に「魂(たま)」をかけて、魂をつなぐひもの意から）命。生命。
☆2「そて」と「ころもて」
「衣手(ころもで)」→袖の歌語。

☆3「やま」と「みね」
「みね」(峰・峯・嶺)→《「み」は接頭語》山のいただき。
☆4「ふち」と「みを」
「ふち」[淵]→水がよどんで深い所。
「みを」[水脈・澪]→海や川で、船が往来するのに適した水が深く流れる筋。
☆5「かせ」と「あらし」
古語の「あらし(嵐)」は、「山から吹き下ろす強風」の意。
☆6「むくら」と「くさ」
「むぐら」[葎]→つる草の総称。ヤエムグラなど。
☆7「あはれ」と「かなし」・「さひし」
古語の「あはれ」は「悲哀」「寂しさ」という意味も持つ。
☆8「あさち」と「くさ」
「あさぢ」[浅茅]→(荒れ地に生える)丈の低いチガヤ。チガヤはイネ科の多年草。
☆9「ももしき」と「ここのへ」
「ももしき」[百敷]→宮中。
「ここのへ」[九重]→宮中。皇居。内裏。
☆10「はな」と「さくら」
「はな」[花]→植物の花。平安初期までは多く梅の花を、中期以降は桜の花を指す。

「百人一首」の全体配列とつなぎの言葉

かせをいたみいはうつなみ
のおのれのみくだけてもの
をおもふころかな

ものをおもふ・ものをおもは

おもふ・おもへ

あひみてののちのこころに
くらふれはむかしはものを
おもはざりけり

こころ　ものをおもは・ものをおもへ

あひ・あふ　おもは・おもひ

なかからむこころもしらす
くろかみのみたれてけさは
ものをこそおもへ

おもへ・おもは

ものをこそおもへ

わすらるるみをはおもはす
ちかひてしひとのいのちの
をしくもあるかな

わすら・わすれ　いのち　かな

おもは　かな

わすれしのゆくすゑまては
かたけれはけふをかきりの
いのちともかな

いのち・たまのを

いのち

たまのをよたえなはたえね
なからへはしのふることの
よわりもそする

たまのを・いのち　なか

なからへは　しのふる・しのは

きみかためをしからさりし
いのちさへなかくもかなと
おもひけるかな

きみかため

おもひ・おもふ　ける・けり

きみかためはるののにいてて
わかなつむわかころもてに
ゆきはふりつつ

いてて　ゆきはふりつつ

わか　ゆき　ふり

たこのうらにうちいててみ
れはしろたへのふしのたか
ねにゆきはふりつつ

みれ・みる　しろ・しら　ゆき　ふり・ふれ

ふり・ふる

あさほらけありあけのつき
とみるまてによしののさと
にふれるしらゆき

みる・みれ　しら・しろ

やまさとはふゆそさひしさ
まさりけるひとめもくさも
かれぬとおもへは

ひと　おもへ・おもひ

ひと

あらさらむこのよのほかの
おもひてにいまひとたひの
あふこともかな

おもひ・おもへ

よ

みかきもりゑしのたくひの
よるはもえひるはきえつつ
ものをこそおもへ

ものをおもへ・ものをおもは

ものおもへ・ものおもふ

なけけとてつきやはものを
おもはするかこちかほなる
わかなみたかな

ものを　おもは・おもひ　なみた

わか　かな

おもひわひさてもいのちは
あるものをうきにたへぬは
なみたなりけり

うき・うし

おもひ　けり

なからへはまたこのころや
しのはれむうしとみしよそ
いまはこひしき

しのは・しのふれ　こひ

しのは・しのふ

しのふれといろにいてにけ
りわかこひはものやおもふ
とひとのとふまて

けり　わか　もの

しのふれ　こひ　ひと

はなさそふあらしのにはの
ゆきならてふりゆくものは
わかみなりけり

はな　ふり・ふる　わかみ　けり

なりけり

はなのいろはうつりにけり
ないたつらにわかみよにふ
るなかめせしまに

にけり・にける　よ

はな・さくら

かささきのわたせるはしに
おくしものしろきをみれは
よそふけにける

おく・おき　しも　しろ・しら

わたのはらやそしまかけて
こきいてぬとひとにはつけ
よあまのつりふね

こき・こく　あま　ふね

わたのはら　こきいて

よのなかはつねにもかもな
なきさこくあまのをふねの
つなてかなしも

よ

あま

ひともをしひともうらめし
あちきなくよをおもふゆゑ
にものおもふみは

なく　よ

をし・をしけれ　うら　もの

おほけなくうきよのたみに
おほふかなわかたつそまに
すみそめのそて

わか　たつ・たち　そめ

なく　よ　たつ・たた

こひすてふわかなはまたき
たちにけりひとしれすこそ
おもひそめしか

わ・われ　そめ

たち・たた　にけり

みちのくのしのふもちすり
たれゆゑにみたれそめにし
われならなくに

しのふ・しのふれ

たれ　ならなくに

あさちふのをののしのはら
しのふれとあまりてなとか
ひとのこひしき

しのふれ・しのふ　あまり

あさち・くさ

ももしきやふるきのきはの
しのふにもなほあまりある
むかしなりけり

ももしき・ここのへ　むかし・いにしへ

ふる　むかし　けり・ける

いにしへのならのみやこの
やへさくらけふここのへに
にほひぬるかな

さくら・はな

さくら・はな

こころあてにをらはやをら
むはつしものおきまとはせ
るしらきくのはな

しも

わたのはらこきいててみれ
はひさかたのくもゐにまか
ふおきつしらなみ

み(れ)・み(せ)

み(れ)・み(え)　おき　しら

みせはやなをしまのあまの
そてたにもぬれにそぬれし
いろはかはらす

そてたに

そて　ぬれ

うらみわひほさぬそてたに
あるものをこひにくちなむ
なこそをしけれ

なこそをしけれ

そて

はるのよのゆめはかりなる
たまくらにかひなくたたむ
なこそをしけれ

たた

たた・たち

たかさこのをのへのさくら
さきにけりとやまのかすみ
たたすもあらなむ

たかさこの

やま　たた・たて

たれをかもしるひとにせむ
たかさこのまつもむかしの
ともならなくに

しる・しら

しるひと　とも

かくとたにえやはいふきの
さしもくささしもしらしな
もゆるおもひを

しら

おもひ・おもふ

ひとはいさこころもしらす
ふるさとははなそむかしの
かににほひける

こころ　はな

しら・しり

ひさかたのひかりのとけき
はるのひにしつこころなく
はなのちるらむ

なく

ひさ

きりきりすなくやしもよの
さむしろにころもかたしき
ひとりかもねむ

よ　ひとりかもねむ

わかそてはしほひにみえぬお
きのいしのひとこそしらねか
わくまもなし

そて

わか　ひと

おとにきくたかしのはまのあ
たなみはかけしやそてのぬれ
もこそすれ

なみ　そて

そて・ころもて　ぬれ

ちきりきなかたみにそてをし
ほりつつすゑのまつやまなみ
こさしとは

まつ　やま　やま・みね

やま

たちわかれいなはのやまのみ
ねにおふるまつとしきかはい
まかへりこむ

たち・たて　やま　みね・やま

やま　みね・やま

おほえやまいくののみちのと
ほけれはまたふみもみすあま
のはしたて

やま

やま・みね

もろともにあはれとおもへや
まさくらはなよりほかにしる
ひともなし

おもへ・おもふ

あは　おもへ・おもふ

よもすからものおもふころは
あけやらてねやのひまさへつ
れなかりけり

もの　あけ

よ

あけぬれはくるるものとはし
りなからなほうらめしきあさ
ほらけかな

あけ・あくる　もの　しり・しる

しり・しる・しら

なけきつつひとりぬるよのあ
くるまはいかにひさしきもの
とかはしる

ひとり　ぬる・ね　よ　ひさしき・ながながし

あくる・あけ　もの

あしひきのやまとりのをのし
たりをのなかなかしよをひと
りかもねむ

なか　よ

わか　ひと
わかいほはみやこのたつみ
しかそすむよをうちやまと
ひとはいふなり
わか　いほ

そて・ころもて　ぬれ
あきのたのかりほのいほの
とまをあらみわかころもて
はつゆにぬれつつ
ころも

やま
はるすきてなつきにけらし
しろたへのころもほすてふ
あまのかくやま
つき　あま　やま

やま　みね・やま
あまのはらふりさけみれは
かすかなるみかさのやまに
いてしつきかも
やま・みね

やま・みね
つくはねのみねよりおつる
みなのかはこひそつもりて
ふちとなりぬる
ふち・みを

あは　おもへ・おもふ
わひぬれはいまはたおなし
なにはなるみをつくしても
あはむとそおもふ
みを・ふち　あは

よ
あはちしまかよふちとりの
なくこゑにいくよねさめぬ
すまのせきもり
せき

しり・しる・しら
これやこのゆくもかへるも
わかれてはしるもしらぬも
あふさかのせき
わかれ

あくる・あけ　もの
ありあけのつれなくみえし
わかれよりあかつきはかり
うきものはなし
つき　うき

なか　よ
こころにもあらてうきよに
なからへはこひしかるへき
よはのつきかな

しか　よ　やま　なり・なる
よのなかよみちこそなけれ
おもひいるやまのおくにも
しかそなくなる
よ　やま　なる・なり

ころも
みよしののやまのあきかせ
さよふけてふるさとさむく
ころもうつなり
やま　かせ　ふけ

やま
ありまやまゐなのささはら
かせふけはいてそよひとを
わすれやはする
はら

はら　みれ・み
みかのはらわきてなかるる
いつみかはいつみきとてか
こひしかるらむ
なか　かは

みね・やま　かは　なり
やまかはにかせのかけたる
しからみはなかれもあへぬ
もみちなりけり
あ(へ)・あ(は)

なには　あは
なにはかたみしかきあしの
ふしのまもあはてこのよを
すくしてよとや
あは・あふ　よ

とり　こゑ・ね　よ　せき
よをこめてとりのそらねは
はかるともよにあふさかの
せきはゆるさし
あふさか

しる・しら　しら　あふさか
なにしおははあふさかやま
のさねかつらひとにしられ
てくるよしもかな
くる・こ　かな

ありあけ　つき　はかり
いまこむといひしはかりに
なかつきのありあけのつき
をまちいてつるかな
つき　かな

よ　つき　かな
やすらはてねなましものを
さよふけてかたふくまての
つきをみしかな

やま　おく　しか　なく
おくやまにもみちふみわけ
なくしかのこゑきくときそ
あきはかなしき
こゑ・おと

かせ
ゆふされはかとたのいなは
おとつれてあしのまろやに
あきかせそふく
ゆふ　かせ

かせ
かせそよくならのをかはの
ゆふくれはみそきそなつの
しるしなりける
かは

かは
せをはやみいはにせかるる
たきかはのわれてもすゑに
あはむとそおもふ
あは・あふ

あ(へ)・あ(ふ)
あふことのたえてしなくは
なかなかにひとをもみをも
うらみさらまし
ひと　み

なには　あし　よ
なにはえのあしのかりねの
ひとよゆゑみをつくしてや
こひわたるへき
え　ひと　よ・よる

よ・よる
すみのえのきしによるなみ
よるさへやゆめのかよひち
ひとめよくらむ
ひと

ひと　くる・こ
こぬひとをまつほのうらの
ゆふなきにやくやもしほの
みもこかれつつ
ひと　み

つき
つきみれはちちにものこそ
かなしけれわかみひとつの
あきにはあらねと
つき

かた　つき
ほとときすなきつるかたを
なかむれはたたありあけの
つきそのこれる

きく・きか
ちはやふるかみよもきかす
たつたかはからくれなゐに
みつくくるとは
たつたかは・たつたのかは

かせ・あらし　ふく
あらしふくみむろのやまの
もみちはたつたのかはの
にしきなりけり
かは

かは
あさほらけうちのかはきり
たえたえにあらはれわたる
せせのあしろき
たえ

たき
たきのおとはたえてひさし
くなりぬれとなこそなかれ
てなほきこえけれ
なりぬれ・なりぬ

ひと　み
あはれともいふへきひとは
おもほえてみのいたつらに
なりぬへきかな
かな

よ
めくりあひてみしやそれと
もわかぬまにくもかくれに
しよはのつきかな
くも　よ　つき

よる・よ　らむ
なつのよはまたよひなから
あけぬるをくものいつこに
つきやとるらむ
やと

こ・き　ひと
やへむくらしけれるやとの
さひしきにひとこそみえね
あきはきにけり
さひしき・あはれ

こそかなしけれ・あはれ
ちきりおきしさせもかつゆ
をいのちにてあはれことし
のあきもいぬめり
あはれ・さひしさ

なかむれは
さひしさにやとをたちいて
なかむれはいつこもおな
しあきのゆふくれ

かみ
このたひはぬさもとりあへ
すたむけやまもみちのにし
きかみのまにまに
たひ　やま　やま・みね　もみち

やま　やま・みね　もみちは
をくらやまみねのもみちは
こころあらはいまひとたひ
のみゆきまたなむ
やま　みね・やま　ひと

せ
うかりけるひとをはつせの
やまおろしよはけしかれと
はいのらぬものを
ひと

たえ
ゆらのとをわたるふなひと
かちをたえゆくへもしらぬ
こひのみちかな
ひと　たえ　かな

いふ　ひと　かな
いまはたたおもひたえなむ
とはかりをひとつてならて
いふよしもかな
たえ

ま　くも　つき
あきかせにたなひくくもの
たえまよりもれいつるつき
のかけのさやけさ
かせ　くも

くも
あまつかせくものかよひち
ふきとちよをとめのすかた
しはしとためむ
かせ　ふき・ふく

むくら・くさ
ふくからにあきのくさきの
しをるれはむへやまかせを
あらしといふらむ
ふく・ふき　かせ

つゆ
しらつゆにかせのふきしく
あきののはつらぬきとめぬ
たまそちりける
つゆ

たち　あきのゆふくれ
むらさめのつゆもまたひぬ
まきのはにきりたちのほる
あきのゆふくれ

「百人一首」縦軸つなぎの言葉（□は同（類）義語）

おもふ	あひ おもは	ものをこそ おもへ	おもは かな	いのち	なからへは しのふる	おもひ ける	わか ゆき ふり	ふり	みる しら
ひと おもへ	よ おもひ あふ	ものをこそ おもへ	おもは わか かな	おもひ いのち けり	なからへは しのは	しのふれ け り こひ お もふ ひと	ゆき ふり わか なりけり	はな ふる	おく しも しろ（き） みれ
わたのはら こきいて ひと	よ あま	をし うら（め し） もの おもふ	（おほけ）なく よ かな わか たつ	たち にけり おもひ	しのふ たれ ならなくに	あさち しの ふれ ひと こひ（しき）	ふる むかし なり けり	さくら	しも おき しら
わたのはら こきいて み（れ） おき しら	あま そて ぬれ	うら（み） そて もの （こそ）をしけれ	よ （かひ）なく たた	にけり やま たた	たれ しるひと とも ならなくに	くさ おもひ	しら ふる むかし ける	ひさ（かたの） はな	しも よ ひとりかもね む
わか み（え） おき ひと しら	そて ぬれ	そて やま	たち やま みね	やま たて	とも あは（れ） おもへ しるひと	よ おもふ	しり	あくる ひさ（しき） もの	なか（なかし） よ ひとり かもねむ
わか しか よ やま ひと なり	ころもて ぬれ	やま	はら みれ やま	みね かは なり	なには あは おもふ	とり こゑ よ せき	しる しら あふさか	あり あけ つき はかり もの	よ なか（ら へ） つき かな
よ やま おく しか なく なる	かせ ころも	やま かせ	はら かは み	やま かは あ（へ）なり	なには あし あは よ	よ とり ね せき	あふさか ひと しら くる	はかり つき ありあけ	よ かた つき かな
おく やま なく しか きく	かせ ふく	かせ かは	たき かは	あ（ふ） ひと み	なには あし よ	よる らむ	こ ひと	つき （こそ）かなし けれ	かた なかむれは つき
かみ きか	あらし ふく やま もみちは	かは せ	たき たえ	いふ ひと み かな	ま くも よ つき	よ くも らむ	むくら ひと き	つゆ あはれ	たち なかむ れは あきの ゆふくれ
かみ	やま みね もみちは	せ	たえ	ひと いふ （も）かな	くも ま つき	くも	くさ	つゆ	たち あきのゆふく れ

「百人一首」横軸つなぎの言葉

ものをおもふ	こころ ものをおもは	こころ ものを（こそ） おもへ	わすら おもは いのち　かな	わすれ いのち （も）かな	たまのを なか（らへ）	きみかため いのち なか（く）	きみかため いてて　ゆき はふりつつ	いてて　みれ しろ　ゆきは ふりつつ	みる ふれ しら　ゆき
ひと おもへ	おもひ ひと	ものを（こそ） おもへ	ものを おもは なみた	おもひ ものを うき　なみた	しのは うし こひ（しき）	しのふれ けり　わか こひ　もの	はな ふり　もの わかみ　けり	はな　にけり わかみ　よ ふる	よ にける
こき あま ふね	よ　こく あま ふね	（あちき）なく よ	（おほけ）なく よ　わか たつ　そめ	わ　か たち そめ	しのふ そめ われ	しのふれ あまり	ももしきしの ふ　あまり むかし	いにしへ さくら ここのへ	はな
み（れ）	み（せ） そてたに	そてたに なこそをしけ れ	たた なこそをしけ れ	たかさこの たた	しる たかさこの	しら	こころ しら はな	こころ なく はな	なく
そて	なみ そて	そて まつ やま　なみ	たち やま　みね まつ	やま たて	おもへ やま	もの おもふ あけ	あけ もの しり	ひとり ぬる　よ　あ くるひさしき もの　しる	なかなかし よ　ひとり ね
わか いほ	いほ わか ころも	つき ころも あま やま	あま やま つき	みね ふち	みを（つくし） あは	あは ふち せき	わかれ せき	わかれ つき うき	うき つき
よ やま なる	やま かせ　よ ふけ　なり	やま はら かせ　ふけ	はら なか（るる） かは	かは なか（れ） あ（へ）	あ（は） よ	よ あふさか	あふさか くる （も）かな	こ つき かな	つき かな
こゑ	ゆふ おと かせ	かせ かは ゆふ	かは あは	あふ ひと み	え ひと よ　み	え よる ひと	ひと み	つき み ひと	つき
たつたかは	たつたのかは	かは たえ（たえに）	たえ なりぬれ	なりぬ かな	くも よ つき　かな	よ くも　つき やと（る）	やと さひしき	あはれ	さひしさ
たひ やま もみち	やま　みね もみち ひと　たひ	ひと やま	ひと たえ かな	たえ ひと （も）かな	かせ くも たえ	かせ くも ふき	ふく かせ	つゆ かせ ふき	つゆ

5 「百人一首」全体を読む

「百首」という形式は、十世紀半ばに源重之が皇太子（のちの冷泉天皇）の命を奉じて献じたものが最初とされるらしい（目崎徳衛氏『史伝後鳥羽院』）。「百人一首」全体をつないで、手紙のように読んでみたいと思った。読み方がいくつか考えられた。

ここでは、右上から左へ進み、つきあたりで右に折れてと、ヘアピンカーブで進めてみた。トップに来るのは、源重之である。次ページ以下に、その進行に従って「百人一首」を順に書き出してみた。（なお、歌はひらがな、濁音抜きで表記し、つなぎの言葉に網掛けをした。）

31	4	15	50	89	54	38	80	43	48
6	9	96	40	84	82	86	49	56	28
29	61	100	39	14	41	95	99	93	11
91	33	35	51	34	73	67	65	90	76
3	53	52	85	66	60	16	42	72	92
68	30	10	78	20	13	7	2	1	8
59	21	25	62	19	32	27	58	94	83
81	23	97	18	88	44	77	98	71	5
70	75	47	36	57	45	55	64	69	17
87	37	22	12	79	63	46	74	26	24

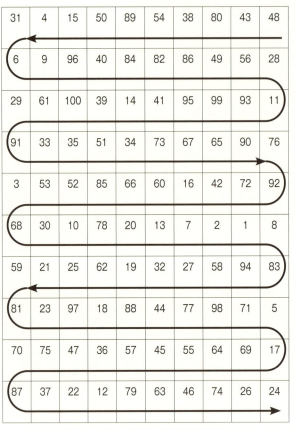

「百人一首」を読む（番号は歌番号）

48　源重之
かせをいたみいはうつなみのおのれのみくたけてものをおもふころかな
ものをおもふ・ものをおもは

43　権中納言敦忠
あひみてののちのこころにくらふれはむかしはものをおもはさりけり
こころ　ものをおもは・ものを（こそ）おもへ

80　待賢門院堀河
なかからむこころもしらすくろかみのみたれてけさはものをこそおもへ
おもへ・おもは

38　右近
わすらるるみをはおもはすちかひてしひとのいのちのをしくもあるかな
わすら・わすれ　いのち　かな・（も）かな

54　儀同三司母
わすれしのゆくすゑまてはかたけれはけふをかきりのいのちともかな
いのち・たまのを

89　式子内親王
たまのをよたえなはたえねなからへはしのふることのよわりもそする
たまのを・いのち　なか（らへ）・なか（く）

50　藤原義孝
きみかためをしからさりしいのちさへなかくもかなとおもひけるかな
きみかため

15　光孝天皇
きみかためはるののにいててわかなつむわかころもてにゆきはふりつつ
いてて　ゆきはふりつつ

4　山部赤人
たこのうらにうちいててみれはしろたへのふしのたかねにゆきはふりつつ
みれ・みる　しろ・しら　ゆき　ふり・ふれ

31　坂上是則
あさほらけありあけのつきとみるまてによしののさとにふれるしらゆき
みる・みれ　しら・しろ（き）

6　中納言家持
かささきのわたせるはしにおくしものしろきをみれはよそふけにける
よ　にける・にけり

9　小野小町
はなのいろはうつりにけりないたつらにわかみよにふるなかめせしまに
はな　けり　わかみ　ふる・ふり

96　入道前太政大臣

はなさそふあらしのにはのゆきならてふりゆくものはわか　みなりけり

もの　わか　けり

40　平兼盛

しのふれといろにいてにけりわかこひはものやおもふとひとのとふまて

しのふれ・しのは　こひ・こひ（しき）

84　藤原清輔朝臣

なからへはまたこのころやしのはれむうしとみしよそいまはこひしき

うし・うき

82　道因法師

おもひわひさてもいのちはあるものをうきにたへぬはなみたなりけり

おもひ・おもは　ものを　なみた

86　西行法師

なけけとてつきやはものをおもはするかこちかほなるわかなみたかな

ものをおもは・ものを（こそ）おもへ

49　大中臣能宣朝臣

みかきもりゑしのたくひのよるはもえひるはきえつつものをこそおもへ

おもへ・おもひ

56　和泉式部

あらさらむこのよのほかのおもひでにいまひとたびのあふこともかな

おもひ・おもへ　ひと

28　源宗干朝臣

やまさとはふゆそさひしさまさりけるひとめもくさもかれぬとおもへは

ひと

11　参議篁

わたのはらやそしまかけてこきいてぬとひとにはつけよあまのつりふね

こき・こく　あま　ふね

93　鎌倉右大臣

よのなかはつねにもかもななきさこくあまのをふねのつなてかなしも

よ

99　後鳥羽院

ひともをしひともうらめしあちきなくよをおもふゆゑにものおもふみは

（あちき）なく・（おほけ）なく　よ

95　前大僧正慈円

おほけなくうきよのたみにおほふかなわかたつそまにすみそめのそて

わか　たつ・たち　そめ

41　壬生忠見
こひすてふわかなはまたきたちにけりひとしれすこそおもひそめしか
わ・われ　そめ

14　河原左大臣
みちのくのしのふもちすりたれゆゑにみたれそめにしわれならなくに
しのふ・しのふれ

39　参議等
あさちふのをののしのはらしのふれとあまりてなとかひとのこひしき
しのふれ・しのふ　あまり

100　順徳院
ももしきやふるきのきはのしのふにもなほあまりあるむかしなりけり
ももしき・ここのへ　むかし・いにしへ

61　伊勢大輔
いにしへのならのみやこのやへさくらけふここのへににほひぬるかな
さくら・はな

29　凡河内躬恒
こころあてにをらはやをらむはつしものおきまとはせるしらきくのはな
しも

91　後京極摂政前太政大臣

きりきりすなくやしもよのさむしろにころもかたしきひとりかもねむ

なく

33　紀友則

ひさかたのひかりのとけきはるのひにしつこころなくはなのちるらむ

こころ　はな

35　紀貫之

ひとはいさこころもしらすふるさとははなそむかしのかににほひける

しら

51　藤原実方朝臣

かくとたにえやはいふきのさしもくささしもしらしなもゆるおもひを

しら・しる

34　藤原興風

たれをかもしるひとにせむたかさこのまつもむかしのともならなくに

たかさこの

73　前中納言匡房

たかさこのをのへのさくらさきにけりとやまのかすみたたすもあらなむ

たた

67　周防内侍

はるのよのゆめはかりなるたまくらにかひなくたたむなこそをしけれ

なこそをしけれ

65　相模

うらみわひほさぬそてたにあるものをこひにくちなむなこそをしけれ

そてたに

90　殷富門院大輔

みせはやなをしまのあまのそてたにもぬれにそぬれしいろはかはらす

み（せ）・み（れ）

76　法性寺入道前関白太政大臣

わたのはらこきいててみれはひさかたのくもゐにまかふおきつしらなみ

み（れ）・み（え）　おき　しら

92　二条院讃岐

わかそてはしほひにみえぬおきのいしのひとこそしらねかわくまもなし

そて

72　祐子内親王家紀伊

おとにきくたかしのはまのあたなみはかけしやそてのぬれもこそすれ

なみ　そて

42　清原元輔
ちきりきなかたみにそてをしほりつつすゑのまつやまなみこさしとは
まつ　やま

16　中納言行平
たちわかれいなはのやまのみねにおふるまつとしかはいまかへりこむ
たち・たて　やま

60　小式部内侍
おほえやまいくののみちのとほけれはまたふみもみすあまのはしたて
やま

66　前大僧正行尊
もろともにあはれとおもへやまさくらはなよりほかにしるひともなし
おもへ・おもふ

85　俊恵法師
よもすからものおもふころはあけやらてねやのひまさへつれなかりけり
もの　あけ

52　藤原道信朝臣
あけぬれはくるるものとはしりなからなほうらめしきあさほらけかな
あけ・あくる　もの　しり・しる

53　右大将道綱母
なけきつつひとりぬるよのあくるまはいかにひさしきものとかはしる
ひとり　ぬる・ね　よ　ひさしき・なかなかし

3　柿本人麻呂
あしひきのやまとりのをのしたりをのなかなかしよをひとりかもねむ
なか（なかし）・なか（らへ）　よ

68　三条院
こころにもあらてうきよになからへはこひしかるへきよはのつきかな
うき　つき

30　壬生忠岑
ありあけのつれなくみえしわかれよりあかつきはかりうきものはなし
わかれ

10　蟬丸
これやこのゆくもかへるもわかれてはしるもしらぬもあふさかのせき
せき

78　源兼昌
あはちしまかよふちとりのなくこゑにいくよねさめぬすまのせきもり
あは　ふち・みを

20　元良親王
わひぬれはいまはたおなしなにはなるみをつくしてもあはむとそおもふ
みを・ふち

13　陽成院
つくはねのみねよりおつるみなのかはこひそつもりてふちとなりぬる
みね・やま

7　安倍仲麿
あまのはらふりさけみれはかすかなるみかさのやまにいてしつきかも
あま　やま　つき

2　持統天皇
はるすきてなつきにけらししろたへのころもほすてふあまのかくやま
ころも

1　天智天皇
あきのたのかりほのいほのとまをあらみわかころもてはつゆにぬれつつ
いほ　わか

8　喜撰法師
わかいほはみやこのたつみしかそすむよをうちやまとひとはいふなり
しか　よ　やま　なり・なる

83　皇太后宮大夫俊成
よのなかよみちこそなけれおもひいるやまのおくにもしかそなくなる
よ　やま　なる・なり

94　参議雅経
みよしののやまのあきかせさよふけてふるさとさむくころもうつなり
やま　かせ　ふけ

58　大弐三位
ありまやまゐなのささはらかせふけはいてそよひとをわすれやはする
はら

27　中納言兼輔
みかのはらわきてなかるるいつみかはいつみきとてかこひしかるらむ
なか（るる）・なか（れ）　かは

32　春道列樹
やまかはにかせのかけたるしからみはなかれもあへぬもみちなりけり
あ（へ）・あ（は）

19　伊勢
なにはかたみしかきあしのふしのまもあはてこのよをすくしてよとや
あは・あふ　よ

62　清少納言

よをこめてとりのそらねははかるともよにあふさかのせきはゆるさし

あふさか

25　三条右大臣

なにしおははあふさかやまのさねかつらひとにしられてくるよしもかな

くる・こ　（も）かな・かな

21　素性法師

いまこむといひしはかりになかつきのありあけのつきをまちいてつるかな

つき　かな

59　赤染衛門

やすらはてねなましものをさよふけてかたふくまてのつきをみしかな

かた（ふく）・かた　つき

81　後徳大寺左大臣

ほとときすなきつるかたをなかむれはたたありあけのつきそのこれる

つき

23　大江千里

つきみれはちちにものこそかなしけれわかみひとつのあきにはあらねと

み　ひと

97　権中納言定家

こぬひとをまつほのうらのゆふなきにやくやもしほのみもこかれつつ

ひと

18　藤原敏行朝臣

すみのえのきしによるなみよるさへやゆめのかよひちひとめよくらむ

え　よる・よ　ひと

88　皇嘉門院別当

なにはえのあしのかりねのひとよゆゑみをつくしてやこひわたるへき

ひと　み

44　中納言朝忠

あふことのたえてしなくはなかなかにひとをもみをもうらみさらまし

あふ・あは

77　崇徳院

せをはやみいはにせかるるたきかはのわれてもすゑにあはむとそおもふ

かは

98　従二位家隆

かせそよくならのをかはのゆふくれはみそきそなつのしるしなりける

かせ　ゆふ

71　大納言経信

ゆふされはかとたのいなはおとつれてあしのまろやにあきかせそふく

おと・こゑ

5　猿丸大夫

おくやまにもみちふみわけなくしかのこゑきくときそあきはかなしき

きく・きか

17　在原業平朝臣

ちはやふるかみよもきかすたつたかはからくれなゐにみつくくるとは

たつたかは・たつたのかは

69　能因法師

あらしふくみむろのやまのもみちははたつたのかはのにしきなりけり

かは

64　権中納言定頼

あさほらけうちのかはきりたえたえにあらはれわたるせせのあしろき

たえ（たえに）・たえ

55　大納言公任

たきのおとはたえてひさしくなりぬれとなこそなかれてなほきこえけれ

なりぬれ・なりぬ

45　謙徳公
あはれともいふへきひとはおもほえてみのいたつらになりぬへきかな
かな

57　紫式部
めくりあひてみしやそれともわかぬまにくもかくれにしよはのつきかな
くも　よ　つき

36　清原深養父
なつのよはまたよひなからあけぬるをくものいつこにつきやとるらむ
やと（る）・やと

47　恵慶法師
やへむくらしけれるやとのさひしきにひとこそみえねあきはきにけり
むくら・させも　さひしき・あはれ

75　藤原基俊
ちきりおきしさせもかつゆをいのちにてあはれことしのあきもいぬめり
あはれ・さひしさ

70　良暹法師
さひしさにやとをたちいててなかむれはいつこもおなしあきのゆふくれ
たち　あきのゆふくれ

87　寂蓮法師
むらさめのつゆもまたひぬまきのはにきりたちのほるあきのゆふくれ
つゆ

37　文屋朝康
しらつゆにかせのふきしくあきののはつらぬきとめぬたまそちりける
かせ　ふき・ふく

22　文屋康秀
ふくからにあきのくさきのしをるれはむへやまかせをあらしといふらむ
ふく・ふき　かせ

12　僧正遍昭
あまつかせくものかよひちふきとちよをとめのすかたしはしととめむ
かせ　くも

79　左京大夫顕輔
あきかせにたなひくくものたえまよりもれいつるつきのかけのさやけさ
たえ

63　左京大夫道雅
いまはたたおもひたえなむとはかりをひとつてならていふよしもかな
たえ　ひと　（も）かな・かな

46　曾禰好忠

ゆらのとをわたるふなひとかちをたえゆくへもしらぬこひのみちかな

ひと

74　源俊頼朝臣

うかりけるひとをはつせのやまおろしよはけしかれとはいのらぬものを

ひと　やま　やま・みね

26　貞信公

をくらやまみねのもみちはこころあらはいまひとたひのみゆきまたなむ

やま　みね・やま　もみち　たひ

24　菅家

このたひはぬさもとりあへすたむけやまもみちのにしきかみのまにまに

織田正吉氏の言うように、「百人一首」を全体的に見る。すると、やはり、定家の後鳥羽院への手紙になっているのではないか。特に、「をくらやま」の歌は、定家の院への思いを表していると、同氏は、その著書の中で言っている。

さて、ヘアピンカーブでつないだ時のラストに来る二首（右下隅に入ってくる）を次に挙げてみたい。

この二首を借りて、定家は自らの後鳥羽院への思いを、特に強く表したかったのではないのか。

菅家

このたびは幣（ぬさ）もとりあへず手向山（たむけやま）もみぢの錦（にしき）神のまにまに

〈歌意〉このたびの旅は、（にわかな行幸のお供で）とても幣など用意する間もなくやって来た。この手向山に（幣の代わりに）散り乱れる紅葉を神よ、み心のままに（受け取られよ）。

貞信公

小倉山（をぐらやま）峰のもみぢば心あらばいまひとたびのみゆき待たなむ

〈歌意〉小倉山の峰のもみじ葉よ。（もしおまえに物を感じる）心があるなら、もう一度天皇の（お出かけがあるはずだから）（その時まで散らないで）おいでを待っていてほしい。

この百人一首は、「小倉百人一首」という。定家が小倉山の山荘で、それを作ったと言われているからだ。貞信公の歌の中に「おぐらやま」が出て来る。貞信公とは藤原忠平のことで、関白藤原基経の四男である。藤原氏全盛期の基礎を築いた定家の先祖にあたる。

「小倉山」は、現代でも紅葉の名所である。これら二首に「ぬさ」（「もみぢ」）「かみ」「みゆき」と天皇（上皇）を示唆する言葉が出てくる。

前述したように、二首の作者名を抜き出してみると、貞→「定」、菅家の「家」から「定家」になる。

「わたくし定家は、紅葉の美しい小倉山で、後鳥羽院様のいま一度の行幸を（お帰りを）お待ち申しあげていますよ。」という気持ちを、この二首を借りてあらわしているのではないだろうか。

「百人一首」は、隠岐国の後鳥羽院（Aパート）・佐渡島の順徳院（Dパート）・阿波国の安徳天皇（B・C

パート）の気持ちを定家が代弁した。そして、最後に定家は院にこう問いかけ、話しかけていなかったか。

「つまりはこういうことだったのですよね。挙兵の理由も……私もあの時は、院の神経を逆なでするような歌を詠み、本当に申し訳ありませんでした。知らなかったとはいえ、お許し下さい。後鳥羽院様、おつらいでしょうが、お待ちください。迎えの者がもうすぐやってきますよ。私は後鳥羽院様をお待ち申し上げます。」

6　落人の地

祖谷川は、剣山を水源として、徳島県の祖谷地方を西に流れて、四国三郎吉野川に合流する。その昔、川のほとりに、わずかに集落ができていったと伝わる（一三〇頁参照）。

川がほぼ直角に曲がるあたりに、「琵琶の滝」がある。祖谷川が、西祖谷に入って二キロほどの左岸にかかる滝である（一一七頁参照）。昔、平家の公達が、その下で琵琶を奏でながら慰めあったことから、この名がついたと言う。すぐ近くには、観光客でにぎわう「かずら橋」がある（一三二頁参照）。

Bパートを表した絵（一二九頁参照）を見ると、北・東・南側には山・峰がそびえ、「かりほのいほ」「あしのまろや」のそばには「田」が広がる。

「東祖谷山村誌」によると、上流のほとりの「菅生」地区は、祖谷では最も早くから開かれた集落という。このあたりでは、田植もかなり盛大に行われたという。村誌には、田植歌も紹介されている。

地名と同じ名の祖谷の菅生家は、源氏の出であり、この家に伝わる源氏の白旗は、県の文化財になっている。東祖谷の「阿佐」地区にある阿佐家は、平国盛（教経）の後胤と伝えられ、こちらには、平家の赤旗がある。

菅生地区と共に古くから開けていたと言われる、近くの「久保」地区にある毘沙門堂には、藤原時代の毘沙門天像や鎌倉時代の阿弥陀如来坐像がある。ともに村指定文化財である。「久保」近くの「栗枝渡」地区にある栗枝渡八幡神社の境内には、安徳天皇の「御火葬場」と呼ばれる場所がある。

ところで、方位・四季・色を表す四つの守護神（中国の想像上の動物）は、理想的な地形を象徴的に表すという。「青竜」は流水に住むので東に河川がある。「白虎」は大道に住むので西に大路がある。「朱雀」は沢辺に住むので南に湿地がある。「玄武」は丘陵に住むので北に山岳がある。これが理想的な地形とされる。平安京は、その地形にかなっていると言われる。祖谷地方も同じくかなっている気がするが、どうだろうか（一三〇頁参照）。

「西祖谷山村史」を読むと、元和三年（一六一七）の「刀狩り」で、この地方の刀が二十七振り没収されたのがわかる。その中には、国宝級、重文級のものが多数入っている。「刀狩り」とは、百姓一揆の防止のため、百姓の武具を没収して、兵農分離を徹底した豊臣秀吉が始めた政策である。

一六一七年、祖谷地方の「刀狩り」で没収された刀剣と昭和三十八年時点の（無疵、無欠点の場合の）価格（「古刀新刀日本刀価格総鑑」刀剣春秋社編）を次に引用したい（郷土史掲載分）。

（刀銘）		（時代）	（国名）
一、伯州住安綱	二尺五寸　但し直刃無疵	大同（806~810）	伯耆
		一千二百万円（国宝）	

一、粟田口権守久国　一尺七寸五歩　右同

一、相州住五郎正宗　二尺三寸六歩　大乱無疵

一、同作　一尺七寸五歩　右同

一、越中国松倉郷義弘　二尺三寸　玉刃無疵

一、豊後国行平　九寸五歩　右同
右六腰粟枝渡名主所持

一、三条小鍛冶宗近　二尺八寸　右同
右阿佐名之内九鬼大学所持

一、筑後国三池伝太　二尺八寸　右同
右鍛冶屋名主所持

一、相州正宗　二尺八寸　右同
右奥ノ井名主所持

一、備前国正恒　二尺五寸　右同
右菅生名主所持

承元（1207～1211）　山城
九百五十万円（国宝）

嘉暦（1326～1329）　相模
一千万円（国宝）

嘉暦（1326～1329）　相模
一千万円（国宝）

建武（1334～1336）　越中
八百五十万円（国宝）

元暦（1184～1185）　豊後
八百五十万円（国宝）

永延（987～989）　山城
一千三百万円（国宝）

承保（1074～1077）　筑後
八百万円（国宝）

嘉暦（1326～1329）　相模
一千万円（国宝）

永延（987～989）　備前
一千万円（国宝）

一、河内国泰包平　　二尺七寸　右同　　永延（987～989）　備前
　右徳善名主所持　　一千二百万円（国宝）

一、山城国来国俊　　二尺六寸　右同　　正応（1288～1293）　山城
　右西山名主所持　　八百万円（国宝）

一、備前国正家　　二尺四寸六歩　小乱無疵　　正和（1312～1317）　備前
　右久保名主所持　　五百八十万円（重要文化財）

一、奥州住人諷誦　　二尺七寸　直刃無疵　　不詳　　不詳
　右落合名主所持（同じ刀鍛冶の作に名刀の奥州切居丸があるらしい）

一、粟田口住在国　　二尺三寸五歩　右同　　承久（1219～1222）　山城
　右大枝渡名主所持　　三百万円（重要美術品）

一、山城国来国行　　二尺三寸五歩　丁字乱無疵　　弘安（1278～1288）　山城
　右田ノ窪名主所持　　九百万円（国宝）

一、関住外藤　　二尺七寸　小乱無疵　　保元（1156～1159）　美濃
　右釣井名主所持　　百二十七万円

一、筑前左　　二尺五寸　右同　　建武（1334～1336）　筑前
　　九百万円（国宝）

一、関住人金重　　一尺九寸　乱刃無疵　　貞治（1362～1368）　美濃
　右大小共今井名主所持　　百四十万円

一、大和国千寿院行信　二尺五寸　直刃無疵　長承（1132〜1135）　大和
百万円

一、粟田口則国　一尺八寸　乱刃無疵　承久（1219〜1222）　山城
右大小共重末名主所持　八百五十万円（国宝）

一、相州山内住人助貞　一尺八寸　直刃無疵　正元（1259〜1260）　相模
右大久保名主所持　九百万円（国宝）

一、備前国長光　二尺三寸五歩　右同　文永（1264〜1275）　備前
右有瀬名主所持　九百万円（国宝）

一、筑前左　一尺八寸　丁字刃無疵　建武（1334〜1336）　筑前
右峯名主所持　九百万円（国宝）

一、大和国興福寺　二尺五寸　直刃無疵　不詳　不詳
右一宇名主所持　不詳

一、越中国住人則重　二尺五寸　玉刃無疵　正中（1324〜1326）　越中
右田ノ内名主所持　八百万円（国宝）

一、大和国包永　二尺五寸六歩　直刃無疵　正応（1288〜1293）　大和
右尾井ノ内名主所持　七百万円（国宝）

※実線を引いた人は、後鳥羽院御番鍛冶。波線を引いた人は、名鍛冶と言われる人。

※網掛けしている名主は天正一揆や強訴で討ち取られるか磔罪（死刑）になるか、何らかの処罰を受けるかした人。

また、郷土史には、次のような解説が続いている。

「伯耆（ほうき）安綱は、源頼光が大江山の酒呑（しゅてん）童子を退治したときに使ったとされ、童子切りは天下の名宝で坂上田村麿将軍の刀も伯耆安綱作であったといわれる。

また粟田口権守久国は、御番鍛冶で後鳥羽院の側近に奉仕して鍛刀の師範をつとめたといわれる。

また相州住五郎正宗といえば刀匠中の刀匠で、逸話も多く、あまたの門人をそだて、越中国松倉郷義弘も弟子になった人で、正宗十哲の一人である。日本刀は武士の魂といわれる。国宝、重要美術品になるような刀、その行方を追求したくなるのは、昔から持ち伝えた名主百姓でなくとも、現今のわれわれにしても同様である。その行方はともかくとして阿波に住んだ名主、どうして山地へ落ちていったかなど、刀が手がかりにならないであろうか。」（原文のまま）

国宝級の刀を六振りも所持していた栗枝渡名主は、松家隼人という人で刀狩りに先だつこと三十二年前、天正十三年（一五八五）の祖谷山一揆の時、捕えられて後に成敗されたという。この時、奥ノ井名主松下平太も同じく捕えられ、後に成敗されている。

松家隼人の持っていた刀剣は、特に名刀揃いである。伯州住安綱は天下の名刀で、源氏の重宝としても伝わっている。粟田口権守久国は後鳥羽院お抱えの鍛冶達の師匠である。また、豊後国行平は、院の御番鍛冶の一人として名が挙げられている。そして、越中国松倉郷義弘と、こうも揃うと筆者の妄想はまた、また、むくむくと広がってしまう。松家隼人とは、どういう人物の子孫・関係者であったのか。

刀狩りの際、代官は、刀剣の弁償代銀は追って知らせると言ったのに、三年たっても音沙汰がなかった。そこで、十八人の名主たちは徳島藩主蜂須賀家政公に直訴した。すると、直訴した側が罰せられた。当時、権力者への直訴は、御法度(ごはっと)であった。

郷土史は、「家政公の偉大であったことは、郷土史料にいろいろ記されている」とした上で、次のように言っている。「藩主として藩士を愛しかばうということがなければ入国草創の統治は困難であったと思われる。その反面、下々百姓の中で、直訴の罪の重さとはいえ、刑場の露と消えた人々が無念の涙をのんでいったことも忘れてはなるまい。」

これら名刀を所持していた人達は、只者ではない人達の子孫だったのではないだろうか。郷土史の筆者も「刀が手がかりにならないだろうか」と言っているがどうなのだろうか。

残念ながら、これら名刀所持者のほとんどが成敗されている。落合名主・大枝渡名主・峯名主・一宇名主・尾井ノ内名主は強訴により、磔罪(たくざい)(はりつけの刑)になっている。落合名主・尾井ノ内名主は、息子達も殺されたということだ。

思うに、歴史は、時の権力者、時の勝者によって真実が歪曲され、隠ぺいされてきているのだろう。また、天災(台風や水害や火災など)も、それに輪をかけたであろう。

ただ、確かに言えるのは、十七世紀初頭、徳島県祖谷地方に多くの名刀が存在していたことである。先祖代々、受け継いできた名刀。自分達の生きるよすがになっていた宝物。それをある日、突然、有無を言わさず、奪われた。自分達の代で力づくで無理やり奪われた。弁償代銀の約束も反故(ほご)にされた彼等の苦しみ、恨み、怒りは想像に難くない。

そして、直訴。それが御法度というのは、彼等は、重重知っていただろう。しかし、自分たちの理は正しいのだと信じた。正しい道は、命に代えても主張しなければならなかった。命よりも大切なものがあった。彼等の先祖の血が目を覚ましたのかもしれない。死を覚悟した上での決行であったのだろう。秀吉の始めた「刀狩り」は、新しい国づくりのためだった。しかし、日本国広しと言えども、この祖谷地方の人達の刀剣は別格だった。それらの刀には、先祖のやるせない思い・この世に残した未練がどれほど籠められていたであろう。

彼等の無念を思う時、筆者にできることは、事実をこの紙面に乗せ、読者に問うことぐらいである。天正十三年（一五八五）の祖谷山一揆（豊臣秀吉の命による蜂須賀家政の阿波入国への反乱）と元和六年（一六二〇）の強訴（刀狩りに対して）によって、祖谷地方の名主の半数が殺されたり、処罰されたりした。

このような一族滅亡の憂き目や災害等が無ければ、祖谷地方には歴史的に貴重なものが、今もずいぶんと残されていたのではないか。長い年月の間に、多くの歴史的文化遺産が失われた。それが悔やまれる。時の政府は、権力者は、何をしていたのだろうと今まで思っていた。が、彼等こそが、自分達の利害、都合、保身、無知等のために後世に残すべき私達先祖の貴重な遺産を略奪・散逸させてしまったと考えられる。

7「百人一首」と「百人秀歌」

「百人秀歌」は、昭和二十六年（一九五一）に有吉保氏によって存在が明らかになった。それは、「百人一首」と比較してみるとほぼ同じである。

異なる点は、後鳥羽院、順徳院の歌二首が無く、代わりに、

夜もすがら契りしことを忘れずば恋ひむ涙の色ぞゆかしき　一条院皇后宮

春日野のしたもえわたる草の上につれなく見ゆる春のあは雪　権中納言国信

紀の国の由良のみ崎に拾ふてふたまさかにだにあひ見てしがな　権中納言長方

の三首があり、源俊頼の歌が次のように別の歌になっている点である。

憂かりける人を初瀬の山おろしよはげしかれとは祈らぬものを

↓

山桜さきそめしより久方の雲井に見ゆる滝の白糸

そういうわけで、「百人秀歌」は都合、百一首になっている。

ところで、定家の息子為家の舅で東国の有力御家人である宇都宮蓮生は別荘の障子の装飾を七十四歳の定家に依頼したという。

定家が準備したのは「百人秀歌」と「百人一首」どちらだったのかと、諸説あるようだ。

どちらを彼は宇都宮氏に渡したのか。別荘を飾ったのはどちらだったのか、今も定かでない。

ただ、何人かの人達が鎌倉の力が強い時代に倒幕を試みた後鳥羽院、順徳院の歌が飾られたとするのは無理があると言っている。筆者も同感である。多分、宇都宮氏に渡したのは「百人秀歌」と言って良いのではないだろうか。

一般的には「百人秀歌」は「百人一首」のプロトタイプ（原型）と言われているようだ。

その根拠は、「百人一首」では、「従二位家隆」とあり、「百人秀歌」では「正三位家隆」と官位が記されていることである。官位表記を見る限り、出世の順番でいうなら「百人一首」の方が後に成立したのではないかということだ。

これらの説に対して、林直道氏曰く、「百人秀歌」は「百人一首」の公開用＝合法的改訂版だった。鎌倉幕府の目をごまかし、かれらをからかい、王朝貴族の立場から武家権力にたいしてひそかな仕返しをくわだてたものだと。

織田正吉氏曰く、内緒で試みていた「百人一首」作成が外に漏れた。息子為家の舅の宇都宮氏に、その歌を自分の屋敷にも飾りたいと頼まれ断ることもできなかった。そこで、「百人一首」を一部省略して渡したものだったと。

筆者も、はじめに「百人一首」有りきではなかったかと思う。

明確な目的・意図を持って「百人一首」を作り、その後、それを少し変更して、「百人一首」のアレンジ版としての「百人秀歌」をということも充分考えられるのではないか。

林氏の言うように、「百人秀歌」は、あくまでも「百人一首」の表向きの顔であって「百人一首」中の家隆の「従二位」は、後に書き換えられたものではなかったか。

実は定家が作りたかったのは「百人一首」であり、これが本命だった。そして、後に「百人一首」と似たものを作り、それにあるヒントを与えていたとも考えられる。

つまり、「百人秀歌」に歌が百一首あるように、「百人一首」にも歌が百一首入っているよ。「百人（の歌百首と）一首」だよと。

勿論、もう一首は、安徳天皇の歌ではないかと筆者が勝手に想像した前述の「ふるさとを……」の歌である。

8　定家の思い

それにしても、定家は「百人一首」の中に悲劇の運命をたどった安徳天皇の歌（?）を、本当に、ひそかに入れたのだろうか。

そうでなかったとしても彼は自分の力を認めてくれて宮廷歌人の道を開いてくれた後鳥羽院をはじめ式子内親王や順徳院への強い親愛・思慕の情を「百人一首」の中に盛り込んだのは間違いないだろう。

隠岐の院と都の院側近者との交流は、当時、比較的自由にできていたようである。荒波の日本海を隔てていたが、それをものともせず、院に近い人達は、海を越えたという。

院の隠岐配流にあたって、あれほど世話になり、親しかった定家や息子為家が見送りもせず、その後も手紙の一つも送らなかったことから、彼の院に対する冷めた思いを指摘する人もいる。

最後まで誠実だった家隆と比較されて、定家は薄情者、打算的で保身のみだったと世の評判は芳しくない。これに対して、定家をかばう声として、定家は勅勘の身であったからではないかというのもある。院も、当初、このような定家に対して快く思われなかったにちがいない。その際、院の定家に対しての「定家は歌詠みとして双無き者だが、心が無い」（隠岐の島で書かれた「後鳥羽院御口伝」）という評もよく引用される。

「後鳥羽院御口伝」は、かなりの枚数を定家批判に費やしている。あげたりさげたりしているが、要は、定家は歌は上手だが、人間的にはチョットねということなのだろうか。

ここで、ひねって考えて、この文章に後鳥羽院の定家に対する愛を感じるのは筆者だけだろうか。思うに、本当に嫌いな人の評にこれだけのスペースを使うだろうか。

定家を勅勘の身としたことを気にしていた院は、「後鳥羽院御口伝」の中で必死に自己弁解していたのではないだろうか。定家に対して、歌そのものを見るだけでなく、歌を作った時の作者の心情・置かれた状況なども考えてほしいと言ったのである。

定家は彼自身納得のいかない勅勘の身となっていた。最初はとまどい、院への怒りがあったであろう。あの定家の性格では、相手が誰であろうと、不条理きわまりない目にあったと怒り心頭ではなかったか。

そして、後に、院のあの時の事情、立場、勅勘のいきさつが理解できた時、定家のわだかまりは、解けたのではないか。そしてその後、なんらかの手段を用いて、隠岐の院へメッセージを送りたいと考えた。

しかし、定家は、院とは長い間の御無沙汰。新しく取って代わった武家勢力に囲まれて、うまく適応していた。いつのまにか気づいてみると、順調な出世もしていた自分だった。

頑迷な定家は考えた。その上、まだ、自分は勅勘の身も解けていないのだ。正式に院にメッセージを送れるのか。しかも今更……。そして、内容も余人に気づかれては決してよくないもの。

さて、どうすれば。この時、定家を助けたのは歌の力であった。彼は、思いのたけを歌に託した。千里かなたの院へ向けて。

思いついたのだ。歌を組み合わせて手紙を創ることを。

歌集として、島に渡る誰かに頼めばいいのだ。改め役の役人も単なる歌集に思うだろう。

いかがです。この趣向は。

かれは胸をはって、はればれとした顔で、隠岐国の方角に向かって快哉を叫んだのではないだろうか。

院への「差し入れ」は、役人がいて、逐一、記録され、鎌倉の方へ報告があったと思われる。しかし、役人には単なる歌集にしか見えなかったであろう。というか、普通に見て、「百人一首」は歌集である。謎解きに使うたぐいの資料があったのだろうか。意味不明の番号や記号が並ぶ落書きふうのものはどうか。無かったのではないか。

そう。聡明な院は一目見て、気づいた。定家の集めた百首の歌群が何を意味しているのかを。

それが、言葉パズルになっているのに。

玉石混交の歌群をご覧になった時、「定家め。味なことをしおって」と院は、苦笑されただろうか。それとも、感きわまって涙されただろうか。そして、つぶやかれたか。「定家は双なき者なり。こころある双なき者なり。」と。

院もまた、精神状態が不安定な時期だったこともあり、一時の感情で定家を勅勘の身としたが、後に後悔したのではなかったか。

もともと、院は定家を評価していた。宮廷歌人のメンバーに採用し、定家に活躍の場を与えたのも院である。彼の気難しい面もおおらかに受け入れていたと思われる。

定家について書かれた書物を読むと、彼の性格が色々と説明されているので引用する。例えば、依怙地・偏屈・潔癖・傲慢・激情的・鋭敏多感・純情と傲岸が同居・主我的・誠実・不器用・生真面目・神経質・純粋など……。

対照的に、社交的で豪放磊落・自由闊達・おおらかであったのが院でなかったか。

二人は、およそ正反対の性格でもあった。しかし、激しい気性の持ち主で多情多感な面は、よく似ていた。彼等には主従の関係・歌の関係だけでなく、人間的にも心の交流があり、お互いを認め合っていたのではないか。

余生もあとわずかと、自分の年齢を意識した時、定家の胸を去来したものは何だったたか。

やはり、あのはなやかな宮廷歌壇の中心ポストにいて、思いっ切り歌づくりをさせてもらえた、言いたいことを言わせてもらえた幸せな日々ではなかっただろうか。それは、もう二度とは戻らない日々であった。

公家文化の中で花開いた「歌」の世界。「歌」で結ばれていた父俊成との関係。彼等親子にとって、「歌」は魂のようなもの・生きるあかしであった。

定家は「この世をわが世と思った」藤原道長の六男長家の子孫である。が、父祖の代には随分と落ちぶれていた。今や、家門繁栄のためには、歌道の宗家としての地位を不動のものにして、それを子孫に残さなければならない責任もあった。つまり、自分のためだけでなく、家門のためにも「歌」いのちの定家であった。

後鳥羽院や順徳院、式子内親王。彼等も、定家と同じように「歌」を愛した。彼等は、定家も一目置いていた、歌人としても優秀な人達であった。歌に対して、あれほどの情熱をもって臨む人達、あと押ししてくれる人達はもういなかった。自分を歌人として真に理解して尊敬してくれる人達は。

そして、今や、「歌」を語るべき価値のある人はいなかった。まわりの新興の武士どもは、お話にならない田舎者・無粋者であった。

晩年、定家は娘達が出家したり、「新勅撰和歌集」（一二三五年成立）の撰歌を行った際、幕府への配慮のために、後鳥羽院や順徳院らの歌百余首を切り棄てることを余儀なくされたりした。

老いの身に不本意なことが多く、孤独でなかったか。

彼は一人、別荘である小倉山荘にこもる時間が多くなった。そして、自分のつくった「百人一首」の色紙をながめていた。時の権力におもねることなく、時の変遷にとらわれることなく、その時、本当に自由に彼は自分の世界に遊べたのではないのか。

ただただ、秘密裏につくり、自分のため、後世に伝えるための「百人一首」だったとも考えられる。が、やはり、この歌パズルは手紙、メッセージではなかったか。

目崎徳衛氏がその著『史伝　後鳥羽院』の中で次のように語っている。

定家はやがて九条家出身の後堀河中宮（藻壁門院）の夭折に殉じて出家するが、訪ねて来た元和歌所開闔の源家長から、後鳥羽院が報せに驚いてひどく惜しみ、「たとえ定家に出家の志があろうともたちまちに許可が出たのは如何なるものか」と密々に仰せられたことを聞いて、「極めて以て存外の事か」と感激もしている。一時の疎隔を越えた両者の、晩年の心の交わりを察することができるであろう。文学史上に、逸してはならぬ要点である。

目崎徳衛氏が言うように、この時期、遠く離れた二人に「心の交わり」はあったのである。

「明月記」（定家の日記）の原文の一部を次に引用して、定家の感激に直に触れてみたい。

> 廿七日丁酉、天晴陰、未時許金吾來、〈中略〉家長朝臣來臨、剃除以後始面謁、自然及昏、遠所聞出家之由、頗被驚仰、雖有其志忽被許之條、如何之由、有密々仰云々、極以存外事歟、

定家が出家したのは、天福元年（一二三三）七十二歳の時であった。この年は、院崩御六年前である。宇都宮蓮生が、別荘の障子の装飾を定家に依頼したのは一二三五年である。遅くとも、一二三三年頃までに「百人一首」は成り、院の目にとまっていたのではないか。

「百人一首」という作品で定家は隠岐の院にひそかに「差し入れ」をしたのである。

「士は己を知る者の為に死す」という言葉がある。この言葉は、まさに、この二人の関係にあてはまる気がする。

第八章　後鳥羽院と「遠島百首」

1　隠岐の御在所

蛙鳴く勝田の池の夕たたみ聞かましものは松風の音

院がこの歌を詠んだ時、松は御在所の庭にあったのだろうか。

当時は、御在所のすぐそばまで、海岸が迫っていたらしい。海岸の道沿いには大きな松が並び、その松の幹に舟をつないだそうだ。今もその時の松の切株が残っていて「綱掛けの松」と呼ばれている。

「百人一首」の歌の中に「松」は四箇所出てくる。通常、海のそばに、松はつきものだ。だから、定家は「松」を入れた。そして、「松」と「待つ」の意味を掛けたのであろう。

「蛙鳴く」の歌は、「定家よ。手紙はしっかり届きましたよ。松風の音を聞きたいものです。（私は待っていますよ。迎えが来るという便りを）」という院の応えの歌でなかっただろうか。

現在、院の隠岐御在所跡の庭の池の周辺に、松の切株がいくつか残されている。

明治以降は、皇族方のこの地へのご訪問があった。

後鳥羽院御火葬塚（島根県隠岐郡海士町）

明治四十年、時の皇太子殿下（大正天皇）。大正六年、時の皇太子殿下（昭和天皇）。昭和二十八年義宮殿下。昭和四十二年、時の皇太子殿下同妃殿下（今上天皇皇后）。昭和五十二年高松宮殿下同妃殿下。

これらの行啓御来島に際しては、島を挙げての歓迎がなされた。島民がいかに深く感激したか。「海士町史」（昭和四十九年発行）を読むと、それが伝わって来る。

「蛙鳴く」の歌を踏まえてであろうか、歴代の皇太子殿下が、この地に松をお手植えされた。が、残念ながら、松はみな、育たなくて枯れたようだ。

「遠島百首」の中に次のような歌がある。

あかつきのゆめをはかなみまとろめはいやはかななるまつかせそふく

約八百年前、院は、松風の音を待っていた。朝方のまどろみの中で、確かに松風の音を院は聴いたのであった。

2 「遠島百首」の見方

後鳥羽院には、隠岐の島で詠んだという「遠島百首」がある。この歌が、「百人一首」への返歌になっているのではないかと思われた。

それなら、これも「百人一首」に似た体裁になっていないか。

「遠島百首」は、異本もあり、多少の異同出入があるらしい。ここでは、田邑二枝氏著『隠岐の後鳥羽院』『隠岐の後鳥羽院抄』に掲載されている「遠島百首」を引用し（一部、歌意も）ひらがな・濁音抜きで表記してみた。

この「遠島百首」は、春二十首（1〜20）・夏十五首（21〜35）・秋二十首（36〜55）・冬十五首（56〜70）・雑三十首（71〜100）から成っている。雑三十首を四季の中にそれぞれ入れて「百人一首」と同様に各四パートにしてみることにした。

それぞれの歌をバラバラにして、左右上下に並ぶ歌をつなぎ言葉で結んで行った。

その後、できあがったものを見ているうちに微調整で四パート全て、つまり百首全てが、「百人一首」のようにつながるのではないかと思われた。

四季を表しているので、やはり、五行説にちなんで配置してみた。すると、どうにかこうにか縦10首かける横10首でつながった。

冬（北）	春（東）
秋（西）	夏（南）

「遠島百首」春（□は縦か横か両方かにつながる言葉）※印の歌は「雑」から

すみそめのそてのこ ほりにはるたちて ありしにもあらぬな かめをそする	ねせりつむのさはの みつのうすこほり またうちとけぬはる かせそふく	ふるゆきにのもりの いほもあれはてて わかなつまんとたれ にとはまし	※いにしへのちきり もむなしすみよしや わかかたそきのかみ とたのめと	ももちとりさへつる そらはかはらねと わかみのはるそあら たまりぬる
すみそめのそてもあ やなくにほふかな はなふきみたるはる のゆふかせ	ちるはなにせせのい はまやせかるらむ さくらにいつるはる のやまかは	もえいつるみねのさ わらひゆききえて をりすきにけるはる そしらるる	とほやまちいくへも かすめさらすとて をちかたひとのとふ もなけれは	さとひとのすそのの ゆきをふみわけて たたわかためとわか なつむころ
はるさめもはなのと たえそてにもる さくらつつきのやま のしたみち	おのれのみおふるは るにもとおもふにも みねのさくらのいろ そものうき	はるさめにやまたの くろをゆくしつの みのふきかへすくれ そさひしき	とけにけりもみちを とちしやまかはの またみつくくるはる のくれなゐ	※なひかすはまたも やかみにたのむへき おもへはかなしわか のうらなみ
かきりあれはかきね のくさもはるにあひぬ つれなきものはこけふ かきそて	ものおもふにすくる つきひはしらねとも はるやくれぬるきし のやまふき	やとからむかたのの みのかりころも ひもゆふくれのはな のしたかけ	なかむれはいとう らみもますけおふる をかへのをたをかへ すゆふくれ	※すきにけるとしつ きさへそうらめしき いましもかかるもの おもふみは
うらやましなかきひ かけのはるにあひて いせをのあまもそて やほすらむ	かすみゆくたかねを いつるあさひかけ さすかにはるのいろ をみるかな	※はれやらぬみのう きくもをいとふまに わかよのつきのかけ やふけぬる	なかむれはつきやは ありしつきならぬ うきみひとつそもと のはるなき	※かきりあれはかや かのきはのつきもみつ しらぬはひとのゆく すゑのそら

「遠島百首」夏

なにはえやあまのたくなはたきわひてけふりかかめるさみたれのころ

さみたれにみやきもいまやくたすらんまきたつみねにかかるむらくも

さみたれにいけのみきはやまさるらむはすのうきはをこゆるしらなみ

くれたけのはすゑかたよりふるあめにあつさひまあるみなつきのころ

あはれにもほのかにたたくくひなかなおいのねさめのあかつきのそら

ゆふすすみあしのはみたれよるなみにほたるかすそふあまのいさりひ

ゆふたちのはれゆくそらのくもまよりいりひすすしきつゆのたまささ

※なみまわけおきのみなとにゆくふねのわれそこかるるたへぬおもひに

※おなしよにまたすみのえのつきやみむけふこそよそのおきのしまもり

※なにとなくむかしかたりにそてぬれてひとりぬるよもつらきかねかな

※われこそはにひしまもりよおきのうみのあらきなみかせこころしてふけ

したくゆるむかひのもりのかやりひにおもひもえそひゆくほたるかな

※たとふへきむろのやしまもとほけれはおもひのけふりいかかまかへむ

※とにかくにつらきはおきのしまつとりうきをはおのかなにやこたへむ

※うしとたにいはなみたかきよしのかはよしやよのなかおもひすててき

ふるさとをしのふののきにかせすきてこけのたもとににほふたちはな

※ふるさとのこけのいははしいかならむおのれあれてもこひわたるかな

※さとほみきねかかくらのおとすみておのれもふくるまとのともしひ

※なかきよをなかなかあかすともとてやゆふつけとりのこゑそまちかき

いまはとてそむきはてぬるよのなかになにとかたらふやまほとときす

あやめふくかやかのきはにかせすきてしとろにおつるむらさめのつゆ

くれかかるやまたのさなへあめすきてとりあへすなくほとときすかな

たをやめのそてうちはらふむらさめにとるやさなへのこゑいそくらむ

みるからにかたへすすしきなつころもひもゆふくれのやまとなてしこ

けふとてやおほみやひとのかへつらむむかしかたりのなつころもかな

「遠島百首」秋

あはれなりたかつら とてかはつかりの ねさめのとこになみ たそふらむ	のをそむるかりのな みたはいろもなし ものおもふつゆのお きのさとには	※みほのうらのつき とともにやいてぬらむ おきのとやまにふく るかりかね	はれよかしうきなを われにわきもこか かつらきやまのみね のあさきり	かたしきのこけのこ ろものうすけれは あさけのかせもそて にたまらす
※とへかしなくもの うへよりこしかりも ひとりともなきうら になくねを	いかにせむくすはふ まつのときのまも うらみてふかぬあき かせそなき	いたつらにみやこへ たつるつきひとや なほあきかせのおと そみにしむ	おなしくはきりのお ちはもちりしくな はらふひとなきあき のまかきに	ぬれてほすやまちの きくもあるものを こけのたもとはかは くまそなき
よもすからなくやあ さちのきりきりす はかなくくるるあき をうらみて	※あかつきのゆめを はかなみまとろめは いやはかななるまつ かせそふく	ふるさとをわかれち におふるくすのはの かせはふけともかへ るよもなし	※ひにそひてしけり そまさるあをつら くるひとなしのまき のいたとに	をかのへのこのまに みゆるまきのとに たえたえかかるつた のあきかせ
よのつねのくさはの つゆにしほれつつ ものおもふあきとた れかいひけむ	※おきわひぬきえな はきえねつゆのいのち あらはあふよをまつ となけれと	おもひやれいととな みたもふるさとの あれたるにはのあき のしらつゆ	ふるさとのひとむら すすきいかはかり しけきのはらとむし のなくらむ	やまもとのさとのし るへのうすもみち よそにもをしきゆふ あらしかな
あきされはいととお もひをましはかる このさとひともそて やつゆけき	さきかかるやました みちもまよふまて たまぬきみたるはき のあさつゆ	なきまさるわかなみ たにやいろかはる ものおもふやとのに はのむらはき	たのめこしひとのこ ころはあきふけて よもきかそまにうつ らなくこゑ	おもひやれましはの とほそおしあけて ひとりなかむるあき のゆふへを

※おきのうみをひと
りやきつるさよちとり
なくねにまかふいそ
のまつかせ

※ゆふつくよいりえ
にしほやみちぬらむ
あしのうらはにたつ
のもろこゑ

※かもめなくいりえ
のしほのみつなへに
あしのうははをあら
ふしらなみ

※しほかせにこころ
もいとみたれあしの
ほにいててなけとと
ふひともなし

※とにかくにひとの
こころもみえはてぬ
うきやのもりのかか
みなるらん

しもかれのをはなふ
みわけゆくしかの
こゑこそきかねあと
はみえけり

けさみれはほとけの
あかにつむはなも
いつれなるらむゆき
のうもれき

かそふれはとしのく
るるはしらるれと
ゆきかくほとのいと
なみはなし

※もしほやくあまの
たくなはうちはへて
くるしとたにもいふ
かたそなき

※とはるるもうれし
くもなしこのうみを
わたらぬひとのなみ
のなさけは

そめのこしうらみし
やまもほともなく
またしもかれのかせ
おろすかな

おくやまのふすゐの
とこやあれぬへし
かるももたへぬゆき
のしるしき

ふゆこもりさひしさ
おもふあさなあさな
つまきのみちをうつ
むしらゆき

※ひとこころうしと
もいはしむかしより
くるまをくたくみち
にたとへき

みしよにもあらぬた
もとをあはれとや
おのれしほれてとふ
しくれかな

ふゆくれはにはのよ
もきもしもかれて
くちはのうへにつき
そさひゆく

ちりしけるにしきは
これもたへぬへし
もみちふみわけかへ
るやまひと

やまかせのつもれは
やかてふきたてて
ふれとたまらぬみね
のしらゆき

さなからやほとけに
はなとをらせまし
しきみのえたにつも
るしらゆき

おのつからとひかほ
なりしをきのはも
かれかれにふくかせ
のさむけさ

かみなつきしくれと
ひわけゆくかりの
つはさふきほすみね
のこからし

こそよりはにはのも
みちのふかきかな
なみたやいととしく
れそふらむ

たつたやままよふこ
のはのゆかりとて
ゆふつけとりにこか
らしのかせ

※おもふひとさても
こころやなくさむと
みやことりたにあら
はとはまし

※ことつてむみやこ
までもしさそはれは
あなしのかせにまか
ふむらくも

「遠島百首」の全体配列とつなぎの言葉

すみそめのそてのこほりに
はるたちてありしにもあら
ぬなかめをそする

こほり

すみそめのそて

すみそめのそてもあやなく
にほふかなはなふきみたる
はるのゆふかせ

はな　はな・さくら

そて　はな　はな・さくら

はるさめもはなのとたえそ
そてにもるさくらつきの
やまのしたみち

はな・さくら　さくら　やま・みね

そて

かきりあれはかきねのくさ
もはるにあひぬつれなきも
のはこけふかきそて

もの

はるにあひ　そて

うらやましなかきひかけの
はるにあひていせをのあま
もそてやほすらむ

ひかけ

あま

ねせりつむのさはのみつの
うすこほりまたうちとけぬ
はるかせそふく

つむ・つま　の

さは・せ

ちるはなにせせのいはまや
せかるらむさくらにいつる
はるのやまかは

いつる　やま・みね

はな・さくら　さくら　やま・みね

おのれのみおふるはるにも
とおもふにもみねのさくら
のいろそものうき

みね・やま

おもふ　みね・やま　もの

ものおもふにすくるつきひ
はしらねともはるやくれぬ
るきしのやまふき

ひ　くれ

ひ　やま・ね

かすみゆくたかねをいつる
あさひかけさすかにはるの
いろをみるかな

かけ

ね・みね

ふるゆきにのもりのいほも
あれはてわかなつまんと
たれにとはまし

わか

ゆき

もえいつるみねのさわらひ
ゆききえてをりすきにける
はるそしらるる

みね・やま

みね・やま

はるさめにやまたのくろを
ゆくしつのみのふきかへす
くれそさひしき

やま　くれ

みの　くれ

やとからむかたののみのの
かりころもひもゆふくれの
はなのしたかけ

ゆふくれ

みの　かけ

はれやらぬみのうきくもを
いとふまにわかよのつきの
かけやふけぬる

み　うき　つき

うき

いにしへのちきりもむなし
すみよしやわかかたそきの
かみとたのめと

わか

かた

とほやまちいくへもかすめ
さらすとてをちかたひとの
とふもなけれは

ひと

やま

とけにけりもみちをとちし
やまかはのまたみつくくる
はるのくれなゐ

また

くれ

なかむれはいとふうらみも
ますけおふるをかへのをた
をかへすゆふくれ

うら

なかむれは

なかむれはつきやはありし
つきならぬうきみひとつそ
もとのはるなき

つき　あり・あれ　ひと

つき　あり・ある

ももちとりさへつるそらは
かはらねとわかみのはるそ
あらたまりぬる

ちとり

わか

さとひとのすそのゆきを
ふみわけてたたわかためと
わかなつむころ

ふみわけ

わか

なひかすはまたもやかみに
たのむへきおもへはかなし
わかのうらなみ

また　うら

おもへ・おもふ　うら

すきにけるとしつきさへそ
うらめしきいましもかかる
ものおもふみは

つき

つき

かきりあれはかやかのきは
のつきもみつしらぬはひと
のゆくすゑのそら

つき　ゆく

つき　そら

おきのうみをひとりやきつ
るさよちとりなくねにまか
ふいそのまつかせ

よ　ね・こゑ

ね・こゑ

しもかれのをはなふみわけ
ゆくしかのこゑこそきかね
あとはみえけり

はな　み(え)・み(れ)

しもかれ

そめのこしうらみしやまも
ほともなくまたしもかれの
かせおろすかな

やま

しもかれ

ふゆくれはにはのよもきも
しもかれてくちはのうへに
つきそさひゆく

は・もみち

つき　ゆく

かみなつきしくれとひわけ
ゆくかりのつはさふきほす
みねのこからし

しくれ

かり

ゆふつくよいりえにしほや
みちぬらむあしのうらはに
たつのもろこゑ

いりえ　しほ　みち・みつ　あし　は

らむ

けさみれはほとけのあかに
つむはなもいつれなるらむ
ゆきのうもれき

ゆき

ゆき　き

おくやまのふすゐのとこや
あれぬへしかるもももたへぬ
ゆきのしるしき

ゆき　き

やま　へし　たへぬ

ちりしけるにしきはこれも
たへぬへしもみちふみわけ
かへるやまひと

やま　やま・みね

もみち

こそよりはにはのもみちの
ふかきかななみたやいとと
しくれそふらむ

もみち・このは

なみた

かもめなくいりえのしほの
みつなへにあしのうははを
あらふしらなみ

なく・なけ　しほ　あし

しら　なみ

かそふれはとしのくるるは
しらるれとゆきかくほとの
いとなみはなし

なし・なき

しら　ゆき

ふゆこもりさひしさおもふ
あさなあさなつまきのみち
をうつむしらゆき

みち

しらゆき

やまかせのつもれはやかて
ふきたててふれとたまらぬ
みねのしらゆき

つもれ・つもる　しらゆき

やま　かせ　みね・やま

たつたやままよふこのはの
ゆかりとてゆふつけとりに
こからしのかせ

とり

やま

しほかせにこころもいとと
みたれあしのほにいててな
けととふひともなし

こころ　ひと

しほ　なし・なき

もしほやくあまのたくなは
うちはへてくるしとたにも
いふかたそなき

なき・なし

くるし・うし　いふ・いは

ひとこころうしともいはし
むかしよりくるまをくたく
みちにたとへき

むかし・みしよ

たとへ・さなから

さなからやほとけにはなと
をらせましきみのえたに
つもるしらゆき

から

まし

おもふひとさてもこころや
なくさむとみやことりたに
あらはとはまし

みやこ

おもふひと・わきもこ

とにかくにひとのこころも
みえはてぬうきやのもりの
かかみなるらん

ひと　こころ・なさけ

とはるるもうれしくもなし
このうみをわたらぬひとの
なみのなさけは

とは・とふ

みしよにもあらぬたもとを
あはれとやおのれしほれて
とふしくれかな

おの　とふ・とひ

おのつからとひかほなりし
をきのはもかれかれにふく
かせのさむけさ

かせ

ことつてむみやこまでもし
さそはれはあなしのかせに
まかふむらくも

かせ

あま
なにはえやあまのたくなは
たきわひてけふりかかめる
さみたれのころ
さみたれ

ね・みね
さみたれにみやきもいまや
くたすらんまきたつみねに
かかるむらくも
さみたれ　らん・らむ

うき
さみたれにいけのみきはや
まさるらむはすのうきはを
こゆるしらなみ
さみたれ・あめ　はす　は

つき　あり・ある
くれたけのはすゑかたより
ふるあめにあつさひまある
みなつきのころ
つき

つき　そら
あはれにもほのかにたたく
くひなかなおいのねさめの
あかつきのそら
あはれに・あはれなり　ねさめ

かり
あはれなりたかつらとてか
はつかりのねさめのとこに
なみたそふらむ
かり　なみた

なみた
のをそむるかりのなみたは
いろもなしものおもふつゆ
のおきのさとには
かり・かりかね　おき

やま
みほのうらのつきとともに
やいてぬらむおきのとやま
にふくるかりかね
やま　やま・みね

おもふひと・わきもこ
はれよかしうきなをわれに
わきもこかかつらきやまの
みねのあささり
あさ

かせ
かたしきのこけのころもの
うすけれはあさけのかせも
そてにたまらす

あま
ゆふすすみあしのはみたれ
よるなみにほたるかすそふ
あまのいさりひ
ゆふ　ひ

たつ・たち　くも
ゆふたちのはれゆくそらの
くもまよりいりひすすしき
つゆのたまささ
ゆく　ま

なみ
なみまわけおきのみなとに
ゆくふねのわれそこかるる
たへぬおもひに
おき

つき
おなしよにまたすみのえの
つきやみむけふこそよその
おきのしまもり
よ

かな　ね・ぬる
なにとなくむかしかたりに
そてぬれてひとりぬるよも
つらきかねかな
なく　ひとり

かり
とへかしなくものうへより
こしかりもひとりともなき
うらになくねを
なき　うら

なし・なき
いかにせむくすはふまつの
ときのまもうらみてふかぬ
あきかせそなき
かせ

つき
いたつらにみやこへたつる
つきひとやなほあきかせの
おとそみにしむ
ひと

きり
おなしくはきりのおちはも
ちりしくなはらふひとなき
あきのまかきに
なき

こけのころも・こけのたもと
ぬれてほすやまちのきくも
あるものをこけのたもとは
かはくまそなき

なみ
われこそはにひしまもりよ
おきのうみのあらきなみか
せこころしてふけ
もり

ゆく　ひ
したくゆるむかひのもりの
かやりひにおもひもえそひ
ゆくほたるかな
おもひ

おもひ
たとふへきむろのやしまも
とほけれはおもひのけふり
いかかまかへむ
しま

おき　しま
とにかくにつらきはおきの
しまつとりうきをはおのか
なにやこたへむ
つらき・うし　うき・うし

よ　つらき・うし
うしとたにいはなみたかき
よしのかはよしやよのなか
おもひすてき
よ

なく　うら
よもすからなくやあさちの
きりきりすはかなくくるる
あきをうらみて
はかな

まつ　ふか・ふく　かせ
あかつきのゆめをはかなみ
まとろめはいやはかなる
まつかせそふく
かせ　ふく・ふけ

かせ
ふるさとをわかれちにおふ
るくすのはのかせはふけと
もかへるよもなし
くす・つつら　なし

ひとなき・ひとなし
ひにそひてしけりそまさる
あをつつらくるひとなしの
まきのいたとに
まき　と

ま
をかのへのこのまにみゆる
まきのとにたえたえかかる
つたのあきかせ

かせ
ふるさとをしのふのきに
かせすきてこけのたもとに
にほふたちはな
ふるさと　こけ

かな
ふるさとのこけのいははし
いかならむおのれあれても
こひわたるかな
さと　おのれ

とほ
さととほみきねかかくらの
おとすみておのれもふくる
まとのともしひ
おと・こゑ

とり
なかきよをなかなかあかす
ともとてやゆふつけとりの
こゑそまちかき
よ　とて

よのなか
いまはとてそむきはてぬる
よのなかになにとかたらふ
やまほとときす
よ

よ　あさち・くさ
よのつねのくさはのつゆに
しほれつつものおもふあき
とたれかいひけむ
よ　つゆ

まつ
おきわひぬきえなはきえね
つゆのいのちあらはあふよ
をまつとなけれと
つゆ

ふるさと
おもひやれいとなみたも
ふるさとのあれたるにはの
あきのしらつゆ
ふるさと

しけ　ひと
ふるさとのひとむらすすき
いかはかりしけきのはらと
むしのなくらむ
さと

かせ・あらし
やまもとのさとのしるへの
うすもみちよそにもをしき
ゆふあらしかな

のき　かせすきて
あやめふくかやかのきはに
かせすきてしとろにおつる
むらさめのつゆ
すきて　むらさめ・あめ

かな
くれかかるやまたのさなへ
あめすきてとりあへすなく
ほとときすかな
さなへ　あめ・むらさめ

おと・こゑ
たをやめのそてうちはらふ
むらさめにとるやさなへの
こゑいそくらむ
たをやめ・やまとなてしこ

ゆふ
みるからにかたへすすしき
なつころもひもゆふくれの
やまとなてしこ
かた　なつころも

とて　かた
けふとてやおほみやひとの
かへつらむむかしかたりの
なつころもかな
ひと

つゆ　おもふ・おもひ
あきされはいとおもひを
ましはかるこのさとひとも
そてやつゆけき
つゆ

つゆ
さきかかるやましたみちも
まよふまてたまぬきみたる
はきのあさつゆ
はき

おもひ・おもふ　なみた　には
なきまさるわかなみたにや
いろかはるものおもふやと
のにはのむらはき
なき・なく

ひと　なく
たのめこしひとのこころは
あきふけてよもきかそまに
うつらなくこゑ
ひと

ゆふ
おもひやれましはのとほそ
おしあけてひとりなかむる
あきのゆふへを

「遠島百首」縦軸つなぎの言葉（□は同（類）義語）

すみそめの そて	さは	ゆき	かた	わか	ね	らむ	しら なみ	しほ なし	ひと こころ
すみそめの そて はな	はな せ さくら やま	みね ゆき	やま かた	わか	しもかれ こゑ	らむ ゆき き	しら ゆき なみ	しほ くるし いふ なき	とは ひと なさけ
はな そて さくら	おもふ みね さくら もの	やま みの くれ	やま くれ	おもへ わか うら	しもかれ	やま へし たへぬ ゆき き	しらゆき	うし いは たとへ	おの（れ） とふ
はるにあひ そて	もの おもふ ひ やま	みの くれ かけ	なかむれは くれ	つき うら（めしき） おもふ	しもかれ つき ゆく	たへぬ へし もみち やま	やま かせ みね しらゆき	さなから まし	おの（つから） とひ かせ
はるにあひ あま そて	ね ひ	みの うき かけ	なかむれは つき あり	つき そら	つき ゆく かり	もみち なみた	やま かせ	おもふひと まし	かせ
あま	たつ みね くも	うき なみ	ある つき	かな ね つき そら	かり	なみた なし	つき やま	わきもこ きり	こけのころも かせ
なみ あま	たち ゆく くも ひ	なみ おもひ	つき おき しま	ぬる よ つらき かな	なく かり うら	まつ ふか かせ なき	つき かせ	きり ひと なき	こけのたもと ま
なみ かせ	ひ ゆく かな	とほ（けれ） おもひ	おき しま とり	うし よ のなか	よ なく あさち うら（み）	まつ かせ ふく	ふるさと かせ	しけ（り） ひと なし	ま かせ
のき かせ すきて	かな	とほ おと	ゆふ とり	とて よのなか かた（らふ）	よ くさ つゆ おもふ	つゆ まつ	おもひ なみ た ふるさと には	ひと しけ（き） なく	ゆふ あらし
のき かせ すきて	かな	こゑ	ゆふ	とて かた（り）	おもひ つゆ（けき）	つゆ	なみた おもふ には	ひと なく	ゆふ

「遠島百首」横軸つなぎの言葉

こほり	つむ の こほり	の わか つま	わか	ちとり わか	よ ちとり [ね]	よ いりえ しほ みち あし は [こゑ]	なく いりえ しほ みつ あし は	しほ こころ あし なけ ひと	ひと こころ
[はな]	はな [さくら] いつる [やま]	いつる [みね]	[やま] ひと	ひと ふみわけ	はな ふみわけ み（え）	み（れ） はな ゆき	ゆき なし	なき	なし
[はな] さくら [やま]	[みね] [さくら]	[やま] くれ	やま また くれ	また うら	うら（み） やま また	やま ゆき き	き みち ゆき	[むかし] みち	[みしよ]
もの	もの ひ くれ	ひ ゆふ くれ	うら（み） ゆふ くれ	つき うら（めしき）	[は] つき	[もみち] [やま]	やま つもれ [みね] しらゆき	（さな）から つもる しらゆき	（おのつ）から
ひかけ	ひかけ	み うき つき かけ	つき あり うき み ひと（つ）	あれ つき ひと ゆく	つき しくれ ゆく	[もみち] しくれ	[このは] とり	みやこ とり	みやこ
さみたれ	さみたれ らん	[さみたれ] らむ はす は	は はす [あめ] つき	あはれに ねさめ つき	あはれなり かり ねさめ なみた	[かり] なみた おき	おき [やま] [かりかね]	やま [みね] あさ	あさ
ゆふ ひ	ゆふ ゆく ま ひ	ま おき ゆく	よ おき	（なにと）なく ひとり よ	なく ひとり なき うら	うら（み） かせ なき	ひと かせ	ひと なき	なき
もり	もり おもひ	しま おもひ	[つらき] しま うき	[うし] よ	よ はかな（く）	はかな（み） はかな（なる） かせ ふく	[くす] かせ ふけ なし	[つつら] なし まき と	まき と
ふるさと こけ	ふるさと こけ おのれ	さと [おと] おのれ	よ とて [こゑ]	とて よ	よ つゆ	つゆ よ	ふるさと つゆ	ふるさと	さと
すきて [むらさめ]	さなへ [あめ] すきて	[たをやめ] [むらさめ] さなへ	かた（へ） なつころも [やまとなてしこ]	ひと かた（り） なつころも	ひと つゆ（けき）	はき つゆ	なき はき	ひと なく	ひと（り）

「百人一首」と同様に、縦10首かける横10首で同一語・同音（語）・同（類）義語でつないだ。次に同（類）義語の一部について主に辞書の意味を引用して説明したい（「百人一首」に既出分は省いた）。

☆1「さは」と「せ」
「さは」［沢］↓山あいの浅い川。谷川。渓流。
「せ」［瀬］↓川の浅瀬。
※「百人一首」には、対義語の「ふち」と「みを」が出ていた。

☆2「さみたれ」と「あめ」と「むらさめ」
「さみだれ」［五月雨］↓陰暦五月ごろの長雨。梅雨。（季―夏）
「むらさめ」［村雨・叢雨］↓にわか雨。

☆3「つらし」と「うし」と「くるし」
「つらし」↓心苦しい。
「うし」［憂し］↓つらい。苦しい。

☆4「たをやめ」と「やまとなてしこ」
「たをやめ」［手弱女］↓しなやかで優しい女性。
「やまとなでしこ」［大和撫子］↓清楚な感じの女性にたとえる語。

☆5「かり」と「かりかね」
「かりがね」↓「かり」［雁］の別名。

☆6「こけのころも」と「こけのたもと」
「こけのころも」〔苔の衣〕・「こけのたもと」〔苔の袂〕↓僧や世捨て人などの衣服。
☆7「くす」と「つつら」
「つづら」〔葛〕↓「くず（葛）」の別称。
☆8「こころ」と「なさけ」
「こころ」↓情け。思いやり。愛情。

「なさけ」↓思いやり。人情。情愛。
☆9「たとへ」と「さなから」
「さながら」（副詞）↓（中世以降、多く下に比況の表現を伴って）まるで。あたかも。

〈注〉比況↓動作・状態などを、ほかのものにたとえて表わすこと。
☆10「おもふひと」と「わきもこ」
「おもふひと」↓愛する人。恋人。

「わぎもこ」〔吾妹子〕↓私のいとしい妻・恋人。


次に、「百人一首」同様に全ての歌を読んでいこうとした。が、どのように読んでいくべきか、はじめ確信がもてなかった。

この問題は次のように解決した。

季節の流れに沿うことを原則にして、はじまりは、各季節の四隅の歌のどれかにした。それから、一つの季節の最終の歌（パートの中心に来る歌）とつながることばを持つ次の季節の歌を探した。

春・冬のスタート地点は各パートの右上から、夏・秋は各パートの左下から左回りに順に読んで、四季も全部つないでみた。

94	77	75	84	85	4	71	6	7	2
79	74	70	68	58	5	10	12	18	17
56	88	65	69	62	99	3	9	13	15
60	67	66	64	57	83	19	16	20	8
93	96	63	61	59	100	14	91	1	11
36	49	89	47	48	30	34	27	28	29
52	51	44	42	73	87	98	76	31	32
50	86	41	81	55	92	82	90	33	97
54	46	45	72	37	26	80	78	95	22
39	53	43	40	38	21	35	23	24	25

「遠島百首」配列順（番号は歌番号）※□部分が各季節のスタート地点

「遠島百首」（ひらがな、濁音抜きで表記した。）

（春）

2　すみそめのそてのこほりにはるたちてありしにもあらぬなかめをそする
こほり

7　ねせりつむのさはのみつのうすこほりまたうちとけぬはるかせそふく
つむ・つま　の

6　ふるゆきにのもりのいほもあれはててわかなつまんとたれにとはまし
わか

71　いにしへのちきりもむなしすみよしやわかかたそきのかみとたのめと
わか

4　ももちとりさへつるそらはかはらねとわかみのはるそあらたまりぬる
わか

5　さとひとのすそののゆきをふみわけてたたわかためとわかなつむころ
わか

99　なひかすはまたもやかみにたのむへきおもへはかなしわかのうらなみ
おもへ・おもふ　うら（なみ）・うら（めしき）

83　すきにけるとしつきさへそうらめしきいましもかかるものおもふみは
つき

100 かきりあれはかやかのきはのつきもみつしらぬはひとのゆくすゑのそら

あれ・あり　つき　ひと・ひと（つ）

14 なかむれはつきやはありしつきならぬうきみひとつそもとのはるなき

つき　うき　み

91 はれやらぬみのうきくもをいとふまにわかよのつきのかけやふけぬる

かけ

1 かすみゆくたかねをいつるあさひかけさすかにはるのいろをみるかな

ひかけ

11 うらやましなかきひかけのはるにあひていせをのあまもそてやほすらむ

はるにあひ　そて

8 かきりあれはかきねのくさもはるにあひぬつれなきものはこけふかきそて

そて

15 はるさめもはなのとたえそてにもるさくらつつきのやまのしたみち

はな　そて　さくら・はな

17 すみそめのそてもあやなくにほふかなはなふきみたるはるのゆふかせ

はな　はな・さくら

18 ちるはなにせせのいはまやせかるらむさくらにいつるはるのやまかは

いつる　やま・みね

12　もえいつるみねのさわらひゆききえてをりすきにけるはるそしらるる
みね・やま

10　とほやまちいくへもかすめさらすとてをちかたひとのとふもなけれは
やま

3　とけにけりもみちをとちしやまかはのまたみつくくるはるのくれなゐ
くれ（なゐ）・くれ

19　なかむれはいととうらみもますけおふるをかへのをたをかへすゆふくれ
ゆふくれ

16　やとからむかたののみののかりころもひもゆふくれのはなのしたかけ
ひ　くれ

20　ものおもふにすくるつきひはしらねともはるやくれぬるきしのやまふき
もの　おもふ　やま・みね

13　おのれのみおふるはるにもとおもふにもみねのさくらのいろそものうき
みね・やま

9　はるさめにやまたのくろをゆくしつのみのふきかへすくれそさひしき
かへ（す）・かへ

（夏）

21　けふとてやおほみやひとのかへつらむむかしかたりのなつころもかな

35 みるからにかたへすすしきなつころもひもゆふくれのやまとなてしこ

かた（り）・かた（へ）　なつころも

やまとなてしこ・たをやめ

23 たをやめのそてうちはらふむらさめにとるやさなへのこゑいそくらむ

むらさめ・あめ　さなへ

24 くれかかるやまたのさなへあめすきてとりあへすなくほとときすかな

あめ・むらさめ　すきて

25 あやめふくかやかのきはにかせすきてしとろにおつるむらさめのつゆ

のき　かせすきて

22 ふるさとをしのふののきにかせすきてこけのたもとにほふたちはな

かせ

97 われこそはにひしまもりよおきのうみのあらきなみかせこころしてふけ

なみ

32 ゆふすすみあしのはみたれよるなみにほたるかすそふあまのいさりひ

あま

29 なにはえやあまのたくなはたきわひてけふりかかめるさみたれのころ

さみたれ

28 さみたれにみやきもいまやくたすらんまきたつみねにかかるむらくも

さみたれ　らん・らむ

27 さみたれにいけのみきはやまさるらむはすのうきはをこゆるしらなみ

さみたれ・あめ　はす　は

34 くれたけのはすゑかたよりふるあめにあつさひまあるみなつきのころ

つき

30 あはれにもほのかにたたくくひなかなおいのねさめのあかつきのそら

かな　ね・ぬる

87 なにとなくむかしかたりにそてぬれてひとりぬるよもつらきかねかな

よ　つらき・うし

92 うしとたにいはなみたかきよしのかはよしやよのなかおもひすててき

よのなか

26 いまはとてそむきはてぬるよのなかになにとかたらふやまほとときす

とて　よ

80 なかきよをなかなかあかすともとてやゆふつけとりのこゑそまちかき

こゑ・おと

78 さととほみきねかかくらのおとすみておのれもふくるまとのともしひ

さと　おのれ

95 ふるさとのこけのいははしいかならむおのれあれてもこひわたるかな

かな

33 したくゆるむかひのもりのかやり**ひ**におもひもえそひ**ゆく**ほたる**かな**

ひ　ゆく

31 ゆふたちのはれ**ゆく**そらのくも**ま**よりいり**ひ**すすしきつゆのたまささ

ゆく　ま

76 なみ**ま**わけ**おき**のみなとに**ゆく**ふねのわれそこかるるたへぬおもひに

おき

98 おなしよにまたすみのえのつきやみむけふこそよその**おき**の**しま**もり

おき　しま

82 とにかくにつらきは**おき**の**しま**つとりうきをはおのかなにやこたへむ

しま

90 たとふへきむろのや**しま**もとほけれは**おもひ**のけふりいかかまかへむ

おもひ

（秋）

39 **おもひ**やれましはのとほそおしあけて**ひと**りなかむるあきのゆふへを

ひと（り）・ひと

53 たのめこし**ひと**のこころはあきふけてよもきかそまにうつら**なく**こゑ

なく・なき

43　なきまさるわかなみたにやいろかはるものおもふやとのにはのむらはき
はき

40　さきかかるやましたみちもまよふまてたまぬきみたるはきのあさつゆ
つゆ・つゆ（けき）

38　あきされはいととおもひをましはかるこのさとひともそてやつゆけき
おもひ・おもふ　つゆ（けき）・つゆ

37　よのつねのくさはのつゆにしほれつつものおもふあきとたれかいひけむ
よ　くさ・あさち

55　よもすからなくやあさちのきりきりすはかなくくるるあきをうらみて
なく　うら（み）・うら

73　とへかしなくものうへよりこしかりもひとりともなきうらになくねを
かり

48　あはれなりたかつらとてかはつかりのねさめのとこになみたそふらむ
かり　なみた

47　のをそむるかりのなみたはいろもなしものおもふつゆのおきのさとには
かり・かりかね　おき

89　みほのうらのつきとともにやいてぬらむおきのとやまにふくるかりかね
やま　やま・みね

49 はれよかしうきなをわれにわきもこかかつらきやまのみねのあさきり
あさ

36 かたしきのこけのころものうすけれはあさけのかせもそてにたまらす
こけのころも・こけのたもと

52 ぬれてほすやまちのきくもあるものをこけのたもとはかはくまそなき
ま

50 をかのへのこのまにみゆるまきのとにたえたえかかるつたのあきかせ
かせ・あらし

54 やまもとのさとのしるへのうすもみちよそにもをしきゆふあらしかな
さと

46 ふるさとのひとむらすすきいかはかりしけきのはらとむしのなくらむ
ふるさと

45 おもひやれいととなみたもふるさとのあれたるにはのあきのしらつゆ
つゆ

72 おきわひぬきえなはきえねつゆのいのちあらはあふよをまつとなけれと
まつ

81 あかつきのゆめをはかなみまとろめはいやはかななるまつかせそふく
まつ　かせ　ふく・ふか

42　いかにせむくすはふまつのときのまもうらみてふかぬあきかせそなき
かせ

44　いたつらにみやこへたつるつきひとやなほあきかせのおとそみにしむ
ひと

51　おなしくはきりのおちはもちりしくなはらふひとなきあきのまかきに
ひと　なき・なし

86　ひにそひてしけりそまさるあをつらくるひとなしのまきのいたとに
つつら・くす　なし

41　ふるさとをわかれちにおふるくすのはのかせはふけともかへるよもなし
かせ

（冬）

85　おきのうみをひとりやきつるさよちとりなくねにまかふいそのまつかせ
よ　ね・こゑ

84　ゆふつくよいりえにしほやみちぬらむあしのうらはにたつのもろこゑ
いりえ　しほ　みち・みつ　あし　は

75　かもめなくいりえのしほのみつなへにあしのうははをあらふしらなみ
なく・なけ　しほ　あし

77　しほかせにこころもいととみたれあしのほにいててなけととふひともなし

こころ　ひと

94 とにかくに**ひと**の**こころ**もみえはてぬうきやのもりのかかみなるらん

ひと　こころ・なさけ

79 **とは**るるもうれしくもなしこのうみをわたらぬ**ひと**のなみの**なさけ**は

とは・とふ

56 みしよにもあらぬたもとをあはれとや**おの**れしほれて**とふ**しくれかな

おの（れ）・おの（つから）　とふ・とひ

60 **おの**つから**とひ**かほなりしをきのはもかれかれにふく**かせ**のさむけさ

かせ

93 ことつて**む****みやこ**までもしさそはれはあなしの**かせ**にまかふむらくも

みやこ

96 おもふひとさてもこころやなくさむと**みやことり**たにあらはとはまし

とり

63 たつたやままよふ**このは**のゆかりとてゆふつけ**とり**にこからしのかせ

このは・もみち

61 こそよりはには**のもみち**のふかきかななみたやいと**しくれ**そふらむ

しくれ

59 かみな**つき****しくれ**とひわけ**ゆく**かりのつはさふきほすみねのこからし

つき　ゆく
57 ふゆくれはにはのよもきもしもかれてくちはのうへにつきそさひゆく
しもかれ
62 そめのこしうらみしやまもほともなくまたしもかれのかせおろすかな
しもかれ
58 しもかれのをはなふみわけゆくしかのこゑこそきかねあとはみえけり
はな　み（え）・み（れ）
68 けさみれはほとけのあかにつむはなもいつれなるらむゆきのうもれき
ゆき
70 かそふれはとしのくるるはしらるれとゆきかくほとのいとなみはなし
なし・なき
74 もしほやくあまのたくなはうちはへてくるしとたにもいふかたそなき
くるし・うし　いふ・いは
88 ひとこころうしともいはしむかしよりくるまをくたくみちにたとへき
たとへ・さなから
67 さなからやほとけにはなとをらせまししきみのえたにつもるしらゆき
つもる・つもれ　しらゆき
66 やまかせのつもれはやかてふきたててふれとたまらぬみねのしらゆき

64　ちりしけるにしきはこれもたへぬへしもみちふみわけかへるやまひと

やま　みね・やま

たへぬ　へし　やま

69　おくやまのふすゐのとこやあれぬへしかるもたへぬゆきのしるしき

ゆき　き

65　ふゆこもりさひしさおもふあさなあさなつまきのみちをうつむしらゆき

3　後鳥羽院の思い

「遠島百首」と言うが、歌は百一首あることにも気づかされる。百一首目の歌は「百人一首」Cパートに出て来る定家の歌である。

①こぬひとを②まつほの③うらの④ゆふなきに⑤やくやもしほの⑥み⑦もこかれつつ

この歌の主な語句が「遠島百首」に次のように入っている（数字は回数）。

①こ→秋（1）　ぬひと→冬（1）

②まつ→秋（3）冬（1）　ほ→冬（1）

③うら→春（2）秋（4）冬（2）

④ゆふ→春（3）夏（4）秋（2）冬（2）　なき→秋（5）冬（1）

⑤やく（や）もしほ→冬（1）

⑥み→春（4）

⑦こかれ→夏（1）　つつ→秋（1）

「遠島百首」の絵

すみよし
あま
あはれ
かたの
たつたやま
みやこ
いせ
あま
かつらぎ
みほのうら
おきのさと
なにはえ
あま
みやこ
すみのえ
おき
あま
いや
よしのかは
おきのしま
やしま
おきのうみ
ふるさと

院は定家の「百人一首」をしっかりと受け止め、それに対する返し歌・返信を試みたのだろう。それが「遠島百首」であった。

歌は全てオリジナルであった。そこに院はどのような思いをこめたのだろうか。

先ず、隠岐の島の四季の移り変わり・人々の暮らしが院の心情とともに詠まれている。

「遠島百首」も五行説を用いて春は東、夏は南、秋は西、冬は北で百首全部が並べられた。

冬のパートでは、帰郷の思い、メッセージを伝えるのみで海を渡ってこない人や行動を起こさない人に対する思いが特に強く述べられている。このパートの左上の位置に来る二首を、次に抽出してみる。

しほかぜにこゝろもいとどみだれ芦のほにいでゝなけどとふ人もなし

〈歌意〉海を吹く潮風に芦の葉は乱れ、その乱れる芦の葉の如く、我が心は潮風の吹くにつれていよいよ乱れ、声に出して泣くけれど、誰も訪ねて来て安否を尋ねてくれる人もいない。

とにかくに人のこゝろもみえはてぬうきやのもりのかゞみなるらん

〈歌意〉憂き我が身によって、とにかくに人の本心もすっかり見えてしまった。してみると、憂きということは、本当に人の本心を映す鏡であろうか。

これらの歌には、院の苦悩・失望・恨み・怒りなどがストレートに表されている。

が、決して定家を真に嫌ったり、憎んだりはしていなかっただろう。もし、そうなら、返信はせず、無視したであろう。

院は、歌人としての定家を大いに評価していたわけだし、人間的にも好きだったのではないか。彼等は、今で言う「歌友（うたとも）」であったのである。

だからこそ、院は定家を勅勘にした理由を「後鳥羽院御口伝」の中で、くどくどと弁解していたのではなかったか。定家も読むであろうことを見越した上で。

「後鳥羽院御口伝」の約三分の一のスペースを定家評に割いているのが根拠として挙げられる。

この中で、院は定家を「さうなきものなり」（並ぶものがない）としながらも、彼の人柄に触れて次のように語っている。

「定家は他人の作品を軽視し、自作を弁護する時は、まさに鹿を馬といいくるめ、他人の言葉を聞こうともしない。」

ところで、定家は「百人一首」の中に喜撰法師の歌「わが庵は都のたつみしかぞすむ世をうぢ山と人はいふなり」を入れた。

「たつみ」「しか」は、十二支（じゅうにし）で順に言えば、辰（たつ）、巳（み）、午（うま）（馬）と言うはずのところ、午（馬）を鹿とした。この歌は、一種のジョーク・言語遊戯の歌である。

（注・「十二支」→昔、方位・時刻・年月日を表わすのに使った十二種の動物の名。子（ネ）＝ねずみ、丑（ウシ）＝牛、寅（トラ）＝虎（トラ）、卯（ウ）＝うさぎ、辰（タツ）＝竜（タツ）、巳（ミ）＝蛇、午（ウマ）＝馬、未（ヒツジ）＝羊、申（サル）＝猿、酉（トリ）＝鶏（トリ）、戌（イヌ）＝犬、亥（イ）＝いのしし）

このことから、この時点で、定家が「後鳥羽院御口伝」を既に読んでいたことがわかると、いしだよしこ氏は指摘している。

また、織田正吉氏は、次のように言う。

「わが庵は」の歌の中の方位の明示に着目すると、院のいる隠岐の島（都）から見て辰巳（南東）の方角にあった京都を暗示している。

「遠島百首」の中にある「ことつてむみやこまでもしさそはれはあなしのかせにまかふむらくも」という歌で、後鳥羽院も乾（いぬい）から吹く風（北西風）つまり「あなしの風（あなじの風）」と言い、隠岐と京都の方位関係をはっきりと認識していた。（「絢爛たる暗号　百人一首の謎をとく」）

「遠島百首」の「ことつてむ」の歌と「百人一首」の「わかいほは」の歌の位置に注目してほしい（二一二―一三頁緑色部分参照）。それは、織田氏の言うように、院の隠岐の御在所と定家のいた小倉山の山荘の位置と重なる。

また、前述した「遠島百首」冬のパートの左上隅に来る歌二首を見てほしい。この二首は、「百人一首」の右下隅に来る歌の内容と呼応していないだろうか（二一二―一三頁参照）。

「百人一首」の定家の思い（「心あらばいまひとたびのみゆき待たなむ」）を受けて「遠島百首」で、「とにかくに人のこゝろもみえはてぬ」と返したのではないか。

「遠島百首」左上六首に特に院の思いが込められている気がする。

「とにかくに」の歌の二段下に入っている歌。

「見し世にもあらぬたもとをあはれとやおのれしほれてとふしぐれ哉」（以前にはこんなにぐっしょりと濡れ

たことはなかった袂を、哀れと思って、まあ、自身も濡れて訪ねてくる時雨であることよ。)

この歌を踏まえ、定家の小倉山荘は後年「時雨亭」と称されたのではないだろうか。

4 密(みそ)かなる文

先ず、院が「後鳥羽院御口伝」を隠岐の島で書いた。その後、定家が「百人一首」をつくった。

次に院の「遠島百首」が詠まれたのではないか。

特に、「百人一首」と「遠島百首」は、贈答歌、往復書簡であったのではないか。

何故、このような手のこんだことをしなければならなかったのか。

一番に考えられるのは、定家が勅勘の身であったということ。正式には、定家は、終生、この勅勘が解けなかったのである。

二番目に、これが一番目なのかもしれないが、問題は、その内容である。そこには決して関東に知られてはならない秘密が語られていた。

四国の祖谷地方にいる安徳天皇関係者たちは、その所在を知られたら、ただちに命の危険にさらされた。

つまり、「百人一首」と「遠島百首」は、初めから「密かなる文」(ひそやかな手紙)でないといけなかった。

だからこそ、このような手の込んだ、スケールの大きい歌集が創られたのである。

「百人一首」（定家から院へ）

源重之 かせをいたみいはうつなみのお のれのみくたけてものを おもふころかな	権中納言敦忠 あひみてののちのこころに くらふれはむかしはものを おもはさりけり	待賢門院堀河 なかからむこころもしらす くろかみのみたれてけさは ものをこそおもへ	右近 わすらるるみをはおもはす ちかひてしひとのいのちの をしくもあるかな	儀同三司母 わすれしのゆくすゑまては かたけれはけふをかきりの いのちともかな	式子内親王 たまのをよたえなはたえね なからへはしのふることの よわりもそする	藤原義孝 きみかためをしからさりし いのちさへなかくもかなと おもひけるかな	光孝天皇 きみかためはるののにいてて わかなつむわかころもてに ゆきはふりつつ	山部赤人 たこのうらにうちいててみれ はしろたへのふしのたかねに ゆきはふりつつ	坂上是則 あさほらけありあけのつきと みるまてによしののさとに ふれるしらゆき
源宗于朝臣 やまさとはふゆそさひしさ まさりけるひとめもくさも かれぬとおもへは	和泉式部 あらさらむこのよのほかの おもひてにいまひとたひの あふこともかな	大中臣能宣朝臣 みかきもりゑしのたくひの よるはもえひるはきえつつ ものをこそおもへ	西行法師 なけけとてつきやはものを おもはするかこちかほなる わかなみたかな	道因法師 おもひわひさてもいのちは あるものをうきにたへぬは なみたなりけり	藤原清輔朝臣 なからへはまたこのころや しのはれむうしとみしよそ いまはこひしき	平兼盛 しのふれといろにいてにけり わかこひはものやおもふと ひとのとふまて	入道前太政大臣 はなさそふあらしのにはの ゆきならてふりゆくものは わかみなりけり	小野小町 はなのいろはうつりにけりな いたつらにわかみよにふる なかめせしまに	中納言家持 かささきのわたせるはしに おくしものしろきをみれは よそふけにける
参議篁 わたのはらやそしまかけて こきいてぬとひとにはつけよあ まのつりふね	鎌倉右大臣 よのなかはつねにもかもな なきさこくあまのをふねの つなてかなしも	後鳥羽院 ひともをしひともうらめし あちきなくよをおもふゆゑに ものおもふみは	前大僧正慈円 おほけなくうきよのたみに おほふかなわかたつそまに すみそめのそて	壬生忠見 こひすてふわかなはまたき たちにけりひとしれすこそ おもひそめしか	河原左大臣 みちのくのしのふもちすり たれゆゑにみたれそめにし われならなくに	参議等 あさちふのをののしのはら しのふれとあまりてなとか ひとのこひしき	順徳院 ももしきやふるきのきはの しのふにもなほあまりある むかしなりけり	伊勢大輔 いにしへのならのみやこの やへさくらけふここのへに にほひぬるかな	凡河内躬恒 こころあてにをらはやをらむ はつしものおきまとはせる しらきくのはな
法性寺入道前関白太政大臣 わたのはらこきいててみれは ひさかたのくもゐにまかふ おきつしらなみ	殷富門院大輔 みせはやなをしまのあまの そてたにもぬれにそぬれし いろはかはらす	相模 うらみわひほさぬそてたに あるものをこひにくちなむ なこそをしけれ	周防内侍 はるのよのゆめはかりなる たまくらにかひなくたたむ なこそをしけれ	権中納言匡房 たかさこのをのへのさくら さきにけりとやまのかすみ たたすもあらなむ	藤原興風 たれをかもしるひとにせむ たかさこのまつもむかしの ともならなくに	藤原実方朝臣 かくとたにえやはいふきの さしもくささしもしらしな もゆるおもひを	紀貫之 ひとはいさこころもしらす ふるさとははなそむかしの かににほひける	紀友則 ひさかたのひかりのとけき はるのひにしつこころなく はなのちるらむ	後京極摂政前太政大臣 きりきりすなくやしもよの さむしろにころもかたしき ひとりかもねむ
二条院讃岐 わかそてはしほひにみえぬ おきのいしのひとこそしらね かわくまもなし	祐子内親王家紀伊 おとにきくたかしのはまの あたなみはかけしやそての ぬれもこそすれ	清原元輔 ちきりきなかたみにそてを しほりつつすゑのまつやま なみこさしとは	中納言行平 たちわかれいなはのやまの みねにおふるまつとしきかはい まかへりこむ	小式部内侍 おほえやまいくののみちの とほけれはまたふみもみす あまのはしたて	前大僧正行尊 もろともにあはれとおもへ やまさくらはなよりほかに しるひともなし	俊恵法師 よもすからものおもふころは あけやらてねやのひまさへ つれなかりけり	藤原道信朝臣 あけぬれはくるるものとは しりなからなほうらめしき あさほらけかな	右大将道綱母 なけきつつひとりぬるよの あくるまはいかにひさしき ものとかはしる	柿本人麻呂 あしひきのやまとりのをの したりをのなかなかしよを ひとりかもねむ
喜撰法師 わかいほはみやこのたつみ しかそすむよをうちやまと ひとはいふなり	天智天皇 あきのたのかりほのいほの とまをあらみわかころもては つゆにぬれつつ	持統天皇 はるすきてなつきにけらし しろたへのころもほすてふ あまのかくやま	安倍仲麿 あまのはらふりさけみれは かすかなるみかさのやまに いてしつきかも	陽成院 つくはねのみねよりおつる みなのかはこひそつもりて ふちとなりぬる	元良親王 わひぬれはいまはたおなし なにはなるみをつくしても あはむとそおもふ	源兼昌 あはちしまかよふちとりの なくこゑにいくよねさめぬ すまのせきもり	蝉丸 これやこのゆくもかへるも わかれてはしるもしらぬも あふさかのせき	壬生忠岑 ありあけのつれなくみえし わかれよりあかつきはかり うきものはなし	三条院 こころにもあらてうきよに なからへはこひしかるへき よはのつきかな
皇太后宮大夫俊成 よのなかよみちこそなけれ おもひいるやまのおくにも しかそなくなる	参議雅経 みよしののやまのあきかせ さよふけてふるさとさむく ころもうつなり	大弐三位 ありまやまゐなのささはら かせふけはいてそよひとを わすれやはする	中納言兼輔 みかのはらわきてなかるる いつみかはいつみきとてか こひしかるらむ	春道列樹 やまかはにかせのかけたる しからみはなかれもあへぬ もみちなりけり	伊勢 なにはかたみしかきあしの ふしのまもあはてこのよを すくしてよとや	清少納言 よをこめてとりのそらねは はかるともよにあふさかの せきはゆるさし	三条右大臣 なにしおははあふさかやまの さねかつらひとにしられて くるよしもかな	素性法師 いまこむといひしはかりに なかつきのありあけのつきを まちいてつるかな	赤染衛門 やすらはてねなましものを さよふけてかたふくまての つきをみしかな
猿丸大夫 おくやまにもみちふみわけ なくしかのこゑきくときそ あきはかなしき	大納言経信 ゆふされはかとたのいなは おとつれてあしのまろやに あきかせそふく	従二位家隆 かせそよくならのをかはの ゆふくれはみそきそなつの しるしなりける	崇徳院 せをはやみいはにせかるる たきかはのわれてもすゑに あはむとそおもふ	中納言朝忠 あふことのたえてしなくは なかなかにひとをもみをも うらみさらまし	皇嘉門院別当 なにはえのあしのかりねの ひとよゆゑみをつくしてや こひわたるへき	藤原敏行朝臣 すみのえのきしによるなみ よるさへやゆめのかよひち ひとめよくらむ	権中納言定家 こぬひとをまつほのうらの ゆふなきにやくやもしほの みもこかれつつ	大江千里 つきみれはちちにものこそ かなしけれわかみひとつの あきにはあらねと	後徳大寺左大臣 ほとときすなきつるかたを なかむれはたたありあけの つきそのこれる
在原業平朝臣 ちはやふるかみよもきかす たつたかはからくれなゐに みつくくるとは	能因法師 あらしふくみむろのやまの もみちははたつたのかはの にしきなりけり	権中納言定頼 あさほらけうちのかはきり たえたえにあらはれわたる せせのあしろき	大納言公任 たきのおとはたえてひさしく なりぬれとなこそなかれて なほきこえけれ	謙徳公 あはれともいふへきひとは おもほえてみのいたつらに なりぬへきかな	紫式部 めくりあひてみしやそれとも わかぬまにくもかくれにし よはのつきかな	清原深養父 なつのよはまたよひなから あけぬるをくものいつこに つきやとるらむ	恵慶法師 やへむくらしけれるやとの さひしきにひとこそみえね あきはきにけり	藤原基俊 ちきりおきしさせもかつゆを いのちにてあはれことしの あきもいぬめり	良暹法師 さひしさにやとをたちいてて なかむれはいつこもおなし あきのゆふくれ
菅家 このたひはぬさもとりあへす たむけやまもみちのにしき かみのまにまに	貞信公 をくらやまみねのもみちは こころあらはいまひとたひのみ ゆきまたなむ	源俊頼朝臣 うかりけるひとをはつせの やまおろしよはけしかれとは いのらぬものを	曾禰好忠 ゆらのとをわたるふなひと かちをたえゆくへもしらぬ こひのみちかな	左京大夫道雅 いまはたたおもひたえなむ とはかりをひとつてならて いふよしもかな	左京大夫顕輔 あきかせにたなひくくもの たえまよりもれいつるつきのか けのさやけさ	僧正遍照 あまつかせくものかよひち ふきとちよをとめのすかた しはしとめむ	文屋康秀 ふくからにあきのくさきの しをるれはむへやまかせを あらしといふらむ	文屋朝康 しらつゆにかせのふきしく あきののはつらぬきとめぬ たまそちりける	寂蓮法師 むらさめのつゆもまたひぬ まきのはにきりたちのほる あきのゆふくれ

※歌の中の□部分は次頁の「遠島百首」□部分と呼応している。

「遠島百首」（院から定家へ）

すみそめのそでのこほりにはるたちてありしにもあらぬなかめをそする	ねせりつむのさはのみつのうすこほりまたうちとけぬはるかせそふく	ふるゆきにのもりのいほもあれはててわかなつまんとたれにとはまし	いにしへのちきりもむなしすみよしやわかかたそきのかみとたのめと	ももちとりさへつるそらはかはらねとわかみのはるそあらたまりぬる	おきのうみをひとりやきつるさよちとりなくねにまかふいそのまつかせ	ゆふつくよいりえにしほやみちぬらむあしのうらはにたつのもろこゑ	かもめなくいりえのしほのみつなへにあしのうははをあらふしらなみ	しほかせにこころもいとどみたれあしのほにいててなけととふひともなし	とにかくにひとのこころもみえはてぬうきやのもりのかかみなるらん
すみそめのそてもあやなくにほふかなはなふきみたるはるのゆふかせ	ちるはなにせせのいはまやせかるらむさくらにいつるはるのやまかは	もえいつるみねのさわらひゆききえてをりすきにけるはるそしらるる	とほやまちいくへもかすめさらすとてをちかたひとのとふもなけれは	さとひとのすそののゆきをふみわけてたたわかためとわかなつむころ	しもかれのをはなふみわけゆくしかのこゑこそきかねあとはみえけり	けさみれはほとけのあかにつむはなもいつれなるらむゆきのうもれき	かそふれはとしのくるるはしらるれとゆきかくほとのいとなみはなし	もしほやくあまのたくなはうちはへてくるしとたにもいふかたそなき	とはるるもうれしくもなしこのうみをわたらぬひとのなみのなさけは
はるさめもはなのとたえそそてにもるさくらつつきのやまのしたみち	おのれのみおふるはるにもとおもふにもみねのさくらのいろそものうき	はるさめにやまたのくろをゆくしつのみのふきかへすくれそさひしき	とけにけりもみちをとちしやまかはのまたみつくくるはるのくれなゐ	なひかすはまたもやかみにたのむへきおもへはかなしわかのうらなみ	そめのこしうらみしやまもほともなくまたしもかれのかせおろすかな	おくやまのふすゐのとこやあれぬへしかるもたへぬゆきのしるしき	ふゆこもりさひしさおもふあさなあさなつまきのみちをうつむしらゆき	ひとこころうしともいはしむかしよりくるまをくたくみちにたとへき	みしよにもあらぬたもとをあはれとやおのれしほれてとふしくれかな
かきりあれはかきねのくさもはるにあひぬつれなきものはこけのふかきそて	ものおもふにすくるつきひはしらねともはるやくれぬるきしのやまふき	やとからむかたののみのかりころもひもゆふくれのはなのしたかけ	なかむれはいとどうらみもますけおふるをかへのをたをかへすゆふくれ	すきにけるとしつきさへそうらめしきいましもかかるものおもふみは	ふゆくれはにはのよもきもしもかれてくちはのうへにつきそさひゆく	ちりしけるにしきはこれもたへぬへしもみちふみわけかへるやまひと	やまかせのつもれはやかてふきたててふれとたまらぬみねのしらゆき	さなからやほとけにはなとをらせましきみのえたにつもるしらゆき	おのつからとひかほなりしをきのはもかれかれにふくかせのさむけさ
うらやましなかきひかけのはるにあひていせをのあまもそてやほすらむ	かすみゆくたかねをいつるあさひかけさすかにはるのいろをみるかな	はれやらぬみのうきくもをいとふまにわかよのつきのかけやふけぬる	なかむれはつきやはありしつきならぬうきみひとつそもとのはるなき	かきりあれはかやかのきはのつきもみつしらぬはひとのゆくすゑのそら	かみなつきしくれとひわけゆくかりのつはさふきほすみねのこからし	こそよりはにはのもみちのふかきかななみたやいととしくれそふらむ	たつたやままよふこのはのゆかりとてゆふつけとりにこからしのかせ	おもふひとさてもこころやなくさむとみやことりたにあらはとはまし	ことつてむみやこまてもしさそはれはあなしのかせにまかふむらくも
なにはえやあまのたくなはたきわひてけふりかかめるさみたれのころ	さみたれにみやきもいまやくたすらんまきたつみねにかかるむらくも	さみたれにいけのみきはやまさるらむはすのうきはをこゆるしらなみ	くれたけのはするかたよりふるあめにあつさひまあるみなつきのころ	あはれにもほのかにたたくくひなかなおいのねさめのあかつきのそら	あはれなりたかつらとてかはつかりのねさめのとこになみたそふらむ	のをそむるかりのなみたはいろもなしものおもふつゆのおきのさとには	みほのうらのつきとともにやいてぬらむおきのとやまにふくるかりかね	はれよかしうきなをわれにわきもこかかつらきやまのみねのあさきり	かたしきのこけのころものうすけれはあさけのかせもそてにたまらす
ゆふすすみあしのはみたれよるなみにほたるかすそふあまのいさりひ	ゆふたちのはれゆくそらのくもまよりいりひすすしきつゆのたまささ	なみまわけおきのみなとにゆくふねのわれそこかるるたへぬおもひに	おなしよにまたすみのえのつきやみむけふこそよそのおきのしまもり	なにとなくむかしかたりにそてぬれてひとりぬるよもつらきかねかな	とへかしなくものうへよりこしかりもひとりともなきうらになくねを	いかにせむくすはふまつのときのまもうらみてふかぬあきかせそなき	いたつらにみやこへたつるつきひとやなほあきかせのおとそみにしむ	おなしくはきりのおちはもちりしくなはらふひとなきあきのまかきに	ぬれてほすやまちのきくもあるものをこけのたもとはかはくまそなき
われこそはにひしまもりよおきのうみのあらきなみかせこころしてふけ	したくゆるむかひのもりのかやりひにおもひもえそひゆくほたるかな	たとふへきむろのやしまもとほけれはおもひのけふりいかかまかへむ	とにかくにつらきはおきのしまつとりうきをはおのかなにやこたへむ	うしとたにいはなみたかきよしのかはよしやよのなかおもひすててき	よもすからなくやあさちのきりきりすはかなくくるるあきをうらみて	あかつきのゆめをはかなみまとろめはいやはかななるまつかせそふく	ふるさとをわかれちにおふるくすのはのかせはふけともかへるよもなし	ひにそひてしけりそまさるあをつつらくるひとなしのまきのいたとに	をかのへのこのまにみゆるまきのとにたえたえかかるつたのあきかせ
ふるさとをしのふのきにかせすきてこけのたもとににほふたちはな	ふるさとのこけのいははしいかならむおのれあれてもこひわたるかな	さととほみきねかかくらのおとすみておのれもふくるまとのともしひ	なかきよをなかなかあかすともとてやゆふつけとりのこゑそまちかき	いまはとてそむきはてぬるよのなかになにとかたらふやまほとときす	よのつねのくさはのつゆにしほれつつものおもふあきとたれかいひけむ	おきわひぬきえなはきえねつゆのいのちあらはあふよをまつとなけれと	おもひやれいととなみたもふるさとのあれたるにはのあきのしらつゆ	ふるさとのひとむらすすきいかはかりしけきのはらとむしのなくらむ	やまもとのさとのしるへのうすもみちよそにもをしきゆふあらしかな
あやめふくかやかのきはにかせすきてしとろにおつるむらさめのつゆ	くれかかるやまたのさなへあめすきてとりあへすなくほときすかな	たをやめのそてうちはらふむらさめにとるやさなへのこゑいそくらむ	みるからにかたへすすしきなつころもひもゆふくれのやまとなてしこ	けふとてやおほみやひとのかへつらむむかしかたりのなつころもかな	あきされはいとどおもひをましはかるこのさとひともそてやつゆけき	さきかかるやましたみちもまよふまてたまぬきみたるはきのあさつゆ	なきまさるわかなみたにやいろかはるものおもふやとのにはのむらはき	たのめこしひとのこころはあきふけてよもきかそまにうつらなくこゑ	おもひやれましはのとほそおしあけてひとりなかむるあきのゆふへを

※歌の中の傍線部分はP257「藤川百首」の傍線部分と呼応している。

いやはや、全くもって昨今の電子メール等とは比較にもならない。

定家の「百人一首」が、時空の広がりを感じさせるとするなら、院の「遠島百首」は、季節の推移を彷彿とさせる。

前者には華麗な王朝社会が、後者には、日本の美しい四季や、その中に暮らす人々の営みが、院の心情と重なり合って映し出される。

一輪のコスモスの花は弱弱しげで、その存在もかすみがちである。しかし、その花が群生すると、にぎやかになり、あたりを華やかにし、一輪一輪が強い存在感を放ち出す。

「遠島百首」も、一首毎に見ると、これが、あの歌聖と言われた院の歌かとおぼしきものもある。が、百首の歌が集まると、それぞれの歌が生彩を帯びてくる。

百首が一首になることに気づかされる。

作者の魂の叫びが私達の心の奥底まで響いてきて、その悲しい運命に涙せずにはいられない。

後鳥羽院と定家、両人とも稀代の言葉の魔術師であった。

しかし、時代に翻弄され、その自由な活躍の場・真の実力発揮の場は、生涯のうち、ほんのわずかな時期であった。それが本当に惜しまれる。

第九章　定家と「藤川百首」

1　「藤川百首」の見方

定家は承久の乱（変）後、院と別れてから歌を作らなくなった。そう言いながら、矛盾するようであるがと堀田善衛氏は断りつつも、元仁元年（一二二四）頃に歌われたと覚しき定家の歌「藤川百首」を「定家明月記私抄」（『堀田善衛全集10』より）の中で一部紹介している。次に引用したい（原文のまま表記）。

　　水辺古柳
年月も移りにけりな柳かげ水行（ゆく）河のすゑの世の春

　　古郷夕花
里はあれぬ庭の桜もふりはててたそがれ時を問（とふ）人もなし

　　古渡秋霧
夕霧にこととひ侘（わび）ぬ角田（すみだ）川我友舟は有（あり）やなしやと

海辺松雪
住吉の松やいづくとふる雪にながめもしらぬ遠つ嶋人

隔遠路恋
わたつみや幾浦々にみつしほの見らくすくなき中の通路(かよひぢ)

互恨絶恋
もしほ草海士(あま)のすさびもかきたえぬ里のしるべの心くらべに

寄夢無常
まどろめばいやはかななる夢の中に身は幾世とて覚(さめ)ぬなげきぞ

これらの歌に使われている言葉について、いくつか堀田氏は説明している。一部、次に引用させてもらう。

六首目の歌について

「かきたえぬ」は書き、と「藻塩草」を掻くにかけられていて、「気慰みに手紙を書くことも絶えてしまった。お互いにどれほど相手に愛情を抱いているか見てやろうと、意地を張り合っているうちに」

また、氏は隠岐島に行った時、後鳥羽院の御在所が海士(あま)であったので、少々ぎくりとした。他意はないがとしている。

この紹介された七首の定家歌を「遠島百首」の歌と比べてみると両者に同じ言葉が沢山使われているのに気づかされた。

この七首に使われている言葉は「遠島百首」の九十首以上の歌に使われている。単なる偶然だろうか。

この定家の「藤川百首」と院の「遠島百首」は呼応しあっているように筆者には思われた。

「遠島百首」と「藤川百首」。作られた時期は、どちらが先だろう。後者の詠作年次は明らかになっていないと言われている。内容から見て前者の方が早い気がする。

「藤川百首」は、「遠島百首」の返歌ではないのか。創作途中に院崩御があったのかもしれない。詠作時期は、院崩御前後、「藤川百首」は冥界の院へ宛てたものではないのか。

しかし、前出の堀田善衛氏だけでなく、久保田淳氏も、その著『藤原定家』で、「藤川百首」は元仁元年（一二二四）定家六十三歳頃歌われたものではないかとしている。

その根拠は、「閏月七夕」という題の歌があり、これと次の歌から作成時期を絞ることができるとする。


「九重（ここのへ）の外重（とのへ）のあふち忘るなよ六十（むそぢ）の友は朽ちてやみぬと」

「六十の友」は、役立たずの木とされる樗（あふち）（楝「せんだん」の古名）にとって六十年来の友である定家自身を自嘲的に表現したものと解すべきである。定家六十歳以後で閏七月があった年は元仁元年であるからとする。

それならば、筆者が言う、「藤川百首」は「遠島百首」の返歌とするには時期が合わない。「六十の友」は定家自身のことではなく、「閏月七夕」は、「藤川百首」の作成時期を示さず、「閏月七夕」の年の回想とは考えられないだろうか。あるいは、「閏月七夕」の年、既に詠んでいた歌とは考えられないか。定家の生涯で閏七月は四回あった。

「九重の」の歌の意味は、宮中のセンダンの木に向かって詠んだ自嘲的な歌であるとされる。しかし、筆者は、「六十」「朽つ」という言葉が気になった。「朽つ」には「むなしく終わる。死ぬ。」という意味もある。

六十(むそぢ)の友は院ではなかったか。隠岐の絶海の孤島で失意のうちに六十歳で崩御した後鳥羽院である。定家は、この歌に理不尽なことがまかり通っている世の中や宮中の役立たずの幕府へ働きかけて、院の還幸を果たせなかった諸氏へむけて精一杯の抗議を込めた。

勿論、「役立たず」には、定家自身(自嘲の思い)も含まれていたであろう。院の窮地を救えなかった無力な自身への嘲り・かなしみを、この歌に感じるのは筆者だけだろうか。

次に「藤川百首」を全て紹介する(久保田淳氏『訳注藤原定家全歌集』より原文のまま表記)。

春廿首

關路早春

たのみこし關の藤河春來ても深き霞に下むせびつゝ

湖上朝霞

朝ぼらけみるめなぎさの八重霞えやは吹(ふき)とく志賀の浦かぜ

霞隔遠樹

三輪の山先(まづ)里かすむ泊瀬川いかにあひ見ん二本(ふたもと)の杉

羇中聞鶯

都出(いで)て遠山ずりのかり衣鳴音(なくね)友なへ谷のうぐひす

隣家竹鶯

山がつの園生に近くふしなれて我竹(わが)がほにいこふうぐひす

田邊若菜

小山田の氷に残るあぜづたひみどりの若菜色ぞすくなき

野外残雪

春日野は昨日の雪のきえがてにふりはへいづる袖ぞ數そふ

山路梅花

色も香もしらではこえじ梅の花にほふ春べの明ぼのの山

梅薫夜風

にほひくる枕にさむき梅が香にくらき雨夜の星（ほし）やいづらん

水邊古柳

年月も移りにけりな柳かげ水行（ゆく）河のすゑの世の春

雨中待花

今日よりや木のめも春の櫻ばなおやのいさめの春雨の空

野花留人

玉きはる浮世忘て咲（さく）花の散（ちら）ずは千代も野邊の諸人

遠望山花

色まがふ誠の雲やまじるらん比（ころ）は櫻の四方の山の端（は）

曉庭落花

あかなくにおのがきぬ〴〵吹（ふく）風に苔のみどりも花ぞわかるゝ

古郷夕花

里はあれぬ庭の櫻もふりはててたそがれ時を問（とふ）人もなし

河上春月

行(ゆく)春のながれてはやきみなの川かすみの淵に曇る月影

深夜歸鴈

春の夜の八聲の鳥も鳴(なか)ぬまに田面(たのも)の鴈のいそぎ立(たつ)らん

藤花隨風

松風の聲もそなたになびくらんかゝれる藤の末もみだれず

橋邊款冬

橋柱色に出(いで)けることのはをいはでぞ匂ふ款冬の花

船中暮春

今日は猶霞をしのぐ友舟の春のさかひを忘(わす)れずもがな

夏十首

卯花隱路

卯の花の枝もたわゝの露を見よとはれし道の昔がたりは

初聞時鳥

昨日こそ霞たちしか時鳥又打(うち)はぶき去年(こぞ)のふる聲

山家時鳥

此里は待(まち)も待(また)ずも時鳥山飛こゆるたよりすぐすな

池朝菖蒲

あくるより今日引(ひく)あやめ池水におのが五月(さつき)ぞなれてわかるゝ

閑居蚊遣

こがるとて煙も見えじ時しらぬ竹のは山のおくの蚊遣火

盧橘驚夢

袖の香は花たちばなに残れどもたえて常なき夢の面影

森五月雨

侘人のほさぬためしや五月雨の雫にくたす衣手の森

野夕夏草

あだし野のをがやが下葉たがために亂そめたる暮を待(まつ)らん

澗底螢火

日影見ず咲(さき)てとく散る色もなし谷は螢ぞひかり成(なり)ける

行路夕立

夕立に袖もしをるゝかり衣かつうつり行遠（をち）かたの雲

秋廿首

初秋朝風

秋來ぬといふ計（ばかり）なる蓬生に朝けの風の心がはりよ

閏月七夕

天河文月（ふづき）は名のみかさなれど雲の衣やよそにぬるらむ

野亭夕萩

秋萩に玉ぬく野邊の夕露をよしやみださで宿ながら見（み）ん

江邊曉荻

あけわたる荻の末葉（ば）のほの〲と月の入江を出（いづ）る舟人

山家初鴈

秋風の雲にまじれる峯越（こえ）て外山のさとに鴈はきにけり

海上待月

淡路嶋秋なき花をかざしもて出るもおそしいさよひの月

松間夜月

袖近き色や緑の松風にぬるゝがほなる月ぞすくなき

深山見月

花ならでいたくな侘(わび)そとばかりも太山(みやま)の月を人やとはまし

草露映月

武蔵野につらぬきとめぬ白露の草はみながら月ぞこぼるゝ

關路惜月

逢坂は歸りこん日をたのみても空行(ゆく)月の關守ぞなき

鹿聲夜友

山ざとの竹より外の我友は夜鳴(よるなく)鹿の庭の草ふし

田家擣衣

露霜(つゆじも)のおくての山田吹(ふく)風のもよほすかたに衣擣(うつ)也

古渡秋霧

夕霧にこととひ侘ぬ角田(すみだ)川我友舟は有(あり)やなしやと

秋風滿野
宮木野の木下露もほしはてで拂もやらぬ四方の秋風

籬下聞蟲
みだれおつる萩のまがきの下露に涙色ある松蟲の聲

紅葉移水
山川の時雨て晴る紅葉ばにをられぬ水も色まさりつゝ

山中紅葉
山めぐり時雨るおくの紅葉ばのいく千しほとかこがれはつらん

露底槿花
秋風の上葉にためぬ白露をしぼらでひたす槿の花

河邊菊花
大井川ゐせきの浪の花の色をうつろひ捨る岸の白菊

獨惜暮秋
また人の問ぬもうれし草木だになれてはをしき秋のわかれを

冬十首

初冬時雨

けふそへにさこそ時雨の音信(おとづれ)て神無月とは人にしられめ

霜埋落葉

朝霜の庭の紅葉は思しれおのが下なる苔の心を

屋上聞霰

眞木の屋に霰の音もとだえつゝ風の行末(ゆくへ)になびく村雲

古寺初雪

むかしべや何山姫の布さらす跡ふりまがへ積(つも)る初雪

庭雪厭人

我門(わがかど)は今日こむ人に忘られね雪の心に庭をまかせて

海邊松雪

住吉の松やいづくとふる雪にながめもしらぬ遠つ嶋人

水郷寒蘆

蘆(あし)の葉も下をれはてて三嶋江の入江は月の影もさはらず

湖上千鳥

にほの海や月待(まつ)浦のさよ千鳥何(いづれ)の嶋をさしてなくらん

寒夜水鳥

おきとめず松を嵐の拂(はらふ)夜は鴨の青羽の霜ぞかさなる

歳暮澗氷

今幾日打出(いくかうちいづ)る波のはつ花も谷の氷の下に行(ゆく)らん

戀二十首

初尋縁戀

思ひあまり其(その)里人に事とはむおなじ岡邊の松は見ゆやと

聞聲忍戀

秋の霜にうつろふ花の名ばかりもかけずよ蟲の鳴音(なくね)ならでは

忍親眤戀

めも春にもえては見えじ紫の色こき野邊の草木なりとも

祈不逢戀

行(ゆき)かへりあふ瀬もしらぬ御禊(みそぎ)川かなしき事は數まさりつゝ

旅宿逢戀

立田山木の葉の下のかり枕かはすもあだに露こぼれつゝ

兼厭曉戀

今夜(こよひ)だにくらぶの山に宿もがな曉しらぬ夢や覺(さめ)ぬと

歸無書戀

朝露は篠わけし袖にほしかねて夢かうつゝかとふ人もなし

遇不逢戀

よそ人は何中〱の夢ならでやみのうつゝの見えぬ面影

契經年戀

秋かけて降(ふ)り敷木葉(しくこのは)幾かへりむなしき春の色にもゆらん

疑眞僞戀

たがまこと世の僞のいかならんたのまれぬべき筆の跡かな

返事增戀

打なびき煙くらべにもえまさる思ひの薪(たきぎ)身もこがれつゝ

被厭賤戀
色に出(いで)ていひなしをりそ櫻戸の明(あけ)ながらなる春の袂を

途中契戀
道のべの井手の下帯引(ひき)むすび忘れはつらん初草の露

従門歸戀
思ひやれ葎(むぐら)の門のさしながらきて歸るさの露の衣手

忘住所戀
いかにせむたのめしさとを住の江の岸に生(おふ)てふ草にまがへて

依戀祈身
ながらへよあらばあふせと手向して年の緒(を)いのる森のしめ繩

隔遠路戀
わたつみや幾浦々にみつしほの見らくすくなき中の通路(かよひぢ)

借人名戀
かりそめの誰なのりそになびくらん我身(わが)のかたはたえぬ煙を

絶不知戀

あふひ草人のかざしかとばかりも名をだにかけて問人(とふ)もなし

互恨絶戀

もしほ草海士(あま)のすさびもかきたえぬ里のしるべの心くらべに

雜廿首

曉更寢覺

明(あけ)やらぬ鳥の音(ね)ふかくおく霜に寢(ね)覺くるしき世々の古事

薄暮松風

樹(うゑ)おきし我(わが)物からの庭の松夕は風の聲ぞくるしき

雨中綠竹

色かへぬ青葉の竹のうきふしに身をしる雨の哀世中

浪洗石苔

はやせ河岩打(うつ)波の白妙に苔のみどりの色ぞつれなき

高山待月

比叡(ひえ)の山峯の木がらし拂(はらふ)夜は心きよくも月を待(まつ)哉

山中瀧水

雲ふかきあたりの山につゝまれて音のみ落(おつ)る瀧の白玉

河水流清

秋の水清瀧川の夕日影木葉(このは)も浮(う)かず曇る計(ばかり)は

春秋野遊

おなじ野の霞も霧もわけ侘(わび)ぬ子日(ねのひ)の小松まつ蟲のこゑ

關路行客

行(ゆく)人の形見もあだにおく露をはらひなはてそ關の秋風

山家夕嵐

暮かゝる四方の草木の山かぜにおのれしをるゝ柴の袖がき

山家人稀

古郷を忍ぶる人やわたしけんさても問れぬ谷の梯(かけはし)

海路眺望

知(し)るらめやたゆたふ舟の波間(ま)より見ゆる小嶋の本の心を

月羇中友

夕月夜宿かりそめし影ながら幾有明の友となるらん

旅宿夜雨

旅衣ぬぐや玉の緒(を)夜の雨は袖にみだれて夢もむすばず

海邊曉雲

明(あけ)ぬとて泊漕出(とまりこぎいづ)る友(とも)舟の星のまぎれに雲ぞわかるゝ

寄夢無常

まどろめばいやはかなる夢の中に身は幾世とて覺(さめ)ぬなげきぞ

寄草述懐

引捨(ひきすつ)るためしもかなしかきつめしおどろの道の本の朽葉は

寄木述懐

九重のとのへの樗(あふち)忘るなよ六十(むそぢ)の友は朽てやみぬと

逐日懐舊

天の戸の明る日毎にしのぶとて知(し)らぬ昔はたちもかへらず

社頭祝言

祈（いのる）より神もさこそはねがふらめ君あきらかに民やすくとは

四季題百首、花

大方にいとひなれたる夏の日のくるるもをしき撫子の花

やまがつのかきねにこむる梅（むめ）の花としのこなたにまづ匂ひつゝ

冬（北）	春（東）
秋（西）	夏（南）

「藤川百首」も、「百人一首」「遠島百首」同様、筆者の独断と偏見で季節毎に分けた。そして、五行説に基づいた方位に並べてみた。すると、どうにかまとまった。

今回は、つなぎの言葉をときに「題」中からも引用した（借りてきた）。

「藤川百首」春（□は縦横両方いずれかにつながる言葉）※印の歌は「戀」「雜」から

梅薫夜風 にほひくる枕にさむき梅が香にくらき雨夜の星やいづらん	海邊曉雲 ※明ぬとて泊漕出る友舟の星のまぎれに雲ぞわかるゝ	船中暮春 今日は猶霞をしのぐ友舟の春のさかひを忘れずもがな	寄木述懐 ※九重のとのへの樗忘るなよ六十の友は朽てやみぬと	雨中待花 今日よりや木のめも春の櫻ばなおやのいさめの春雨の空
曉庭落花 あかなくにおのがきぬぎぬ吹風に苔のみどりも花ぞわかるゝ	山路梅花 色も香もしらではこえじ梅の花にほふ春べの明ぼのの山	野花留人 玉きはる浮世忘て咲花の散ずは千代も野邊の諸人	忍親昵戀 ※めも春にもえては見えじ紫の色こき野邊の草木なりとも	被厭賤戀 ※色に出ていひなしをりそ櫻戸の明ながらなる春の袂を
湖上朝霞 朝ぼらけみるめなぎさの八重霞えやは吹とく志賀の浦かぜ	霞隔遠樹 三輪の山先里かすむ泊瀬川いかにあひ見ん二本の杉	水邊古柳 年月も移りにけりな柳かげ水行河のすゑの世の春	契經年戀 ※秋かけて降り敷木葉幾かへりむなしき春の色にもゆらん	野外殘雪 春日野は昨日の雪のきえがてにふりはへいづる袖ぞ數そふ
深夜歸鴈 春の夜の八聲の鳥も鳴ぬまに田面の鴈のいそぎ立らん	關路早春 たのみこし關の藤河春來ても深き霞に下むせびつゝ	四季題百首、花 ※やまがつのかきねにこむる梅の花としのこなたにまづ匂ひつゝ	橋邊款冬 橋柱色に出けることのはをいはでぞ匂ふ款冬の花	田邊若菜 小山田の氷に殘るあぜづたひみどりの若菜色ぞすくなき
藤花隨風 松風の聲もそなたになびくらんかゝれる藤の末もみだれず	羇中聞鶯 都出て遠山ずりのかり衣鳴音友なへ谷のうぐひす	隣家竹鶯 山がつの園生に近くふしなれて我竹がほにいこふうぐひす	古郷夕花 里はあれぬ庭の櫻もふりはててたそがれ時を問人もなし	遠望山花 色まがふ誠の雲やまじるらん比は櫻の四方の山の端

薄暮松風
※樹おきし我物からの庭の松夕は風の聲ぞくるしき

山家時鳥
此里は待も待ずも時鳥山飛こゆるたよりすぐすな

初尋緣戀
※思ひあまり其里人に事とはむおなじ岡邊の松は見ゆやと

卯花隱路
卯の花の枝もたわゝの露を見よとはれし道の昔がたりは

盧橘驚夢
袖の香は花たちばなに殘れどもたえて常なき夢の面影

行路夕立
夕立に袖もしをるゝかり衣かつうつり行遠かたの雲

初聞時鳥
昨日こそ霞たちしか時鳥又打はぶき去年のふる聲

山家人稀
※古郷を忍ぶる人やわたしけんさても問れぬ谷の梯

澗底螢火
日影見ず咲てとく散る色もなし谷は螢ぞひかり成ける

四季題百首、花
※大方にいとひなれたる夏の日のくるるもをしき撫子の花

借人名戀
※かりそめの誰なのりそになびくらん我身のかたはたえぬ煙を

返事增戀
※打なびき煙くらべにもえまさる思ひの薪身もこがれつゝ

互恨絕戀
※もしほ草海士のすさびもかきたえぬ里のしるべの心くらべに

絕不知戀
※あふひ草人のかざしかとばかりも名をだにかけて問人もなし

池朝菖蒲
あくるより今日引あやめ池水におのが五月ぞなれてわかるゝ

野夕夏草
あだし野のをがやが下葉たがために亂そめたる暮を待らん

閑居蚊遣
こがるとて煙も見えじ時しらぬ竹のは山のおくの蚊遣火

兼厭曉戀
※今夜だにくらぶの山に宿もがな曉しらぬ夢や覺ぬと

歸無書戀
※朝露は篠わけし袖にほしかねて夢かうつゝかとふ人もなし

森五月雨
侘人のほさぬためしや五月雨の雫にくたす衣手の森

旅宿逢戀
※立田山木の葉の下のかり枕かはすもあだに露こぼれつゝ

遇不逢戀
※よそ人は何中何中の夢ならでやみのうつゝの見えぬ面影

寄夢無常
※まどろめばいやはかななる夢の中に身は幾世とて覺ぬなげきぞ

旅宿夜雨
※旅衣ぬぐや玉の緒夜の雨は袖にみだれて夢もむすばず

依戀祈身
※ながらへよあらばあふせと手向して年の緒いのる森のしめ縄

「藤川百首」秋

河邊菊花
大井川ゐせきの浪の花の色をうつろひ捨る岸の白菊

海上待月
淡路嶋秋なき花をかざしもて出るもおそしいさよひの月

關路惜月
逢坂は歸りこん日をたのみても空行月の關守ぞなき

松間夜月
袖近き色や緑の松風にぬるゝがほなる月ぞすくなき

山家初鴈
秋風の雲にまじれる峯越て外山のさとに鴈はきにけり

河水流清
※秋の水清瀧川の夕日影木葉も浮かず曇る計は

江邊曉荻
あけわたる荻の末葉のほのぼのと月の入江を出る舟人

關路行客
※行人の形見もあだにおく露をはらひなはてそ關の秋風

秋風滿野
宮木野の木下露もほしはてで拂もやらぬ四方の秋風

從門歸戀
※思ひやれ葎の門のさしながらきて歸るさの露の衣手

獨惜暮秋
また人の問ぬもうれし草木だになれてはをしき秋のわかれを

初秋朝風
秋來ぬといふ計なる蓬生に朝けの風の心がはりよ

露底槿花
秋風の上葉にためぬ白露をしぼらでひたす槿の花

草露映月
武藏野につらぬきとめぬ白露の草はみながら月ぞこぼるゝ

野亭夕萩
秋萩に玉ぬく野邊の夕露をよしやみださで宿ながら見ん

深山見月
花ならでいたくな侘そとばかりも太山の月を人やとはまし

鹿聲夜友
山ざとの竹より外の我友は夜鳴鹿の庭の草ふし

聞聲忍戀
※秋の霜にうつろふ花の名ばかりもかけずよ蟲の鳴音ならでは

田家擣衣
露霜のおくての山田吹風のもよほすかたに衣擣也

閏月七夕
天河文月は名のみかさなれど雲の衣やよそにぬるらむ

古渡秋霧
夕霧にことゝひ侘ぬ角田川我友舟は有やなしやと

春秋野遊
※おなじ野の霞も霧もわけ侘ぬ子日の小松まつ蟲のこゑ

籬下聞蟲
みだれおつる萩のまがきの下露に涙色ある松蟲の聲

紅葉移水
山川の時雨て晴る紅葉ばにをられぬ水も色まさりつゝ

山中紅葉
山めぐり時雨るおくの紅葉ばのいく千しほとかこがれはつらん

「藤川百首」冬

初冬時雨
けふそへにさこそ時雨の音信て神無月とは人にしられめ

高山待月
※比叡の山峯の木がらし拂夜は心きよくも月を待哉

寒夜水鳥
おきとめず松を嵐の拂夜は鴨の青羽の霜ぞかさなる

月羇中友
※夕月夜宿かりそめし影ながら幾有明の友となるらん

隔遠路戀
※わたつみや幾浦々にみつしほの見らくすくなき中の通路

逐日懷舊
※天の戸の明る日毎にしのぶとて知らぬ昔はたちもかへらず

海路眺望
※知るらめやたゆたふ舟の波間より見ゆる小嶋の本の心を

海邊松雪
住吉の松やいづくとふる雪にながめもしらぬ遠つ嶋人

曉更寢覺
※明やらぬ鳥の音ふかくおく霜に寢覺くるしき世々の古事

湖上千鳥
にほの海や月待浦のさよ千鳥何の嶋をさしてなくらん

古寺初雪
むかしべや何山姫の布さらす跡ふりまがへ積る初雪

庭雪厭人
我門は今日こむ人に忘られね雪の心に庭をまかせて

霜埋落葉
朝霜の庭の紅葉は思しれおのが下なる苔の心を

雨中緑竹
※色かへぬ青葉の竹のうきふしに身をしる雨の哀世中

水郷寒蘆
蘆の葉も下をれはてて三嶋江の入江は月の影もさはらず

山中瀧水
※雲ふかきあたりの山につゝまれて音のみ落る瀧の白玉

途中契戀
※道のべの井手の下帯引むすび忘れはつらん初草の露

寄草述懷
※引捨るためしもかなしかきつめしおどろの道の本の朽葉は

疑眞僞戀
※たがまこと世の僞のいかならんたのまれぬべき筆の跡かな

忘住所戀
※いかにせむたのめしさとを住の江の岸に生てふ草にまがへて

浪洗石苔
※はやせ河岩打波の白妙に苔のみどりの色ぞつれなき

歳暮澗氷
今幾日打出る波のはつ花も谷の氷の下に行らん

祈不逢戀
※行かへりあふ瀬もしらぬ御祓川かなしき事は數まさりつゝ

屋上聞霰
眞木の屋に霰の音もとだえつゝ風の行末になびく村雲

山家夕嵐
※暮かゝる四方の草木の山かぜにおのれしをるゝ柴の袖がき

「藤川百首」の全体配列とつなぎの言葉

隔遠路戀　わたつみや 幾浦々にみつしほの見ら くすくなき中の通路	中　幾	月羇中友　夕月夜宿か りそめし影ながら幾有 明の友となるらん	夜	寒夜水鳥　おきとめず 松を嵐の拂夜は鴨の青羽 の霜ぞかさなる	拂夜　待・松	高山待月　比叡の山峯 の木がらし拂夜は心きよ く月を待哉	月	初冬時雨　けふそへにさ こそ時雨の音信て神無月 とは人にしられめ	今日・けふ　雨	雨中待花　今日よりや 木のめも春の櫻ばなおや のいさめの春雨の空	木	寄木述懐　九重のとのへ の椅忘るなよ六十の友は 朽てやみぬと	友　忘れ・忘る	船中暮春　今日は猶霞 をしのぐ友舟の春のさか ひを忘れずもがな	友舟	海邊暁雲　明ぬとて泊 漕出る友舟の星のまぎれ に雲ぞわかるゝ	星　いづ・出る	梅薫夜風　にほひくる 枕にさむき梅が香にくら き雨夜の星やいづらん
わたつみ・海　浦		夜・世　明		松		心		しら・知ら		櫻		木		忘れ・忘		明		風
湖上千鳥　にほの海や 月待浦のさよ千鳥何の嶋 をさしてなくらん	鳥　世・よ	暁更寝覚　明やらぬ鳥 の音ふかくおく霜に寝覚 くるしき世々の古事	ふる・古	海邊松雪　住吉の松 やいづくとふる雪になが めもしらぬ遠つ嶋人	眺・ながめ　知る・しら　嶋	海路眺望　知るらめ やたゆたふ舟の波間より 見ゆる小嶋の本の心を	知ら・知る	逐日懐舊　天の戸の明 る日毎にしのぶとて知ら ぬ昔はたちもかへらず	戸　明・明る	被厭賤戀　色に出てい ひなしをりぞ櫻戸の明な がらなる春の袂を	色　なり・なる	忍親昵戀　めも春にも えては見えじ紫の色こき 野邊の草木なりとも	野邊	野花留人　玉きはる浮 世忘て咲花の散ずは千代 も野邊の諸人	花	山路梅花　色も香もし らではこえじ梅の花にほ ふ春べの明ぼのの山	花	暁庭落花　あかなくに おのがきぬぎぬ吹風に苔 のみどりも花ぞわかるゝ
月　嶋		世		しら・しれ		心		昔・むかし		出・いづる　袂・袖		もえ・もゆ　色　木		世		山		吹　風・かぜ
水郷寒蘆　蘆の葉も下 をれはてて三嶋江の入江 は月の影もさはらず	葉	雨中緑竹　色かへぬ青 葉の竹のうきふしに身を しる雨の哀世中	葉　しれ・しる	霜埋落葉　朝霜の庭の 紅葉は思しれおのが下な る苔の心を	心　庭	庭雪厭人　我門は今日 こむ人に忘られね雪の心 に庭をまかせて	雪	古寺初雪　むかしべや 何山姫の布さらす跡ふ りまがへ積る初雪	雪　ふり	野外殘雪　春日野は昨 日の雪のきえがてにふり はへいづる袖ぞ數そふ	降り・ふり	契經年戀　秋かけて降 り敷木葉幾かへりむなし き春の色にもゆらん	年	水邊古柳　年月も移り にけりな柳かげ水行河の すゑの世の春	川・河	霞隔遠樹　三輪の山先 里かすむ泊瀬川いかにあ ひ見ん二本の杉	みる・見　霞・かすむ	湖上朝霞　朝ぼらけ みるめなぎさの八重霞え やは吹とく志賀の浦かぜ
郷・さと　江		世		葉		忘ら・忘れ		山		殘・殘る		葉・は　色		年・とし		かすむ・霞　川・河		八
忘住所戀　いかにせむ たのめしさとを住の江の 岸に生てふ草にまがへて	いかなら・いかに　たのま・たのめ	疑眞僞戀　たがまこと 世の僞のいかならんたの まれぬべき筆の跡かな	本・まこと	寄草述懐　引捨るため しもかなしかきつめしお どろの道の本の朽葉は	道　引　草	途中契戀　道のべの井 手の下帶引むすび忘れ はつらん初草の露	白玉・露	山中瀧水　雲ふかきあ たりの山につゝまれて音 のみ落る瀧の白玉	山	田邊若菜　小山田の氷 に殘るあぜづたひみどり の若菜色ぞすくなき	色	橋邊款冬　橋柱色に出 けることのはをいはでぞ 匂ふ款冬の花	つゝ　花　匂ひ・匂ふ	四季題百首　花　やまがつ のかきねにこむる梅の花 としのこなたにまづ匂ひ	つゝ	關路早春　たのみこし 關の藤河春來ても深き霞 に下むせびつゝ	深・深き　鳴・むせび	深夜歸鴈　春の夜の八 聲の鳥も鳴ぬまに田面の 鴈のいそぎ立らん
草		まこと・眞		かなし・かなしき		下　はつ　初・はつ　らん		白		山　色		冬・なし　花・櫻		やまがつ・山がつ		むせび・鳴		聲　らん
山家夕嵐　暮かゝる四 方の草木の山かぜにおの れしをるゝ柴の袖がき	木　風・かぜ	屋上聞霰　眞木の屋に 霰の音もとだえつゝ風の 行末になびく村雲	行　つゝ	新不逢戀　行かへりあ ふ瀬もしらぬ御祓川か なしき事は數まさりつゝ	行	歳暮澗氷　今幾日打出 る波のはつ花も谷の氷の 下に行らん	打　波	浪洗石苔　はやせ河岩 打波の白妙に苔のみどり の色ぞつれなき	色	遠望山花　色まがふ誠 の雲やまじるらん比は櫻 の四方の山の端	櫻	古郷夕花　里はあれぬ 庭の櫻もふりはててたそ がれ時を問人もなし	園生・庭	隣家竹鶯　山がつの園 生に近くふしなれて我竹 がほにいこふうぐひす	山　うぐひす	羇中聞鶯　都出て遠山 ずりのかり衣鳴音友なへ 谷のうぐひす	聲・音	藤花隨風　松風の聲も そなたになびくらんかゝ れる藤の末もみだれず
山・峯　山　かぜ・風		風		行　かへり・歸り　あふ・逢		出る　花		河・川　波・浪　白　色		櫻・花		櫻・花　問・とは		山がつ・里人		山		松　風　聲

松 風 聲
薄暮松風　樹おきし我
物からの庭の松夕は風の
聲ぞくるしき
松・待

山
山家時鳥　此里は待も
待ずも時鳥山飛こゆる
たよりすぐすな
里 待・松

山がつ・里人
初尋縁戀　思ひあまり
其里人に事とはむおなじ
岡邊の松は見ゆやと
とは 見(ゆ)・見(よ)

櫻・花 問・とは
卯花隠路　卯の花の枝
もたわゝの露を見よとは
れし道の音がたりは
花

櫻・花
盧橘驚夢　袖の香は花
たちばなに殘れどもたえ
て常なき夢の面影
花

河・川 波・浪 白 色
河邊菊花　大井川ゐせ
きの浪の花の色をうつろ
ひ捨る岸の白菊
花

出る 花
海上待月　淡路嶋秋な
き花をかざしもて出るも
おそしいさよひの月
なき 月

行 かへり・歸り あふ・逢
關路惜月　逢坂は歸り
こん日をたのみても空行
月の關守ぞなき
月 なき

風
松間夜月　袖近き色
や緑の松風にぬるゝがほ
なる月ぞすくなき
風

山・峯 山 かぜ・風
山家初鴈　秋風の雲
にまじれる峯越て外山の
さとに鴈はきにけり

夕
行路夕立　夕立に袖も
しをるゝかり衣かつうつ
り行遠かたの雲
立・たち

時鳥
初聞時鳥　昨日こそ霞
たちしか時鳥又打はぶ
き去年のふる聲
ふる・古

里・郷 人 とは・問
山家人稀　古郷を忍ぶ
る人やわたしけんさても
問れぬ谷の梯
谷

見よ・見
澗底螢火　日影見ず咲
てとく散る色もなし谷は
螢ぞひかり成ける
日

花
四季題百首、花　大方にいと
ひなれたる夏の日のくる
るもをしき撫子の花
日

川
河水流清　秋の水清瀧
川の夕日影木葉も浮か
ず曇る計は
葉

出る 月
江邊曉荻　あけわたる
荻の末葉のほのぼのと月
の入江を出る舟人
人

行 關
關路行客　行人の形見
もあだにおく露をはらひ
なはてそ關の秋風
露 はらひ・拂 はて 風

風
秋風滿野　宮木野の木
下露もほしはてて拂もや
らぬ四方の秋風
露 やら・やれ

き
従門歸戀　思ひやれ律
の門のさしながらきて歸
るさの露の衣手

かり かた
借人名戀　かりそめの誰
なのりそになびくらん我身
のかたはたえぬ煙を
なびく・なびき 身 煙

打
返事増戀　打なびき煙く
らべにもえまさる思ひの薪
身もこがれつゝ
くらべ

郷・里
互恨絶戀　もしほ草海士
のすさびもかきたえぬ里の
しるべの心くらべに
草 たえ・絶

なし
絶不知戀　あふひ草人の
かざしかとばかりも名をだ
にかけて問人もなし
草 あやめ

なれ
池朝菖蒲　あくるより今
日引あやめ池水におのが五
月ぞなれてわかるゝ
あやめ・草 なれ わかるゝ・わかれ

木
獨惜暮秋　また人の問ぬ
もうれし草木だになれては
をしき秋のわかれを
草・蓬

あけ・朝け
初秋朝風　秋來ぬといふ
計なる蓬生に朝けの風の心
がはりよ
風

露 風
露底槿花　秋風の上葉に
ためぬ白露をしぼらでひた
す槿の花
白露

野 露
草露映月　武蔵野につら
ぬきとめぬ白露の草はみな
がら月ぞこぼるゝ
野 つらぬき・ぬく 露み・見 ながら

ながら 露
野亭夕萩　秋萩に玉ぬく
野邊の夕露をよしやみだざ
で宿ながら見ん

そめ 誰・た らん
野夕夏草　あだし野の
をがやが下葉たがために
亂そめたる暮を待らん
葉・は

煙 こがれ・こがる
閑居蚊遣　こがるとて
煙も見えじ時しらぬ竹の
は山のおくの蚊遣火
しらぬ 山

くらべ・くらぶ
兼厭曉戀　今夜だにく
らぶの山に宿もがな曉し
らぬ夢や覺ぬと
夢

問人もなし・とふ人もなし
歸無書戀　朝露は篠わ
けし袖にほしかねて夢か
うつゝかとふ人もなし
袖・衣手 ほし・ほさ 人

五月
森五月雨　侘人のほさ
ぬためしや五月雨の雫に
くたす衣手の森
侘 人 月

人 問・とは
深山見月　花ならでい
たくな侘そとばかりも
太山の月を人やとはまし
山

蓬・草
鹿聲夜友　山さとの竹
より外の我友は夜鳴鹿の
庭の草ふし
聲・音 鳴

花
聞聲忍戀　秋の霜にう
つろふ花の名ばかりもか
けずよ蟲の鳴音ならでは
霜

露
田家擣衣　露霜のおく
ての山田吹風のもよほす
かたに衣擣也
衣

夕
閏月七夕　天河文月は
名のみかさなれど雲の衣
やよそにぬるらむ

あだ 下 葉
旅宿逢戀　立田山木の
葉の下のかり枕かはすも
あだに露こぼれつゝ
つゝ

見え
遇不逢戀　よそ人は何
中何中の夢ならでやみの
うつゝの見えぬ面影
中 夢

夜・世 夢 覺ぬ
寄夢無常　まどろめばい
やはかなる夢の中に身
は幾世とて覺ぬなげきぞ
夢 世 夜

袖 夢
旅宿夜雨　旅衣ぬぐや
玉の緒夜の雨は袖にみだ
れて夢もむすばず
緒

手 森
依戀祈身　ながらへよ
あらばあふせと手向して
年の緒いのる森のしめ縄
あら・有

侘 とは・とひ
古渡秋霧　夕霧にこと
とひ侘ぬ角田川我友舟
は有やなしやと
霧 侘ぬ

聲・こゑ
春秋野遊　おなじ野の
霞も霧もわけ侘ぬ子日
の小松まつ蟲のこゑ
まつ蟲のこゑ・松蟲の聲

蟲の鳴音・蟲の聲
籬下聞蟲　みだれおつ
る萩のまがきの下露に涙
色ある松蟲の聲
色

山
紅葉移水　山川の時雨
て晴る紅葉ばにをられぬ
水も色まさりつゝ
山 時雨・時雨る 紅葉ば

らむ・らん
山中紅葉　山めぐり時雨
るおくの紅葉ばのいく千
しほとかこがれはつらん

「藤川百首」縦軸つなぎの言葉（□は同（類）義語）

[わたつみ] 浦	夜 明	松	心	しら	櫻	木	忘れ	明	風
[海] 月 浦嶋	明 世	松 しら	心	知ら 昔	出 櫻 [袂]	もえ 色 木	世 忘	明 山	吹 風
郷 嶋 江月	世	葉 しれ	忘ら 心	むかし 山	殘 いづる [袖]	木 葉 色もゆ	年 世	山 かすむ 川	八 吹 かぜ
さと 江 草	まこと 世	かなし 葉	下忘れ はつ らん初	山 白	山 殘る 色	色は （款）冬(くちなし) [花]	やまがつ とし	河 霞 [むせび]	八 聲 らん
草 [山] かぜ	眞 風	行かへり あふ かなしき	出るはつ 花下 らん	河波 白 色	色 [櫻] 山	[櫻] 問 なし	[山がつ]	山 [鳴]	松 風 聲らん
風 [峯] 山き	風	逢歸り 行 關	花 出る 月	川浪 色 白	[花]	[花] 見よ とは	[里人] とは	時鳥 山	松 夕 風聲
ながら き 露	野 露 風	行露 關 風	[あけ] 月 出る	川 木	なれ 花	見 なし	郷 人 問	時鳥 打	夕 かり かた
夕 露 ながら	野 露	風 露 花	[蓬] [朝け]	人 問 木	五月 なれ	問人もなし	里 くらべ	打 煙 こがれ	かりそめ 誰 らんかた
夕 らむ	露 山	花 蟲の鳴音	聲 [草]	侘 人 とは	五月 手 森	袖 夢 とふ人もなし	夜くらぶ 夢 覺ぬ	こがる 煙 見え	あだ下 葉た そめらん
らん	山	蟲の聲	こゑ	とひ 侘	手 森	袖 夢	夢 世 覺ぬ	見え	葉 下 あだ

「藤川百首」横軸つなぎの言葉

幾 中	中 夜 幾	松 拂夜	拂夜 月 待	けふ 雨 月	今日 木 雨	木 忘る 友	友舟 忘れ	出る 友舟 星	星 いづ
よ 鳥	鳥 世 古	ふる ながめ しら 嶋	眺 知る 嶋	戸 明る 知ら	色 戸 明 なる	色 野邊 なり	花 野邊	花	花
葉	葉 しる	庭 葉 しれ 心	雪 心 庭	ふり 雪	雪 ふり	年 降り	年 河	かすむ 川 見	みる 霞
いかに たのめ	[まこと] いかなら たのま	草 引 道 [本]	道 引 草 [露]	山 [白玉]	山 色	色 匂ふ 花	花 匂ひ つゝ	深き [むせび] つゝ	深 [鳴]
木 かぜ	木 つゝ 風 行	行 つゝ	打 波 行	打 波 色	色 櫻	[庭] 櫻	山 [園生] うぐひす	山 [音] うぐひす	[聲]
風	風 月 (すく)なき	月 なき	なき 花 月	花	花	花 見(よ) とは	里 とは 松 見(ゆ)	里 待	松
やれ 露	露 はて 拂 やら 風	人 露 はらひ はて 風	葉 人	日 葉	日	日 谷	古 谷	たち ふる	立
ぬく 野 露 ながら 見	野 つらぬき 白露 み ながら	風 白露	[蓬] 風	[草] なれ わかれ	[あやめ] なれ わかるゝ	絶 [草]	草 たえ くらべ	なびき 煙 くらべ 身	なびく 身 煙
衣	霜 衣	霜 鳴 [音]	[聲] 山 鳴	侘 山 月 人	侘 人 ほさ 月 [衣手]	[袖] ほし 夢 人	山 しらぬ 夢	しらぬ は 山	葉
山 時雨る 紅葉ば	山 時雨 紅葉ば 色	色 松蟲の聲	霧 侘ぬ まつ蟲のこゑ	霧 侘ぬ 有	あら 緒	緒 夜 夢	夢 中 世	中 夢 つゝ	つゝ

縦・横つなぎの言葉は、今回も同一語・同音（語）・同（類）義語になった。次に、同（類）義語のいくつかを、主に辞書の意味を引用して説明する（「百人一首」「遠島百首」既出分は省いた）。

☆1「袂」と「袖」

「たもと」［袂］↓袖。また、和服の袖の下の袋状の部分。

☆2「山がつ」と「里人」

「山がつ」↓きこりや猟師など、山里に住む身分の低い者。

「里人」↓同じ里に住んでいる人。その地方に住んでいる人。

☆3「園生（そのふ）」と「庭」

「里」↓（都に対して）地方。いなか。

「園生」↓野菜・果樹・花などを植えた区域。

「庭」↓家屋の周りの空き地。また、庭園。「園」とは、草木や果樹を植える場所を言う。

☆4「草」と「あやめ」

「あやめ」↓草の名。葉が剣の形で、芳香をもつことから、邪気をはらうとされ、端午の節句には、軒や車に差した。

☆5「あけ」と「朝（あさ）け」

「朝け」↓「朝明け」の略。明け方。

☆6「蓬（よもぎ）」と「草」

「蓬」→草の名。葉の裏の綿毛をモグサにするところから、「さしもぐさ」「させもぐさ」とも呼ばれる。邪気をはらうものとして、五月五日の端午の節句には軒に葺いたり、男子の誕生の際には桑の弓で蓬の矢を射たりした。また、蓬は「葎（むぐら）」や「浅茅（あさぢ）」と並んで、荒廃しきった住居を象徴する代表的な雑草となっている。

※「百人一首」には、「むぐら」と「くさ」「あさぢ」と「くさ」「遠島百首」には「あさぢ」と「くさ」のつなぎ言葉がある。

☆7「わたつみ」と「海」

「わたつみ」→「海。大海」の意。

☆8「白玉（しらたま）」と「露」

「玉」→（涙や露など）丸い形のものをたとえていう語。

〈例〉白玉かなにぞと人の問ひしとき露と答へて消（け）なましものを

〈新古今・哀傷・八五一・在原業平、伊勢・六〉

〈歌意〉いとしい人が、あれは白玉ですか、なんですかと尋ねたとき、あれがはかない露さと答えて、露が消えるように、私も消えてしまえばよかったのに（そうすれば、こんな悲しみもなかったろうに）。

☆9「本（ほん）」と「まこと」

「本」→「まこと。ほんと。」の意。

ところで、実は、「藤川百首」は、百首ではなく、百二首あった。「春」二十首・「夏」十首・「秋」二十首・「冬」十首・「恋」二十首・「雑」二十首とあるが、実際に数えると、「雑」が二十二首あった。「恋」「雑」を四季に割り入れて、縦・横10首かける10首に並べる際、全体から二首を筆者の独断と偏見で省いた。次の歌である。

行春のながれてはやきみなの川かすみの淵に曇る月影　（「春」）

祈より神もさこそはねがふらめ君あきらかに民やすくとは　（「雑」）

しかし、これら二首は省いたが、結果的に「藤川百首」は、百二首になった。それは、「百首」の中に次の二首が入っていると思われたからだ。前者は「新古今和歌集」中の歌である。

思ひ出づる折り焚く柴の夕煙（けぶり）むせぶもうれし忘れ形（がた）見に　後鳥羽院

たくは、春廿首の九番目に出て来る「にほひくる枕にさむき梅が香にくらき雨夜の星やいづらん」の題「梅薫夜風」の中の「薫（たく）（火を燃やす・香をくゆらすという意）」から採った。

道のべの野原の柳したもえぬあはれ嘆きのけぶりくらべに　藤原定家

承久二年（一二二〇）二月、内裏歌会で、この歌を詠んだため、定家は勅勘を被ったとされる。

2　かさね色目

「百人一首」には、同じような言い回しの歌が目立ち、「遠島百首」には季節を表す語が多く用いられている。「藤川百首」には、色を表す語が沢山あった。

それは、「かさね色目」を連想させた。

「かさね」とは、衣服の表地と裏地の色の組み合わせを言う場合と、衣服を重ねて着たときの袖口・襟・褄（つま）に見える色の取り合わせを言う場合とがある。「かさね」には、植物の名を主とした、季節感に富んだ優美な名前がつけられ、平安貴族の洗練された美的感覚を表すものだとされている（『図説国語』東京書籍）。

つまり、一語に二つ以上の色が示される。貴族の着物の生地は、昨今流行の洗濯機で気軽に洗えるポリエステルなどの化学繊維ではなく、ほとんどが絹であった。

当時の絹地は非常に繊細で薄く透明感があったと言う。裏の色が表に透いて見え、立体的な色彩が光や人の動きでさらに微妙な変化を見せる。それは、想像するだけでも、神秘的で幻視的で美しい。

王朝社会では、着物の色を、季節や官位や年齢等に合わせることが重んじられた。

ちなみに、文治二年（一一八六）四月八日、義経の妾静御前が、鶴岡八幡宮で鎌倉方に無理やり舞曲を演じさせられた。その時の褒美として与えられたものは卯花重（うのはながさね）の御衣であった（『吾妻鏡』）。

卯花重（「重」は「襲」とも書く）とは、表は白、裏は青の重ね装束で、四、五月頃に着用するものらしい。

時は四月、現代の暦では五月半ば、まさに季節の色にピッタリであった。

昨今、巷で人気の気軽な重ね着スタイルは、やはり、日本人の持てるＤＮＡからきているのだろうか。平安貴族のレベルには程遠いが、配色の妙にこだわる点は同じである。

ところで、電波塔では高さ世界一と言われる東京スカイツリー。今の所、筆者はテレビや雑誌で、その姿を垣間見るのみである。

雅(みやび)をあらわす色として、「紫」色。粋(いき)をあらわす「青」色。夜になって、それらの色でライトアップされたツリーを見る時、重ね色目の配色、日本人好みの色の取り合わせが思い出される。

便利な生活を送る現代人は、季節感にとらわれない生活を送る。真冬でも、テレビの画面に出ている女性はノースリーブ姿で笑み、家族は、暖房のきいた部屋でアイスクリームを食べる。

そして、周囲には、多くの「物」が異様にあふれている。

筆者の家の中には、そのままにしていたら一生そのままと思われるものが、大きな顔をして居座っている。考えてみれば、日常生活に必要な物はほんのわずかで事足りる。捨てられない多くの不要品が、狭い部屋にひしめき、それらの持つゴテゴテと不調和な色彩に囲まれて人が暮らしている。

八百年前、人々の生活は不便・不衛生ではあったが、シンプルであった。そういう生活の中で、王朝人（特に貴族達）は着物や調度品などを季節に合わせるなど趣向を凝らした。

それは、教養であり、美意識であり、文化であった。

西洋にもこういうものはあったのかもしれない。しかし、季節の風物と結びついて生まれた美意識があるだろうか。

貴族の住居は寝殿造り。簀子（縁側）は、庭に面して吹きさらしに作られていた。つまり、家の内と外（自然）の境が曖昧であった。自然と共存した家づくりをしていたのである。

日本の国土は概ね、海も、川も、山も人里に近い。だから、食事も、新鮮素材の持ち味を生かしての料理法が進んだ。衣・食・住を振り返る時、我々の祖先が、四季の移り変わりのある、この自然豊かな美しい国土で、いかに自然を生かしてきたかがわかる。

「藤川百首」の歌の中から「かさね色目」（衣の表裏の配色）を拾ってみると、筆者が気づいただけでも三十三個入っている。

重ね着した時の配色である「匂い」（同色・同系色の濃淡の配列）等を入れたら、さらに多くの「かさね色目」が出て来るだろう。

★「藤川百首」中の「かさね色目」（衣の表裏の配色）

※題中は省く。「色目」については諸説ある。

「梅」→（表）濃い紅（裏）紅梅　または（表）白（裏）蘇芳
「香」→（表）濃い香（裏）紅　または表裏ともに香
「樗」→（表）薄紫（裏）青　または（表）紫（裏）薄紫
「櫻」→（表）白（裏）濃い紫、二藍、赤花
「みる（海松）」→（表）萌黄（裏）青または（表）濃萌黄（裏）縹
「柳」→（表）青（裏）白　または表裏とも薄青

「藤」↓（表）薄紫（裏）青　または（表）薄色（裏）萌黄
「款冬（くちなし）」↓（表）黄（裏）黄
「氷」↓（表）つやのある白（裏）白無地
「松」「まつ」↓（表）萌黄（裏）紫　または（表）青（裏）紫
「卯（う）の花」↓（表）白（裏）青
「花たちばな」↓（表）朽ち葉（裏）青
「忍（しのぶ）」↓（表）薄萌黄（裏）青
「撫子（なでしこ）」↓（表）紅梅（裏）青か赤または（表）薄紫（裏）青か紅梅
「あおい（あふひ）」↓（表）薄青（裏）薄紫
「あやめ」↓（表）青（裏）紅梅
「白菊」↓（表）白（裏）青または蘇芳
「蓬（よもぎ）」↓（表）薄萌黄（裏）濃萌黄または（表）白（裏）青
「白（しら（しろ））」↓表裏ともに白
「槿（あさがお）」↓表裏ともに縹（はなだ）
「萩」↓（表）蘇芳（裏）青
「紅葉」↓（表）紅（裏）青　または（表）赤（裏）濃赤
「初雪」↓（表）白（裏）白または（表）白（裏）紅梅
「朽葉（くちば）」↓（表）赤茶を帯びた黄（裏）黄

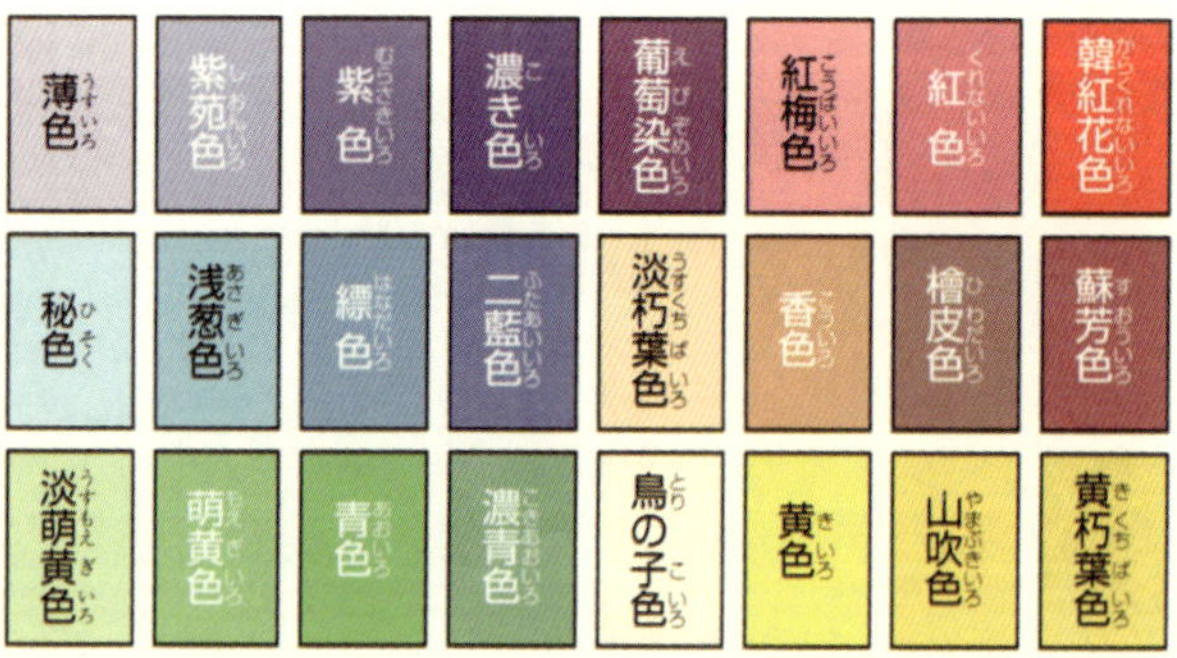

「古代の色」（『クリアカラー国語便覧』数研出版より）

また、二、三文字抜き出して組み合わせても色目が出て来る。

※「月草」→（表）縹（裏）縹または薄縹
※「雪の下」→（表）白（裏）紅
※「若色」→（表）香（裏）二藍
※「松の雪」→（表）白（裏）青
※「白藤」→（表）薄紫（裏）濃紫
※「夏蟲色」→（表）檜皮（裏）青
※「篠青」→（表）白（裏）青
※「青紅葉」→（表）青（裏）朽葉
※「青朽葉」→（表）青（裏）黄または朽葉

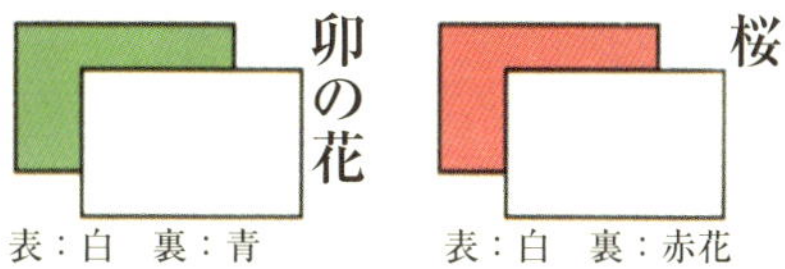

「かさね色目」

★「藤川百首」中の「年中行事」を連想させる語

「四方」→四方拝（一月一日）
天皇が清涼殿東庭で四方の神霊を拝し、国家の平安、国民の幸福を祈る。

「若菜」→子日の小松　人日の節句（一月七日）
春、野原などに生え出して、食用となる草を、特に、子の日や人日（一月七日）に食することで、その生命力が得られるとする。宮中では、正月初子の日、のちは一月七日に、その年の新菜の羹（水煮）が内蔵寮、内膳司から天皇に供じられた。

「あやめ」→端午（たんご）の節句（五月五日）天皇が左右の近衛府の騎射を見物した後、射場殿で群臣に宴を賜った行事。このとき、参列者はみな菖蒲蔓（あやめのかずら）を冠につけた。

「天河（あまのがわ）」→七夕（たなばた）（七月七日）牽牛、織女星（けんぎゅうしょくじょ）を祭る行事。宮中では供え物をし、一晩中、香をたいた。詩歌管絃の遊びが行われる。

「菊」→重陽（ちょうよう）の節句（九月九日）菊の節句ともいう。宮中では詩歌を作り、宴を開いて菊の花を浮かべた酒を飲む。

「御祓（みそぎ）」→大祓（おおはらえ）（大晦日）群臣が朱雀門に集まり、中臣氏の祝詞によって全国民の罪やけがれを祓う神事。六月にも。

ところで、「遠島百首」には季節の風物を詠んだ歌が多かった。「かさね色目」は、四季折々の色を応用しているという。

そこで、もう一度「遠島百首」を見ると、やはりというか、筆者が気づかなかっただけで、沢山の「かさね色目」が出てきた。また、年中行事も。「藤川百首」と比較すると、そこまではないが。

「かさね」は、季節感に富んだ名がつけられた。だから、季節の風物が詠みこまれる和歌の中に「かさね色目」が連想されるのは当然と言えば、当然であるのだが。

★「遠島百首」中の「かさね色目」

「こおり」「さくら」「もみじ」

「やまぶき」→（表）薄朽葉（裏）黄または（表）黄（裏）紅または（表）黄（裏）青
「なでしこ」「あやめ」「しのぶ」「たちばな」「しら」「よもぎ」「はぎ」「きく」
「すすき」・「おばな」→（表）白（裏）薄縹
「まつ」「くちば」
※「うすいろ」→（表）赤みを帯びた縹（裏）薄紫、または白
※「ゆきのした」　※「わかいろ」　※「つきくさ」
※「うらやまぶき」→（表）黄（裏）萌黄
※「はなやまぶき」→（表）淡朽葉（裏）黄
※「あかいろ」　※「はつゆき」　※「しらぎく」　※「なつむしいろ」　※「まつのゆき」
※「あおもみじ」　※「ささあお」
※「みる（海松）」　※「あおくちば」

★「遠島百首」中の年中行事

「わかなつむ」→人日の節句
「かへつ」「なつころも」→更衣（四月一日）装束や調度を冬物から夏物に改める。
十月一日にも更衣があるが、この時は夏物から冬物に改める。
「あやめふく」→端午の節句

「藤川百首」着物に関連する語（[かさね色目]・色名など）

	[月]	[松] [青] かさなる	[月]	[月]	[櫻] 空	重 [樗]	霞		にほひ [梅] [香]
[海] [月] 千鳥		[松] [雪]		[しのぶ]	[色] [櫻] 袂	紫 [色] こき [草]		[色] [香] [梅] にほふ	おのがきぬぎぬ 苔 みどり
[下] [月]	[色] [青]	[紅葉] [下] 苔	[雪]	布さらす [初雪]	[雪] 袖	春の[色]	[月] [柳] 水	かすむ	[みる] 重 霞
[草]		[朽葉]	[下] 帯 むすぶ [草] 露	[白]	[氷] みどり [色] [若菜]	[色] 匂ふ [款冬]	[梅] 匂ひ	[藤] 霞 [下]	
[草] 袖			[氷] [下]	[白] 苔 みどり [色]	[色] [櫻]	[櫻]	うぐいす	かり衣 うぐいす	[松] [藤]
	袖 [色] [松] 縁 [月]	空 [月]	淡 [月]	[色] [白菊]	袖 [香] [花たちばな]	[卯の花] 露	[松]		[松]
露 衣手	[下] 露 ほす	露	[月]	水	なる [夏] [撫子]	[色]	[忍ぶ]	霞	袖 かり衣
[萩] 露	[白] [草] [月] 露	[白] 露 [槿]	[蓬]	[草] なる	[あやめ] 水 [月] なる	[あふひ] [草]	[草]		そめ
[月] かさなる 雲の衣	露 衣擣	[蟲]	[草]	[月]	ほす [月] 衣手	露 [篠] 袖 ほす			[下] そめ
[紅葉]	[紅葉] 水 [色]	[萩] 露 [松] [下] [色] [蟲]	霞 [松] [蟲] [まつ]		緒 しむ	旅衣 緒 袖 むすぶ			[下] 露

※にほひ（匂ひ）→①赤みを帯びた美しい色合い。②かさねの色目。
※にほふ→衣服などが美しい色に染まる。
※かすみのころも（霞の衣）→①霞がかかるさまを衣服に見たてた語。②墨染めの衣。喪服。
※おのがきぬぎぬ（己が衣衣）→互いの着物を重ねて共寝した男女が、翌朝自分の着物を着て別れること。
※かり（狩）衣→平安時代には、貴族が平服や外出着として用い、のち武士も着用し、礼服とした。
※露（つゆ）→狩衣や水干などの袖くくりの紐が垂れさがった部分。
※なる（萎る）→（衣服が）よれよれになる。
※衣擣（ころもうつ）→（光沢を出したり、柔らかくするために）衣を槌（つち）でたたく。
※雲の衣→天女の衣。
※布さらす→布を白くするために、灰汁（あく）で煮たり、水洗いしたりして日光に当てる。

「遠島百首」着物に関連する語（かさね色目・色名など）

		しら	つき	ちどり まつ（松）	ちどり そら		ゆき わかな	みづ うす こほり	すみぞめの そで こほり
うみ（海）		ゆき	はな ゆき	をばな	すそ ゆき わかな	かすむ	ゆき	はな さくら	すみぞめの そで あや にほふ はな
たもと		しら ゆき	ゆき	そめ	うら	もみぢ みづ くれなゐ		さくら いろ	はな そで さくら した
	はな しら ゆき	しら ゆき	にしき もみぢ	よもぎ くちば つき	つき		かりごろも はな した	つき やまぶき	くさ こけ そで
			もみぢ	つき ほす	つき そら	つき つき	つき	かすみ はるのいろ	そで ほす
こけのころも うす そで		つき	そむ いろ つゆ	はつ	あか つき そら	つき	しら		たく
ほす きく こけのたもと かはく		つき	まつ		そで	つき		そら つゆ ささ	
	あを		あか つき まつ					した	
うす もみぢ	すすき むし	しら つゆ	つゆ	くさ つゆ				こけ	しのぶ こけの たもと にほふ たちばな
	よもぎ	いろ はぎ	した はぎ つゆ	そで つゆ	かふ なつごろも	なつごろも なでしこ	そで		あやめ つゆ

※すみぞめのそで（墨染めの袖）→僧衣。または喪服の袖。
※千鳥→『千鳥掛け』の略。糸やひもを斜めに交差させながら縫いつけること。
※あや→さまざまな模様を織り出した高級な絹織物。
※たく（焚く・薫く）→香（こう）をくゆらす。⇒王朝人は、香を衣服にたきしめたりした。
※かふ（替ふ・更ふ）→衣替（更）え→季節に応じて衣服を替（更）えること。更衣とも。
※こけのそで（苔の袖）・こけのたもと（苔の袂）・こけのころも（苔の衣）→僧や世捨て人などの衣服。
※なつごろも（夏衣）→夏に着る薄い衣類。

「遠島百首」には、次のような歌が詠まれていた。

すみぞめのそでのこほりに春たちてありしにもあらぬながめをぞする

〈歌意〉墨染の袖は流す涙に濡れて、冬中氷っていたが、その氷も春が立って解け初めて来て、思えば今まで経験もしなかった愁の目で春を見ることになった。（注・「墨染の袖」→黒い僧衣の袖）

けふとてやおほみや人のかへつらむむかしがたりのなつごろもかな

〈歌意〉今日は四月一日とて大宮人たちは衣更えをしたことであろうか。我が身も夏衣に替えはしたけれど、衣更えの行事など昔語りになってしまったことだ。

かぞふればとしのくるゝはしらるれど雪かくほどのいとなみはなし

〈歌意〉日数を数えてみると、年が暮れていくことは知られるけれど、この隠岐では都の朝廷にいた頃とは異なって、雪掻くほどの些細な行事もない。淋しいことだ。

定家は、多くの「かさね色目」や「年中行事」を、「藤川百首」に入れて、これらの歌に答えたのだろうか。

「遠島百首」「藤川百首」の「かさね色目」を連想させる主たる語を拾うと、前者は「月」(15)・「雪」(9)が多出し、後者は「月」(15)・「松(「まつ」)」(9)となる。

辞書の意味を一部引用すると、

「雪」→白い物のたとえ。とくに、白髪。

「松」→木の名。松は繁栄、不変の象徴であり、長寿のシンボルとして千歳(せんざい)の齢(よわい)をもつとされ、庭
　　などにはよく植えられていた。

辞書には用例も出ていた。次にいくつか紹介する。

「雪の頭(かしら)」白髪まじりの頭。老いを嘆く場合に用いられることが多い。

「雪の友」(白髪を雪にたとえて)ともに白髪である友人。

☆「松の雪」松の木に降り積もっている雪。

「松の齢(よわい)」松のように寿命が長いこと。末永く変わらずにあること。

我田引水を承知で言うなら、老い(歳月の経過)を嘆く院へ、とこしえに色の変わらない松のように元気で(迎えを)待っていてほしい。私は待っていますよと、「雪」に対して「松(「まつ」)」と定家は答えたのではないだろうか。

しかし、伝える前に院は崩御した。延応元年(一二三九)二月二十二日、六十歳であった。

二年後の仁治二年(一二四一)八月二十日、定家は院の跡を追うように没した。八十歳であった。

3　定家の思い

「藤川百首」を並べて、中央四首をよく見る。すると、「桜」「橘」「菊」「苔」が入っている（次頁参照）。「桜」「橘」は、内裏（古代における、天皇が住む御殿を中心とした区域）の正殿である紫宸殿の正面の庭に東西に植えられていた。内裏側から見て、左近の桜、右近の橘と呼ばれる。「菊」花は、天皇家の御紋章である（前述したように、後鳥羽院の代から皇室の紋章として定着するようになった）。「苔」からは、「苔の衣」（僧や隠者の粗末な衣）を連想し、隠岐の院を暗示していないだろうか。

紫宸殿の桜と橘（「クリアカラー国語便覧」より）

北西（後鳥羽院）

苔	桜
菊	橘

東南（定家）

中央４首

「百人一首」の定家の東南の位置（「みやこのたつみ」の歌）から「遠島百首」の院の北西の御座所（「あなしのかぜ」の歌）の方を見やる（二一二―二一三頁緑色部分）。すると、「藤川百首」の中央に内裏が姿を現す。そして、「遠島百首」の「あなしのかぜ」に替わって「四方（東西南北）の風」が吹いてくる。

また、冬のパートの中心には、次の歌が入ってくる（次頁青色部分）。

「藤川百首」（定家から院へ）

梅薫夜風 にほひくる枕にさむき梅が香にくらき雨夜の星やいづらん	海邊曉雲 明ぬとて泊漕出る友舟の星のまぎれに雲ぞわかるゝ	船中暮春 今日は猶霞をしのぐ友舟の春のさかひを忘れずもがな	寄木述懐 九重のとのへの榑忘るなよ六十の友は朽てやみぬと	雨中待花 今日よりや木のめも春の櫻ばなおやのいさめの春雨の空	初冬時雨 けふぞへにさこそ時雨の音信て神無月とは人にしられめ	高山待月 比叡の山峯の木がらし拂夜は心きよくも月を待哉	寒夜水鳥 おきとめず松を嵐の拂夜は鴨の羽羽の霜ぞかさなる	月蹊中友 夕月夜宿かりそめし影ながら幾有明の友となるらん	隔遠路戀 わたつみや幾浦々にみつしほの見らくすくなき中の通路
曉庭落花 あかなくにおのがきぬぎぬ吹風に苔のみどりも花ぞわかるゝ	山路梅花 色も香もしらではこえじ梅の花にほふ春べの明ぼのの山	野花留人 玉きはる浮世忘て咲花の散ずは千代も野邊の諸人	忍親昵戀 めも春にもえては見えじ紫の色こき野邊の草木なりとも	被厭賤戀 色に出ていひなしをりそ櫻戸の明ながらなる春の袂を	遂日懷舊 天の戸の明る日毎にしのぶとて知らぬ昔はたちもかへらず	海路眺望 知るらめやたゆたふ舟の波間より見ゆる小嶋の本の心を	海邊松雪 住吉の松やいづくとふる雪にながめもしらぬ遠つ嶋人	曉更寢覺 明やらぬ鳥の音ふかくおく霜に寢覺くるしき世々の古事	湖上千鳥 にほの海や月待浦のさよ千鳥何の嶋をさしてなくらん
湖上朝霞 朝ぼらけみるめなぎさの八重霞えやは吹とく志賀の浦かぜ	霞隔遠樹 三輪の山先里かすむ泊瀬川いかにあひ見ん二本の杉	水邊古柳 年月も移りにけりな柳かげ水行河のすゑの世の春	契經年戀 秋かけて降り敷木葉幾かへりむなしき春の色にもゆらん	野外殘雪 春日野は昨日の雪のきえがてにふりはへいづる袖ぞ數そふ	古寺初雪 むかしべや何山姫の布さらす跡ふりまがへ積る初雪	庭雪厭人 我門は今日こむ人に忘られね雪の心に庭をまかせて	霜埋落葉 **朝**霜の庭の紅葉は思しれおのが下なる苔の心を	雨中綠竹 色かへぬ青葉の竹のうきふしに身をしる雨の哀世中	水鄉寒蘆 蘆の葉も下をれはてて三嶋江の入江は月の影もさはらず
深夜歸雁 春の夜の八聲の鳥も鳴ぬまに田面の雁のいそぎ立らん	關路早春 たのみこし關の藤河春來ても深き霞に下むせびつゝ	四季題百首、花 やまがつのかきねにこむる梅の花としのこなたにまづ匂ひつゝ	橘邊款冬 梔色に出けることのはをいはでぞ匂ふ款冬の花	田邊若菜 小山田の氷に殘るあぜづたひみどりの若菜色ぞすくなき	山中瀧水 雲ふかきあたりの山につゝまれて音のみ落る瀧の白玉	途中契戀 道のべの井手の下帶引むすび忘れはつらん初草の露	寄草述懐 引捨るためしもかなしかきつめしおどろの道の道の朽葉は	疑眞僞戀 たがまこと世の僞のいかならんたのまれぬべき筆の跡かな	忘住所戀 いかにせむたのめしさとを住の江の岸に生てふ草にまがへて
藤花隨風 松風の聲もそなたになびくらんかゝれる藤の末もみだれず	羇中聞鶯 都出て遠山ずりのかり衣鳴音友なへ谷のうぐひす	隣家竹鶯 山がつの園生に近くふしなれて我竹がほにいこふうぐひす	古郷夕花 里はあれぬ庭の櫻もふりはててたそがれ時を問人もなし	遠望山花 色まがふ誠の雲やまじるらん比は櫻の四方の山の端	浪洗石苔 はやせ河岩打波の白妙に苔のみどりの色ぞつれなき	歳暮澗氷 今幾日打出る波のはつ花も谷の氷の下に行らん	祈不逢戀 行かへりあふ瀬もしらぬ御祓川かなしき事は數まさりつゝ	屋上聞霰 眞木の屋に霰の音もとだえつゝ風の行末になびく村雲	山家夕嵐 暮かゝる四方の草木の山かぜにおのれしをるゝ柴の袖がき
薄暮松風 樹おきし我物からの庭の松夕は風の聲ぞくるしき	山家時鳥 此里は待も待ずも時鳥山飛こゆるたよりすぐすな	初尋緣戀 思ひあまり其里人に事とはむおなじ岡邊の松は見ゆやと	卯花隱路 卯の花の枝もたわゝの露を見よとはれし道の昔がたりは	廬橘驚夢 袖の香は花たちばなに殘れどもたえて常なき夢の面影	河邊菊花 大井川ゐせきの浪の花の色をうつろひ捨る岸の白菊	海上待月 淡路嶋秋なき花をかざしもて出るもおそしいさよひの月	關路惜月 逢坂は歸りこん日をたのみても空行月の關守ぞなき	松間夜月 袖近き色や緑の松風にぬるゝがほなる月ぞすくなき	山家初雁 秋風の雲にまじれる峯越て外山のさとに雁はきにけり
行路夕立 夕立に袖もしをるゝかり衣かつうつり行遠かたの雲	初聞時鳥 昨日こそ霞たちしか時鳥又打はぶき去年のふる聲	山家人稀 古郷を忍ぶる人やわたしけんさても問れぬ谷の梯	澗底螢火 日影見ず咲てとく散る色もなし谷は螢ぞひかり成ける	四季題百首、花 大方にいとひなれたる夏の日のくるるもをしき撫子の花	河水流清 秋の水清瀧川の夕日影木葉も浮かず曇る計は	江邊曉萩 あけわたる萩の末葉のほのぼのと月の入江を出る舟人	關路行客 行人の形見もあだにおく露をはらひなはてそ關の秋風	秋風滿野 宮木野の木下露もほしはてで拂もやらぬ四方の秋風	從門歸戀 思ひやれ葎の門のさしながらきて歸るさの露の衣手
借人名戀 かりそめの誰なのりそになびくらん我身のかたはたえぬ煙を	返事増戀 打なびき煙くらべにもえまさる思ひの薪身もこがれつゝ	互恨絶戀 もしほ草海士のすさびもかきたえぬ里のしるべの心くらべに	絶不知戀 あふひ草人のかざしかとばかりも名をだにかけて問人もなし	池朝菖蒲 あくるより今日引あやめ池水におのが五月ぞなれてわかるゝ	獨惜暮秋 また人の問ぬもうれし草木だになれてはをしき秋のわかれを	初秋朝風 秋來ぬといふ計なる蓬生に朝けの風の心がはりよ	露底槿花 秋風の上葉にためぬ白露をしぼらでひたす槿の花	草露映月 武藏野につらぬきとめぬ白露の草はみながら月ぞこぼるゝ	野亭夕萩 秋萩に玉ぬく野邊の夕露をよしやみださで宿ながら見ん
野夕夏草 あだし野のをがやが下葉たがために亂そめたる暮を待らん	閑居蚊遣 こがるとて煙も見えじ時しらぬ竹のは山のおくの蚊遣火	兼厭曉戀 今夜だにくらぶの山に宿もがな曉しらぬ夢や覺ぬと	歸無書戀 朝露は篠わけし袖にほしかねて夢かうつゝかとふ人もなし	森五月雨 侘人のほさぬためしや五月雨の雫にくたす衣手の森	深山見月 花ならでいたくな侘そとばかりも太山の月を人やとはまし	鹿聲夜友 山ざとの竹より外の我友は夜鳴鹿の庭の草ふし	聞聲忍戀 秋の霜にうつろふ花の名ばかりもかけずよ蟲の鳴音ならでは	田家擣衣 露霜のおくての山田吹風のもよほすかたに衣擣也	閏月七夕 大河文月は名のみかさなれど雲の衣やよそにぬるらむ
旅宿逢戀 ※立田山木の葉の下のかり枕かはすもあだに露こぼれつゝ	遇不逢戀 よそ人は何中何中の夢ならでやみのうつゝの見えぬ面影	寄夢無常 まどろめばいやはかなる夢の中に身は幾世とて覺ぬなげきぞ	旅宿夜雨 旅衣ぬぐや玉の緒夜の雨は袖にみだれて夢もむすばず	依戀祈身 ながらへよあらばあふせと手向して年の緒いのる森のしめ繩	古渡秋霧 夕霧にことゝひ侘ぬ角田川我友舟は有やなしやと	春秋野遊 おなじ野の霞も霧もわけ侘ぬ子日の小松まつ蟲のこゑ	籬下聞蟲 みだれおつる萩のまがきの下露に涙色ある松蟲の聲	紅葉移水 山川の時雨て**晴**る紅葉ばにをられぬ水も色まさりつゝ	山中紅葉 山めぐり時雨るおくの紅葉ばのいく千しほとかこがれはつらん

※歌の中の傍線部分はP213「遠島百首」の傍線部分と呼応している。

霜埋落葉

朝霜の庭の紅葉は思しれおのが下なる苔の心を

この中の「紅葉」は、宮中のやんごとなき方々を指し（赤色は禁色の一つであり、臣下は衣服に使用することを禁じられた）、「苔」は、墨染の袖（黒い僧衣）の院を指していないか。この歌も、「役立たず」の宮中の者どもへの定家の痛烈な怒り、抗議の歌と解すことはできないだろうか。

また、冬のパートから一部の語句を、次にピックアップしてみる（題中からも取り出した）。

最上段「時雨」「けふ」「時雨」「音信」「神」「月」「人」「しら」「待」「月」「月」「待」「鳥」「おき」「松」
「羽」「月」「中」「月」「わたつみ（海神）」「す」「中」

二段目「天」「知ら」「昔」「嶋」「海邊」「松」「松」「しら」「遠つ嶋人」「鳥」「くるしき」「事」「上」「鳥」
「月」「待」「鳥」「嶋」

三段目「むかし」「人」「今日」「人」「葉」「葉」「下」「苔」「雨」「中」「葉」「雨」「哀」「中」「葉」「下」「嶋」
「月」

四段目「中」「雲」「中」「下」「す」「かなし」「葉」「いかにせむ」

五段目「苔」「苔」「下」「しら」「御」「かなしき事」「上」「雲」「袖」（※「御禊川」の「御」を「ご」と読む。）

これらの語句をランダムに選んでつなぐと、次のようになる。

「時雨」「音信」

「藤川百首」冬の部

初冬時雨
けふそへにさこそ時雨の音信て神無月とは人にしられめ

高山待月
※比叡の山峯の木がらし拂夜は心きよくも月を待哉

寒夜水鳥
おきとめず松を嵐の拂夜は鴨の青羽の霜ぞかさなる

月羇中友
※夕月夜宿かりそめし影ながら幾有明の友となるらん

隔遠路戀
※わたつみや幾浦々にみつしほの見らくすくなき中の通路

逐日懷舊
※天の戸の明る日毎にしのぶとて知らぬ昔はたちもかへらず

海路眺望
※知るらめやたゆたふ舟の波間より見ゆる小嶋の本の心を

海邊松雪
住吉の松やいづくとふる雪にながめもしらぬ遠つ嶋人

曉更寢覺
※明やらぬ鳥の音ふかくおく霜に寢覺くるしき世々の古事

湖上千鳥
にほの海や月待浦のさよ千鳥何の嶋をさしてなくらん

古寺初雪
むかしべや何山姫の布さらす跡ふりまがへ積る初雪

庭雪厭人
我門は今日こむ人に忘られね雪の心に庭をまかせて

霜埋落葉
朝霜の庭の紅葉は思しれおのが下なる苔の心を

雨中綠竹
※色かへぬ青葉の竹のうきふしに身をしる雨の哀世中

水鄕寒蘆
蘆の葉も下をれはてて三嶋江の入江は月の影もさはらず

山中瀧水
※雲ふかきあたりの山につゝまれて音のみ落る瀧の白玉

途中契戀
※道のべの井出の下帯引むすび忘れはつらん初草の露

寄草述懷
※引捨るためしもかなしかきつめしおどろの道の本の朽葉は

疑眞僞戀
※たがまこと世の僞のいかならんたのまれぬべき筆の跡かな

忘住所戀
※いかにせむたのめしさとを住の江の岸に生てふ草にまがへて

浪洗石苔
※はやせ河岩打波の白妙に苔のみどりの色ぞつれなき

歳暮澗氷
今幾日打出る波のはつ花も谷の氷の下に行らん

祈不逢戀
※行かへりあふ瀬もしらぬ御祓川かなしき事は數まさりつゝ

屋上聞霰
眞木の屋に霰の音もとだえつゝ風の行末になびく村雲

山家夕嵐
※暮かゝる四方の草木の山かぜにおのれしをるゝ柴の袖がき

「昔」「雲」の「上」①「天（あめ）」の「下」「しら」「す」②
「ご」「鳥」「羽」「神」の
「今日」「おき」の「嶋（しま）」の「中（なか）」③「海邊（うみべ）」に「待（まつ）」
「苔（こけ）」の「袖」の「遠（とほ）つ嶋（しま）人」「天（あめ）」「しら」「す」④
「哀（あはれ）」「くるしき」「事」「かなしき事」「いかにせむ」

〈注〉① 「雲の上」→宮中。朝廷。内裏。
② 「天の下しらす」→天下を統治なさる。
③ 「嶋の中」→「このおはします所は、人離れ里遠き島の中なり。海づらよりは少しひき入て、山かげにかたそへて、大きやかなる巌のそばだてるをたよりにて、松の柱に葦ふける廊など、気色ばかり事そぎたり。」（「増鏡」）
④ 「天しらす」→昇天なさる。崩御なさる。

「時雨音信」

〈通釈〉昔は、宮中で天下を統治なさった「後鳥羽神」で、今日は、隠岐の島の中、海辺で（迎えを）待つ出家姿の「遠つ嶋人」が昇天なさる。ああ、何とおいたわしい、つらく、苦しく悲しいことだ。これをどうしようか、どうすることもできない。

「月」は、冬の部に七回出てきた（全体で「月」は二十四回出て来る）。が、右の文章中に入らなかった。

「月」は、何を意味しているのだろうか。月の都の宮殿だろうか。

天皇の京都御所の後方にあった後宮（皇后・中宮などが住み、女官が仕える奥御殿）は、七殿五舎であったと言う。春・秋・冬の部に「舟」が五回出て来る。

あるいは、「月」は、昇天なさる院が召す天界の舟、それを護衛する舟を意味するのだろうか。大空を海に見立て、そこを渡って行く月を舟に喩えたということが古典の世界ではあったようだ。

また、皇室では、一般で言うところの「納棺」を「御舟入り」と称する。「舟」には、「棺」の意味もあるようだ。

やはり、「藤川百首」は、定家の捧げる院への挽歌ではなかったか。それには、深い絶望、悲しみが込められていた。「かさね色目」を散りばめて、年中行事を入れて、優雅な王朝生活を彷彿とさせ、定家は院を葬送するにふさわしい演出をしたのか。

ところで、「遠島百首」では、百首全体の左上隅に、特に強く院の思いが述べられた二首が入っていた（二一三頁参照）。それに対する定家の答えが、「藤川百首」全体で見た時の左下隅にくる二首ではないのか（二五七頁参照）。

紅葉移水

山川の時雨て晴る紅葉ばにをられぬ水も色まさりつゝ

〈歌意〉時雨が訪れては晴れてゆく。それにつれて山川に映った紅葉は折られないが、色はまさってゆく。

山中紅葉

山めぐり時雨るおくの紅葉ばのいく千しほとかこがれはつらん

〈歌意〉山から山へめぐって降る時雨の奥にあるもみじ葉は、いったい幾千回染めて濃く染め出されるだろう。

「百人一首」で、定家は院に次のように呼びかけた（二一二頁参照）。

このたびは幣もとりあへず手向山もみぢの錦神のまにまに　　菅家

〈歌意〉このたびの旅は、（にわかな行幸のお供で）とても幣など用意する間もなくやって来た。この手向山に（幣の代わりに）散り乱れる紅葉を神よ、み心のままに（受け取られよ）。

小倉山峰のもみぢば心あらばいまひとたびのみゆき待たなむ　　貞信公

〈歌意〉小倉山の峰のもみじ葉よ。（もしおまえに物を感じる）心があるなら、もう一度天皇の（お出かけがあるはずだから）（その時まで散らないで）おいでを待っていてほしい。

「藤川百首」左下隅の二首は、この二首を踏まえ、「遠島百首」の左上隅の二首、「鏡に映る人の心」を受けて、院の還幸を永遠に待つ気持ちを「山川（鏡）に映る時雨（しぐる）る紅葉ば」に喩えて詠んだ定家の絶唱ではなかったか。

第十章　後鳥羽院と定家

1　受け継がれる思い

院と定家は、「百人一首」「遠島百首」「藤川百首」の真の創作目的が第三者に知られることを、どう考えていただろうか。

両人とも、知られても良しとしていたのではないか。

なぜなら、彼等は、それらの歌を死後も残していたからである。

「百人一首」については、「百人秀歌」として百首のほとんどを公表していて、一部、門外秘にしておき、時期が来たら……と考えて、家人にも言い残していたのかもしれない。

織田正吉氏も、「百人一首」は定家の息子為家には、ひそかに伝えられていたと言う。その根拠は、為家が次の歌を詠んでいるからとする。

秋の田のかり庵の露はおきながら月にぞしぼる夜半の衣手

定家没後十年目の一二五一年の作である。

「百人一首」巻頭の天智天皇の歌「秋の田のかりほの庵の苫をあらみ」と「露はおきながら」の「隠岐」、つまり後鳥羽院の関係を知っていたからだとする。

また、為家が続勅撰集（為家が選者・一二五一年成立）の中に後鳥羽院と順徳院の歌として「百人一首」に出ている歌を取り上げていることからも、為家は知っていたのだと織田氏は言う。

ところで、「百人一首」には、親・祖父・曾祖父・大伯（叔）父・（異母）兄弟・甥・従兄弟などと血脈の関係で結ばれる歌が筆者にわかっただけで半数程あった。

定家がこれらの関係を踏まえて歌を選んだとする。そこに、歌道宗家の家系を守るようにというメッセージを子孫に残したと解釈するのは無理があるだろうか。

院も定家も、いつか、自分達のやり取りが天下に公になる日が来ると思っていただろう。

生きている間に、そういう日が来るだろうと当初は考えていたし、信じていたに違いない。

俊成から定家、為家と受け継がれた御子左家の歌の伝統は、四代目で分裂した。為家の子為氏と為教の兄弟が不仲で、二条家・京極家を名乗って対立した。

また、為家の側室の阿仏尼は、吾が子為相のために嫡男の為氏と遺産相続争いをし、鎌倉幕府に直訴を決行している。その折の紀行文が、有名な「十六夜日記」である。後に、為相は冷泉家を称するようになった。

この阿仏尼は、歌人でもあった。定家が書いた和歌口伝を入れた箱を彼女が持ち去ったという意味のことが、北畠親房の「古今集序註」に書かれているそうだ（石田吉貞氏「日本古典文学大系 月報」）。

この箱の中には、他に、書きつけのようなものも入っていたかもしれない。

残念ながら、定家の子孫は、嫡男為家の次の代から、嫡子、庶子、兄弟同士が争った。そして、定家の嫡孫の血脈は数代で途絶えてしまい、分家の冷泉家が現代に続いている。その間、定家が残したものも、かなり行方不明になったのではないか。

一方、今上天皇は後鳥羽院の嫡孫になるので、後鳥羽院の血筋は皇孫の中に連綿と現在も続いていることになる。

ところで、定家が「百人一首」の冒頭に天智天皇を持ってきたのはなぜか。これについても、いろいろな説があるようだ。

次に、筆者の推測に過ぎない論を展開してみたい。

天智天皇（第三八代）は、律令国家体制の基礎を築いた。平安時代の人々は、天智天皇を天皇の祖先として尊敬していたという。

持統天皇（第四一代）は、天智天皇の娘にあたり、女性天皇である。

他に、「百人一首」には、後鳥羽院（第八二代）、順徳院（第八四代）以外に名前が出て来る天皇が四名いる。年代順に見るなら、先ず、陽成院（第五七代）。奇行が多かったと言われる陽成院を退位させ、聡明で、器が大きかったと言われる光孝天皇（第五八代）を即位させたのは、摂政藤原基経である。基経は、定家の先祖にあたり、後の藤原氏全盛時代の基礎を固めた人。

また、三条院（第六七代）は、藤原道長全盛の頃の天皇である。道長からの圧力によって、六年で譲位を余儀なくされた。

最後の一人は、崇徳院（第七五代）である。保元の乱に敗れ、讃岐に流され、かの地で崩御した。他に、表面に出てこないが、安徳天皇（第八一代）を入れたい。八歳の時、平家とともに壇ノ浦で入水したと言われている。

ここに、今まで登場した天皇の代を若い順に並べてみる。

第三八代・第四一代・第五七代・第五八代・第六七代・第七五代・（第八一代）・第八二代・第八四代と並べられ、天皇家の歴史の流れが感じられる。

定家は、「百人一首」の中に様々なドラマがあった天皇を九名登場させた。そして、それでも正統な皇統は脈々と続いてきたということを示したかったのではないか。

武家が台頭し、大きな力を発揮する時代にあって、正統な皇統の断絶の危惧を定家は抱いていなかっただろうか。それは自分達の公家社会、公家文化（和歌）の崩壊も意味したのである。

定家が没した年（一二四一年）の翌年、四条天皇（第八七代）は十二歳で事故により崩御した。兄弟も跡継ぎもいなかったため、皇位継承をめぐっての紛議がおきたという。

そして、次の皇位は、後鳥羽院の孫（順徳院の兄の子）に引き継がれた。

「藤川百首」の中に次のような歌がある。前者は、筆者の独断と偏見で「藤川百首」（百二首あった）から除いた二首中の一首である。

社頭祝言

祈（いのる）より神もさこそはねがふらめ君あきらかに民やすくとは

〈訳〉私達はわが君の御治世が理非明らかであり、民は安らかに生活できるようにと神々に祈るが、きっと神々もそのようであることを希っていらっしゃるであろう。

藤花隨風
松風の聲もそなたになびくらんかゝれる藤の末もみだれず
〈訳〉松風の音もその方向に靡くらしい。松に懸っている藤波の末も乱れはしない。

二百年ほどの間、皇室の外戚として、天皇家と密接な関係を保ってきた藤原一門の子孫としての強い自負心も、定家にはあったのではないか。

前述したが、彼は藤原道長の末子長家を祖とする長家流で、中世には、御子左流と呼ばれる名門の家系出身であった。が、彼が生まれた頃は落ちぶれていた。父である俊成は、「歌」の方面には優れていたが、中流貴族にすぎなかった。定家は父からも言われていただろうし、一門繁栄の責任を感じていただろう。

定家の死後も歳月は流れた。武家政権は何百年も続いた。が、それもいつか消滅した。大政奉還により、幕府に代わって明治政府が生まれた。そして、先の大戦があった。戦後、天皇を象徴とした新しい民主主義国家が生まれた。

「百人一首」や「遠島百首」「藤川百首」関連の資料が存在していたとしても、そのうち雲散したのだろう。時の権力者が故意に握りつぶしたのかもしれない。没収されたり、書き換えられたりがあったやもしれぬ。

しかし、広く巷間に受け継がれた作品は失われなかった。

今や、定家の「小倉百人一首」は、カルタとなって、人口に膾炙している。

また、後鳥羽院の「遠島百首」も島根県隠岐郡の海士町観光協会がカルタ化して販売している。

「百人一首」と「遠島百首」は、作者の深い思いを、人々が知ってか知らずか、奇しくもその形をカルタに変貌させながらも、現代に力強く大切に残されている。

政治体制や社会機構は変化しても、先人の文化、精神は、時代を越えて日本人に引き継がれているのだ。

そのことに感銘を覚えずにはいられない。

言葉の力、素晴らしさというものを改めて認識させられる。まさに、「はじめにことばありき」である。

日本に帰化した日本文学（文化）研究者のドナルド・キーン氏が以前、テレビで、

「日本語がアルファベットだったら魅力を感じなかった。日本語の力、言葉の力。言葉が一番強い。」

という意味のことを語っていた。

同氏の言う「日本語（言葉）の力」「魅力」とは、つまりは、こういうことなのだろうか。

また、ピラミッド研究の大御所である吉村作治氏。クフ王のピラミッド横の地中から発見された第二の太陽の船。それを覆っていた石板に書かれていた古代文字や絵が、ピラミッドが創られた謎を解いてくれると、これまた、テレビの中で熱く語っていた。

吉村作治氏の言う「言葉の力」も、つまりは、こういうことなのだろうか。「言葉」や「絵画」は、時空を超えて人々の心をうち、人々の心の中に入ってくるのだ。まさに大きな力を持っている。

但し、言葉は人を生かしもするが、殺しもする。そういう意味では言葉は強力な武器、凶器ともなり、使う側の力量が試されるとも言える。

黄泉の国で、後鳥羽院と定家は出会い、自分達の歌（手紙）が今やカルタとなって、人々に親しまれていることを話題にして、仲良く苦笑しているだろうか。そのことを喜んでいるだろうか。

喜んでいると筆者は信じたい。歌による両人の心の交流は、これからも、いつまでも生き続けるだろう。

それは、私達に日本人であることの誇りや自信をとりもどさせてくれる。

自然の中で育まれた日本人のすぐれた感性や美意識、言語意識を思いおこさせてくれる。

日々の営みの中で、季節の移ろいを感じながら、そこから生まれた言葉を大切にして生きた。そうすることに、心の支えを求め、癒やされていた人達がいた。

彼等の思いを受け継いで、この豊かな風土の中に私達も生かされていることに気づかされるのである。

《歴史年表》（主に本文に関連する分）

一一五六年　保元の乱。崇徳院、讃岐に配流される。
一一五八年　後白河上皇（①じょうこう）、院政（②いんせい）を始める。
一一五九年　平治の乱。平清盛、対立していた源氏を討つ。
一一六〇年　源頼朝、伊豆に配流される。
一一六二年　藤原定家、生まれる（父は藤原俊成）。
一一七五年　源頼朝、初めての子を伊東祐親（平家の家人）に殺される。
一一七六年　河津三郎（伊東祐親の嫡男）、工藤祐経の家人に殺される。
一一八〇年　清盛の娘徳子（高倉天皇皇后・建礼門院）が産んだ安徳天皇が三歳で即位する。
　後鳥羽院（高倉（たかくら）上皇第四皇子）生まれる。平家、南都（奈良）焼き討ち（総大将は平重衡）。
一一八一年　高倉上皇崩御二十一歳。　清盛没六十四歳。
一一八三年　木曾（源）義仲が平家打倒のため入京。平家、安徳天皇を擁して西国へ都落ち。
　後鳥羽天皇、四歳で即位。以後、一一八五年まで、都の後鳥羽天皇と平家方の安徳天皇と両朝が東西に並立することとなる。
一一八四年　一の谷の合戦で源範頼・義経が平家を敗走させる。頼朝、生け捕りの平重衡と面会。
一一八五年　屋島の戦い。義経、命がけで海を渡る。平家西走。（二月）
　壇ノ浦で平家滅亡。安徳天皇入水。三種の神器の一つ「草薙剣（くさなぎのつるぎ）」紛失。（三月）
　頼朝、鎌倉に入れず待たせていた義経を宗盛親子と一緒に帰洛させる。平重衡を南都へ送る。
　義経の領地を全て没収。（六月）
　頼朝、義経に刺客をさしむける。（十月）
　義経、都を逃れ、多武峰に向かう。諸国に守護・地頭が設置されることになる。（十一月）
一一八六年　後白河（ごしらかわ）法皇（③ほうおう）（安徳天皇の祖父）、建礼門院を寂光院に訪ねる。（四月）
一一八九年　義経、衣川の戦いで自刃三十一歳。（四月）
　頼朝、奥州征伐。（七月）　奥州藤原氏滅亡。

一一九〇年　西行没七十三歳。（二月十六日）
一一九二年　後白河法皇崩御六十六歳。（三月）
　　　　　　頼朝、征夷大将軍となる。鎌倉幕府成立。（七月）
一一九三年　曽我兄弟（河津三郎の子）仇討ち事件。
一一九八年　後鳥羽天皇、上皇となる。院政を開始。
一一九九年　頼朝没五十三歳。
一二〇〇年　定家、後鳥羽院に内昇殿を許される。以後、宮廷歌壇の中心人物として大活躍する。
一二〇四年　源頼家（鎌倉幕府第二代将軍・頼朝の嫡男）外戚の北条氏に殺害される。
一二〇五年　「新古今和歌集」成立。その後も改訂が続いた。
一二〇六年　ジンギスカン（チンギス・ハーン）、大陸で即位。国号を大モンゴル国とする。
一二一九年　源実朝（鎌倉幕府第三代将軍・頼朝の二男）甥の公暁に鎌倉の鶴岡八幡宮で暗殺される。
　　　　　　直後、公暁も殺され、源氏の正統断絶。
一二二〇年　定家「道のべの野原の柳したもえぬあはれ嘆きのけぶりくらべに」の歌で勅勘を被る。
一二二一年　承久の乱（変）。後鳥羽院が北条義時追討の兵を挙げたが敗れ、隠岐島に配流される。
一二三三年　定家出家。
一二三五年　宇都宮蓮生、別荘の飾りにする色紙歌を定家に依頼する。
一二三九年　後鳥羽院、隠岐島で崩御六十歳。
一二四一年　定家没八十歳。

〈注〉①上皇→位をゆずった後の天皇の尊称
　　　②院政→上皇または法皇が御所で行った政治
　　　③法皇→仏門に入った上皇

【主な参考文献（引用文献）など】 順不同・敬称略

『源義経――後代の佳名を貽す者か――』近藤好和
『源義経』渡辺保
『源義経大いなる謎』川口素生
『義経の謎――「薄墨の笛」が語る源平秘史』邦光史郎
『源義経』元木泰雄
『奈良の旅』松本清張・樋口清之
『戦乱の日本史107の謎』佐治芳彦
『大逆転の日本史』会田雄次 概説
『曽我物語の史実と虚構』坂井孝一
『つわものの賦』永井路子
『北条政子』関幸彦
『鎌倉北条氏の興亡』奥富敬之
『成吉思汗の秘密』高木彬光
『後白河上皇』安田元久
『後白河上皇 中世を招いた奇妙な「暗主」』遠藤基郎
『建礼門院という悲劇』佐伯真一
『奥州藤原氏の興亡』風巻絃一
『平泉と奥州藤原四代のひみつ』歴史読本編集部 編
『鎌倉時代 その光と影』上横手雅敬
『平家物語を読む』川合康 編
『式子内親王』平井啓子
『史伝 後鳥羽院』目崎徳衛
『後鳥羽院 第二版』丸谷才一
『隠岐の後鳥羽院』田邑二枝
『隠岐の後鳥羽院抄』田邑二枝
『後鳥羽院のすべて』鈴木彰・樋口州男 編
『後鳥羽上皇 新古今集はなにを語るか』五味文彦
『天皇と中世の武家』河内祥輔 新田一郎
『慈円』多賀宗隼
『藤原定家』久保田淳
『西行と定家 日本的抒情詩の源流』安田章生
『西行』橋本美香
『国文学 解釈と鑑賞』乱世の歌人西行と定家 至文堂
『百人一首の世界』久保田正文
『絢爛たる暗号 百人一首の謎をとく』織田正吉
『謎の歌集／百人一首 その構造と成立』織田正吉
『百人一首の秘密 驚異の歌織物』林直道
『百人一首の世界』林直道
『小倉山荘色紙和歌 百人一首の謎解き』いしだよしこ
『新古今和歌集全評釈』久保田淳

『現代語訳 吾妻鏡』五味文彦・本郷和人 編
『訓読玉葉』高橋貞一
『平家物語全注釈』冨倉徳次郎
『増鏡』日本古典文學大系 時枝誠記・木藤才藏 校注
『歌論集 能樂論集』久松潜一 西尾實 校注
『折たく柴の記』松村明 校注
『訳注 藤原定家全歌集』久保田淳
『訓読明月記』今川文雄 訳
『千載和歌集』片野達郎・松野陽一 校注
『袋草紙』藤岡忠美 校注
『百人一首』島津忠夫 訳注
『簡明 小倉百人一首〈新訂版〉』山岡萬謙 編著 岡野弘彦 監修
『原色 小倉百人一首』鈴木日出男 山口慎一 依田泰 共著
『詳釈 小倉百人一首』小高敏郎 編
『徳島県の歴史散歩』徳島県の歴史散歩編集委員会編
『宮崎県の歴史散歩』宮崎県高等学校社会科研究会歴史部会編
『島根県の歴史散歩』島根県の歴史散歩編集委員会編
『阿波貞光の息吹』上柿源内
『筑後史伝秘話』坂田健一
『久留米郷土史』久留米初等教員会 編
『祖谷の語りべ 安徳帝・平家落人伝説編』森本徳 編
『ひがしいやの民俗』東祖谷山村故事収集委員会 ひがしいやの民俗編集委員会編
『徳島県史』
『貞光町史』
『一宇村史』
『脇町史』
『東祖谷山村誌』
『西祖谷山村史』
『泉村史』
『海士町史』
『新修島根県史』
『図説 歴代天皇１２５代』新人物往来社
『有識故実図典 ―服装と故実―』鈴木敬三
『色の名前で読み解く日本史』中江克己
『新訂 国語図説』京都書房
『新総合図説国語』東京書籍
『クリアカラー国語便覧』数研出版
『カラー版新国語便覧』第一学習社
『県別日本地図帳』平凡社
『詳説古語辞典』三省堂
など

さいごに

ごくごく基本的な所で大きくまちがっていないか。

おこがましいことをしていないか。

推測・想像だけで公にすべきものではないのでは。

机に向かう時、絶えず不安がつきまとっていた。

また、言い訳に過ぎないが、現実は、のっぴきならないことがいつでも入って来るわけで、どうしても机に向かって時間的に集中して取り組めない。毎日が断片的にならざるをえず、中断がしょっちゅうで、常に、取り掛かる時、苦労した。

それでも、一つの自分の考え、説を創り上げていく、わくわくとした楽しみがあった。それが、悩ましさをすべて消し去ってくれたはずだ。それが完成に向けての起爆剤になった。

しかし、そうした中、心の奥底は、なんともやるせないものにも終始、捉われていた。

つまり、当たり前のことであるが、歴史上の人々は皆、死者である。彼等の息遣いは聞こえるが、向こう側にいる。そのことが、筆者を虚無的にしたのである。生きている者が死者の冒瀆をしていないか。

私の歴史解釈、推理は、これでよろしいでしょうか。向こう側の人達に問いかけるが、答えは聞こえない。

真実とは何か。真実はこの世に一つしか無い。真実を追究すべきだと考えていた。

しかし、よく考えてみると、真実が人間の世界にある時、それは各人の心の中にあり、真実は人の数だけあるのかもしれない。

勿論、この世に存在した事実は一つだろう。しかし、それが生きたドラマとなる時、多くの真実が生まれるのかもしれない。

それでもやはり、「本当のところはどうだったんですか。」とついつい思い、聞きたくなり、歴史を振り返ってしまうのはなぜだろう。

そういうわけで、「歴史」をしたり顔で、実は、こうだったのではないかと、推測を交え、傲岸不遜に語ってしまった。「知らぬが仏」「無知の無知」になっているやも知れぬ。

「はじめに」でも述べたが、懐深く、寛大な心で、筆者の誤りを正していただいて、この分野の研究がさらに進めば、幸いである。

この本を書くにあたり、先人先達の教え、導きに依ること大であった。

また、本を出す迄に様々な場面で、多くの方々にお世話になった。

最後になりましたが、この場を借りて感謝申し上げます。

平成二十六年九月　筆者

改訂版を出すにあたって

平成二十六年十月に『歴史スペクトル　百人一首を読み解く』を上梓した。その後、新たに気づいたことや変更したい点もあったので加筆訂正し、書名を変えて、改訂版を出すことにした。注釈や表を増やし、表のレイアウトを改めるなど、わかりやすさにも努めたつもりである。なお、不行き届きがあれば、ご容赦願います。

平成二十八年九月

筆者

著者略歴

合六　廣子（ごうろく　ひろこ）

昭和26年（1951）宮崎県宮崎市生まれ
昭和49年（1974）長崎大学卒業
平成23年（2011）高校教諭定年退職

受け継がれる思い
裏読み百人一首
「歴史スペクトル　百人一首を読み解く」改訂版

二〇一四年十月三日初版発行
二〇一六年九月十日改訂版発行

著　者　合　六　廣　子 ©
発行者　川　口　敦　己
発行所　鉱　脈　社
〒八八〇－八五五一
宮崎市田代町二六三番地
電話　〇九八五－二五－一七五八
郵便振替　〇二〇七〇－七－二三

印刷
製本　有限会社　鉱　脈　社